Behind your Tears

JANE DOOR

BEHIND YOUR TEARS
JANE DOOR

IMPRESSUM © 2025 JANE DOOR

Alle Rechte vorbehalten

Alle, in diesem Buch dargestellten Figuren, sind fiktiv. Ähnlichkeiten zu realen Personen sind zufällig und nicht beabsichtigt.

Kein Teil dieses Buches darf ohne ausdrücklich schriftliche Genehmigung des Autors reproduziert oder in einem Abrufsystem gespeichert oder in irgendeiner Form oder auf irgendeiner Weise übertragen werden.

Coverdesign & Buchsatz: Jana Döhr
unter Nutzung von Midjourney
Lektorat: Astrid Güner

Jana Döhr
Robinienweg 10
67098 Bad Dürkheim
www.jane-door.de

Dieser Titel ist auch als E-Book erschienen
1. Auflage von: Behind your Tears

Für alle, deren Leben nach nur einer Begegnung völlig auf den Kopf gestellt wurde.

Kapitel Eins
HOLLY

„Das ist unser Ticket hier raus", haucht meine beste Freundin Rachel, als könnte sie selbst nicht fassen, was sie sieht. Ich nicke, den Blick starr nach vorne gerichtet. Ihre weit aufgerissenen Augen kleben an dem eindrucksvollen Gebäude vor uns. Es ist, als wären wir in Boston in einen Bus gestiegen, um direkt in die Vergangenheit transportiert zu werden. Ein elegantes Herrenhaus aus der Gründerzeit, als hätte das englische Königshaus eines seiner Anwesen hierher verschifft. Der imposante Eingangsbereich mit den zahlreichen bodentiefen Fenstern wird so kunstvoll ausgeleuchtet, dass die gesamte Fassade in goldenem Glanz erstrahlt. Das ist das schönste Haus, das ich je gesehen habe – wenn man das *Twenty Trees Hotel* überhaupt so nennen kann. Hier, auf den rauen Klippen des Cliff Walks in Newport, thront es wie eine Königin, die über die tosenden Wellen wacht.

„Na los, wir müssen uns beeilen." Rachel reißt mich

aus meinen Gedanken, als sie nach meiner Hand greift und mich vom Haupteingang des Hotels wegzieht. Ohne Widerworte folge ich ihr in eine schmale Seitengasse, bis wir vor dem Personaleingang stehen.

Rachel war es, die uns diese einmalige Gelegenheit verschafft hat, einen Abend als Hostess bei einer Charity-Gala zu arbeiten – Champagner an die Schönen und Reichen zu verteilen. Zweifellos werden die Gäste genauso elegant sein, wie das Hotel, in dem sie feiern.

Vor ein paar Wochen hat sie uns in Boston bei einer Agentur angemeldet, die Personal für solche Veranstaltungen sucht. Junge, attraktive Frauen, die den Gästen lächelnd behilflich sind. Sowohl Rachel als auch ich arbeiten seit unserem vierzehnten Lebensjahr in einem drittklassigen Diner. Das Kellnern wird uns keine Probleme machen. Dennoch flattert mein Magen, als wir durch den Dienstboteneingang treten.

Wir landen direkt in einer großzügigen Küche, in der geschäftiges Treiben herrscht. Ein groß gewachsener Mann mit weißer Kochmütze bellt Befehle quer durch den Raum wie ein wild gewordener Pitbull. In letzter Sekunde ducke ich mich unter einem schwer beladenen Tablett mit Häppchen weg. Da nähert sich uns eine schlanke Frau in ihren Fünfzigern mit maßgeschneidertem schwarzem Kostüm und strengem Blick.

„Ihr seid zu spät", sagt sie abfällig und taxiert uns über den Rand ihrer Brille hinweg.

„Bitte entschuldigen Sie, der Bus hatte unterwegs eine Reifenpanne", erkläre ich mit angespannter Stimme. Ihre Miene lässt einem trotz der Hitze in der vollen Küche das Blut in den Adern gefrieren.

„Wie dem auch sei. Meine Empfangsdame ist kurzfristig ausgefallen. Eine von euch", sie mustert uns beide von Kopf bis Fuß und deutet mit ihrem Zeigefinger zwischen Rachel und mir hin und her, „wird ihren Job übernehmen. Die andere verteilt Champagner im Festsaal." Ohne eine Reaktion von uns abzuwarten, dreht sie sich um und eilt voraus. Rachel drückt einmal fest meine Hand, ehe wir ihr stumm folgen.

„Ehm, entschuldigen Sie, Miss. Wer von uns beiden ersetzt die Empfangsdame?", möchte Rachel von unserer griesgrämigen Vorgesetzten wissen. Dabei versuchen wir krampfhaft, mit ihr Schritt zu halten. Abrupt bleibt sie stehen und dreht sich wieder zu uns um. Eine gefühlte Ewigkeit mustert sie uns, scheint jedes noch so kleine Detail genauestens unter die Lupe zu nehmen. Unbehagen macht sich in mir breit, als mein eigener Blick an mir herabwandert. Für diesen Job habe ich mir in einem Secondhand-Laden einen schwarzen Bleistiftrock und eine beige Satinbluse zusammengesucht. Dafür ist mein gesamtes Trinkgeld der letzten zwei Monate draufgegangen. Die dunklen Pumps sind länger in meinem Besitz, der Absatz ist leicht abgelaufen. Die Kratzer habe ich mit einem Lackstift ausgebessert. Ihr Blick fällt auf meine Schuhe und ich komme mir mit einem Mal so unglaublich dumm vor, dass ich dachte, das Ausbessern wäre eine gute Idee. Vor allem in diesem Licht scheint jeder Makel heller als eine Leuchtreklame. Erneut schnalzt sie missbilligend mit der Zunge.

„Wie ist dein Name?", wendet sie sich an meine Freundin.

„Rachel Simmons, Miss."

„Du übernimmst den Champagner. Zweite Tür links, dort findest du Luis, der erklärt dir alles Weitere", bestimmt sie und deutet mit ihrem manikürten Finger in die angegebene Richtung. Sacht drücke ich Rachels Hand und gebe sie dann frei. Sie wirft mir einen letzten Blick zu, der besagt, dass sie genauso viel Bammel vor den kommenden Stunden hat wie ich, und macht sich auf den Weg. Allerdings habe ich keine Zeit, ihr weiter nachzusehen, denn Miss Übergenau hat sich wieder in Bewegung gesetzt.

„Du übernimmst mit mir zusammen den Empfang, sprich, du begrüßt die Gäste, zeigst ihnen, wo die Garderobe ist." Sie deutet mit dem Finger nach links zu einem Tresen, hinter dem sich mehrere Angestellte und jede Menge Kleiderbügel befinden. „Danach führst du sie zu ihren Plätzen. Auf der Einladung ist die jeweilige Tischnummer vermerkt. Sobald der Gast platziert ist, kommst du zurück und begrüßt die Nächsten." Wieder nicke ich zustimmend und hätte mir am liebsten mit der flachen Hand auf die Stirn geschlagen, als mir auffällt, dass sie es nicht sehen kann.

„Ja, Miss. Verstanden", gebe ich hastig zurück. Wir eilen über einen dicken Teppich, der mit goldenen Mustern verschnörkelt ist und jeden unserer Schritte zu verschlucken scheint. Direkt neben der Rezeption ist ein einzelner Tresen aus dunklem Holz, an dem sie stehen bleibt und einen dünnen Ordner mit Ledereinband aus einem Fach zieht.

„Name?""

„Holly Parker."

„Du kannst mich Miss Oakword nennen. Wir werden

heute Hand in Hand zusammenarbeiten müssen. Sorg dafür, dass deine Kleidung stets einwandfrei und ordentlich bleibt. Am besten, du machst dich noch mal frisch, bevor in der nächsten halben Stunde die ersten Gäste ankommen." Verwirrt blinzele ich sie an, denn ihr Tonfall ist um eine Nuance milder als vor wenigen Minuten. Sie bemerkt mein Starren und zieht eine Augenbraue hoch. „Worauf wartest du?", fragt sie spitz und wedelt mit der Hand hinter mich. Wie vom Blitz getroffen eile ich los, so schnell es die Pumps zulassen. Wenige Meter von der Rezeption entfernt befindet sich die Damentoilette, in der ich mit gesenktem Kopf und glühenden Wangen verschwinde. Die Worte und der prüfende Blick von Miss Oakword lassen Scham in meinem ohnehin schon rebellierenden Magen mit einziehen. Noch nie habe ich mich so klein und wertlos gefühlt wie unter ihrer Musterung. Zu allem Übel muss ich den gesamten Abend mit ihr zusammenarbeiten. Na, das kann ja heiter werden.

Nachdem ich mein Bedürfnis verrichtet habe, von dem ich vor lauter Aufregung vergessen habe, dass es seit einer Stunde da ist, werfe ich einen Blick in den Spiegel. Mein Make-up ist nach wie vor makellos. Mein blondes Haar, das mir im offenen Zustand bis unter die Schulterblätter reicht, trage ich heute zu einem akkuraten Pferdeschwanz zurückgebunden. Mein Äußeres scheint in bester Ordnung zu sein. Nur meine Augen, die im Licht feucht glänzen, könnten von der Aufregung zeugen. Um das aufwendige Make-up, das Rachel mir heute Abend verpasst hat, nicht zu verwischen, versuche ich, nicht die Nervosität wegzublinzeln. Nach einem letzten Check meiner Bluse, bei der ich nur die zwei oberen Knöpfe offengelassen habe, um nicht zu anzüglich auszusehen, verlasse ich die vermeintliche Sicherheit der Damentoilette und gehe hinüber zu Miss Oakword. Sie quittiert meine Ankunft mit einem Nicken und wendet sich wieder ihrem Ordner zu, in dem die Gästelisten enthalten sind.

„Es werden wohlhabende Menschen hier sein. Manche von ihnen wirst du aus den Medien kennen. Das ist jedoch kein Grund, unprofessionell zu sein", mahnt sie, ohne mich anzublicken.

„Selbstverständlich, Miss Oakword."

„Miss Oakword, wir haben ein Problem", ruft eine Männerstimme hinter mir. Schnellen Schrittes eilt er zu uns herüber mit Rachel im Schlepptau. Als mein Blick auf ihre zitternde Hand fällt, um die sie ein Stofftuch geschlungen hat, bleibt mir die Luft im Hals stecken. Ehe ich fragen kann, was passiert ist, kommt mir unsere Vorgesetzte zuvor.

„Was soll der Lärm, Luis?", zischt sie.

„Die Neue hat sich an einem Champagnerglas geschnitten", stöhnt er genervt und verdreht die Augen. Meine Freundin neben ihm schluchzt stumm auf.

„Lass mal sehen, Rachel", bitte ich sie und strecke die Hand aus. Eine lautlose Träne rollt ihr über die Wange, als sie mir die verletzte Handfläche entgegenstreckt.

„Ach du Scheiße", fluche ich und ziehe scharf die Luft ein. „Das muss genäht werden."

„So kann sie nicht arbeiten", wütet Luis neben ihr, verschränkt die Arme vor der Brust und tippt ungeduldig mit der Fußspitze. Am liebsten würde ich dem Kerl mit

Hilfe seiner Fliege den Hals umdrehen, doch Rachels feuchte Augen halten mich zurück. Wenn ich jetzt einen Aufstand mache, sind wir beide raus. Und das kann ich mir nicht leisten. Besonders dann nicht, wenn meine Freundin ausfällt und ich mit ihr den Verdienst für heute Nacht teilen muss.

„Das ist allerdings ungünstig", bemerkt Miss Oakword und wirft ebenfalls einen Blick auf die Wunde, die glatt, aber tief quer über Rachels Handfläche zieht. Blut quillt in dicken Rinnsalen daraus. Hastig presst sie das Tuch wieder darauf.

„Fahr ins Krankenhaus. In diesem Zustand kannst du deine Schicht nicht beenden", erklärt Miss Oakword und zeigt zum ersten Mal an diesem Abend einen anderen Gesichtsausdruck als Missbilligung. Mitgefühl. Leider hält es nur drei Sekunden, ehe sie sich wieder abwendet.

„Na prima, jetzt habe ich zwei Kellnerinnen zu wenig", motzt Luis und wirft die Hände in die Höhe.

„Miss Parker wird einspringen, nachdem alle Gäste platziert worden sind", erwidert Miss Oakword spitz. „Und jetzt machen Sie sich wieder an die Arbeit, Luis." Mit empörter Miene stampft er davon und wirft meiner Freundin im Vorbeigehen giftige Blicke zu.

„Na los, Rachel, fahr ins Communityhospital, die werden dir helfen", flüstere ich ihr zu und führe sie in Richtung Ausgang.

„Das kann ich mir nicht leisten, Holly", wimmert sie durch zusammengebissene Zähne, ihr Gesicht ist schmerzhaft verzogen.

„Ich weiß. Das bekommen wir beide schon hin, erst einmal muss deine Hand wieder in Ordnung gebracht werden. Eine Infektion ist viel teurer als eine Naht", halte ich dagegen. „Komm schon, Rachel, wir lassen uns doch nicht hängen. Nicht so kurz vor dem Abschluss." In weniger als vier Monaten machen wir unseren Highschoolabschluss und dann heißt es: *Auf nimmer Wiedersehen, Boston* und *Hallo, New York!*

„Ist gut", wispert sie und ein stummer Schluchzer entweicht ihrer Kehle. „Kommst du denn zurecht?"

„Natürlich. Ich hab alles im Griff. Mach dir um mich keine Sorgen. Sobald die Veranstaltung vorbei ist, nehme ich den ersten Bus wieder zurück", beruhige ich sie.

„Okay. Schreib mir, wenn du daheim bist, hörst du?"

„Das mache ich. Schreib du mir, wenn du aus der Klinik raus bist." Sie nickt mir zu und wir umarmen uns. In diesem Moment fährt die erste Limousine vor und ich löse mich hastig von ihr. Sie huscht in den Schatten und eilt die Auffahrt hinunter, zurück in die Richtung, aus der wir vor nicht einmal einer Stunde gekommen sind. Seufzend beziehe ich neben Miss Oakword Stellung und mache mich bereit für die eintreffenden Menschen.

Im Minutentakt trudelt die Elite der Gesellschaft, gehüllt in maßgeschneiderte Smokings und elegante Kleider, geschmückt mit unbezahlbaren Colliers und Ohrringen, ein. Nach wenigen Minuten habe ich den Dreh raus, führe die Neuankömmlinge erst an die Garderobe, danach in den Festsaal und direkt zum jeweiligen Sitzplatz. Zum Glück habe ich mir kurz vorher die Sitzordnung und den Saalplan zeigen lassen, sodass ich nicht suchen muss. Nach anderthalb Stunden sind nur noch zwei Namen auf der Liste übrig, als ein älterer Herr in Begleitung einer deutlich jüngeren Frau die Empfangshalle betritt. Sofort setzt Miss Oakword ihr einstudiertes Lächeln auf und begrüßt die beiden. Gemeinsam verschwinden sie im Festsaal und ich werfe einen Blick auf die Liste. Catalina Pierce, so lautet der letzte Name. Einige Minuten verstreichen und ich will mich soeben auf die Suche nach Luis begeben, um meine Schicht als Kellnerin zu beginnen, als ein weiteres Paar eintrifft. Eine atemberaubende Frau, gehüllt in ein goldenes bodenlanges Kleid, bei dem jeder Millimeter mit funkelnden Pailletten besetzt ist, betritt den Raum. Um ihren Hals hängt ein einziger Diamant in der Form eines Tropfens an einer feingliedrigen Kette. Ihr Alter ist schwer zu schätzen, um ihre Augen bilden sich feine Fältchen, als sie mir ein strahlendes Lächeln schenkt. Der wahre Hingucker jedoch ist ihre Begleitung. Eindeutig jünger, ist der Mann an ihrer Seite eine regelrechte Erscheinung. Er ist groß gewachsen, sicher überragt er mich trotz Pumps um einen Kopf, sein Smoking sitzt wie angegossen, sein obsidianschwarzes Haar, das sich an den Spitzen lockt, fällt ihm lässig über die Stirn. Und seine grünen Augen, die einen starken Kontrast zu seiner gebräunten Haut bilden, sind direkt auf mich gerichtet. Sein Gesicht ist kantig, seine Nase hat einen unauffälligen Höcker, der perfekt zu seinen Wangenknochen passt. Alles an ihm sieht makellos aus, sogar der Drei-Tage-Bart. Sein Blick scheint mich zu durchbohren, sodass ich befürchte, meine Knie geben gleich nach. Schnell drücke ich die Beine durch und setze ein Lächeln auf.

„Willkommen im *Twenty Trees* und bei der heutigen Charity-Gala, Misses Pierce. Wenn Sie und Ihre Begleitung mir bitte folgen würden", begrüße ich sie und bin stolz auf mich, dass ich mich weder verspreche noch sonst wie blamiere, während *Mister Perfect* mich nach wie vor mit seinen Blicken verschlingt. Fast bilde ich mir ein, so etwas wie Neugier in ihnen zu sehen, verwerfe den Gedanken jedoch gleich wieder. Warum sollte jemand, der so attraktiv ist, an mir interessiert sein? Das ist eher mein eigenes Wunschdenken, meine Fantasie, die mir da einen Streich spielt. Aber selbst als ich mich umdrehe, um voraus in den Festsaal zu gehen, spüre ich seinen schweren Blick auf mir. Er scheint mich geradezu zu durchbohren und beschert mir am ganzen Körper eine Gänsehaut. An Tisch Nummer zwölf angekommen, deute ich auf die zwei verbliebenen freien Plätze, während alle anderen Gäste in ihren Gesprächen innehalten und uns mustern. Doch anstatt dass Misses Pierces Begleiter sich um sie kümmert, bleibt er lediglich neben ihr stehen und durchbohrt mich mit seinem Blick. Ein weiterer Schauer überkommt mich und ehe ich anfange, mich vor Unbehagen zu winden, ergreife ich die Flucht. Nach einem gemurmelten „Genießen Sie die Feierlichkeit", husche ich zurück zu meinem Tresen. Dort angekommen, seufze ich erleichtert auf. Dieser Mann, von dem ich nicht einmal weiß, wie er heißt oder wer er ist, hat mich in seinen Bann gezogen, aus dem ich mich in letzter Sekunde befreien konnte. Nur um dann davonzulaufen wie ein verängstigtes Reh. Hinzu kommt das Kribbeln in meinem Magen, als würden sich tausende Ameisen darin ein neues Heim errichten.

„Wie ich sehe, hast du unsere letzten Gäste zu ihrem Platz begleitet, Holly", bemerkt Miss Oakword hinter mir und ich zucke vor Schreck zusammen. „Luis erwartet Sie in der Küche. Er wird dir die Tische zuteilen, um die du dich heute Nacht kümmern wirst."

„Danke, Miss Oakword", erwidere ich, während das Kribbeln immer heftiger wird. Irgendwie werde ich den Gedanken nicht los, dass es etwas mit dem Fremden an Tisch zwölf zu tun haben könnte.

Kapitel Zwei

HOLLY

„Du übernimmst die Tische zehn bis fünfzehn. Serviere Champagner und räume unauffällig die leeren Gläser weg. Sorg dafür, dass jeder Gast immer ein volles Champagnerglas in der Hand hält", weist mir Luis meine weiteren Aufgaben zu.

„Das ist alles?" Das erscheint mir irgendwie zu wenig, angesichts der Tatsache, dass er vor zwei Stunden noch gejammert hat, dass ihm mehrere Kellner fehlen.

„Ja, das ist alles, wofür ich dich heute brauche, ja. Überlasse das Servieren der Speisen den Profis, Mädchen", erwidert er spitz, wirft mir einen abfälligen Blick zu und verschwindet durch die Schwingtür zum Festsaal. Seufzend ergreife ich mir ein volles Tablett mit Champagnerflöten und folge ihm. Erst als ich im Saal stehe, die Luft erfüllt von regen Gesprächen und Gelächter, wird mir bewusst, dass ich *seinen* Tisch bedienen muss. Sofort schießt mein Blick dorthin, wo der mysteriöse Fremde sitzt. Ich erwarte, ihn in eine Unterhaltung vertieft vorzufinden, doch stattdessen sehen mich grüne Augen direkt zurück an. Ein Lächeln huscht über seinen sinnlichen Mund. Die Oberlippe ist schmaler als die Unterlippe, beide umgeben von einem Drei-Tage-Bart, der so schwarz ist wie sein Haar. Bilder, wie ich mit meinen Fingern durch die seidigen Locken fahre und seine Frisur ruiniere, schießen mir durch den Kopf. Sofort durchflutet mich Wärme und ich spüre, wie meine Wangen anfangen zu glühen. Wie kann es sein, dass ein Mensch, den ich überhaupt nicht kenne, so starke Reaktionen in mir hervorruft? Wie eine Motte, die vom Licht einer Lampe angezogen wird, setzen sich meine Füße in Bewegung. Direkt auf *ihn* zu. Er beobachtet jeden meiner Schritte, löst seine Aufmerksamkeit keine einzige Sekunde von mir, bis ich direkt neben ihm stehen bleibe.

„Darf es für Sie noch ein Glas Champagner sein, Sir?", frage ich mit angespannter Stimme. Er schenkt mir ein Grinsen, das meine Knie weich werden lässt. Vorsichtshalber stemme ich die Beine in den Boden und hoffe inständig, nicht einfach einzuknicken.

„Sehr gerne", raunt er mit tiefer Stimme, die mir einen Schauer über den Rücken jagt. Mit zittriger Hand greife ich nach dem Stiel einer Flöte und reiche sie ihm. Dabei streifen seine Finger meine. Die winzige Berührung, so beiläufig und unschuldig, lässt die Ameisen in meinem Magen eine eigene Party feiern, die sich gewaschen hat. Ein leises Keuchen entwischt mir dabei, was mich meine Hand abrupt zurückziehen lässt. In diesem Moment schießt sein Blick zu meinen Lippen und ich beiße mir verlegen auf die Unterlippe. Er zieht scharf die Luft ein, nickt mir zum Dank zu und wendet sich von mir ab. Als würde eine schwere Decke von mir gezogen, erwacht mein Körper wieder zum Leben. Blinzelnd sehe ich auf seinen Hinterkopf, versuche mich zu sortieren und zu verarbeiten, was gerade zwischen uns passiert ist. Als sich jemand neben mir räuspert, zucke ich erneut vor Schreck zusammen, sodass das schwere Tablett ins Wanken gerät. Bevor ich es ausbalancieren oder einige Schritte zur Seite machen kann, kippt die erste Glasflöte und reißt zwei weitere mit sich in den Champagnertod. Wie in Zeitlupe folgen die beiden und ergießen ihren gesamten Inhalt auf dem Jackett und der Hose des Mannes verteilt, den ich vorhin in Gedanken ausgezogen hatte.

„Das tut mir schrecklich leid, Sir", quietsche ich, „das war nicht meine Absicht." Doch zu meiner Überraschung grinst er mich an. Seine Begleiterin rümpft abwertend die Nase, sagt jedoch nichts.

„Bitte, lassen Sie mich ein Handtuch holen", schlage ich vor und halte nach Luis Ausschau. Er wird mich umbringen für mein Riesenmissgeschick, dennoch brauche ich seine Hilfe. Aber bevor ich in die Küche rauschen und mich auf die Suche begeben kann, legt sich eine warme Hand auf meine.

„Nicht nötig", hält er mich auf und schließt seine Finger enger um mein Handgelenk. Diese Geste fühlt sich so unglaublich intim an, dass mir die Luft wegbleibt. „Bitte zeigen Sie mir einfach, wo ich das Badezimmer finde." Als seine Handfläche von meiner Haut gleitet, bleibt an der Stelle eine feine Gänsehaut zurück.

„Natürlich", erwidere ich atemlos, als er sich neben mir erhebt. Er ist um einen Kopf größer als ich und das trotz meiner High Heels, seine Schultern sind breit, seine Hüfte schmal. Sein Körper sieht aus wie der eines Schwimmers. Mit einer eleganten Handbewegung bedeutet er mir, vorzugehen. Am Ausgang entdecke ich einen Stehtisch, auf dem ich das nun leere Tablett platziere. Danach führe ich Mrs. Pierces Begleiter am Tresen und an der Rezeption vorbei. Vor der Tür zur Herrentoilette bleibe ich stehen.

„Ich bin mir sicher, dass Sie darin alles Nötige finden werden", murmle ich kaum hörbar, meine Wangen glühen. Auch ohne hinzusehen, weiß ich, dass sich rote Flecken in meinem Dekolleté gebildet haben. Das passiert mir immer, wenn ich nervös bin oder mich in Grund und Boden schäme.

„Hmm, ich denke, dass etwas ganz Entscheidendes fehlt", überlegt er und sein Blick legt sich erneut auf meine Lippen, die leicht geöffnet sind. Und noch bevor ich fragen kann, was er damit meint, ergreift er meine Hand, öffnet die Tür und zieht mich hinter sich her. Ehe ich protestieren kann, hat er mich in eine der freien Kabinen geschoben, verriegelt die Tür und sieht mich mit hungrigem Ausdruck an.

„Du bist atemberaubend", raunt er und macht einen Schritt auf mich zu, was sämtliche Distanz zunichtemacht, die wir zwischen uns haben. „Ich hoffe, ich verschrecke dich nicht mit meiner direkten Art, aber ich kann einfach nicht anders." Bei seinen Worten muss ich schlucken. Er beobachtet jede meiner Regungen. Mein Mund fühlt sich mit einem Schlag wie ausgetrocknet an. „Sag mir, Kleines, bin ich zu direkt?" Diese Stimme. Wie flüssiger Honig legt sie sich um mich, hüllt mich ein wie ein warmer Mantel.

„Nein. Was wollen Sie?", wispere ich, während sich immer mehr Erregung in mir breitmacht.

„Wie alt bist du?" Anstatt zu antworten, übergeht er meine Frage mit einer Gegenfrage.

„Alt genug."

„Mache ich dir Angst?"

„Ja, nein, ... ich weiß es nicht." Meine Gedanken überschlagen sich, können sich nicht fokussieren. Seine Nähe, seine Worte, bringen mich um den Verstand.

„Du weißt es nicht?" Wie in Zeitlupe beugt er sich zu mir herunter und streift hauchzart mit seinen Lippen mein Ohr. „Und jetzt?"

Mein Mund ist mit einem Mal staubtrocken, meine Kehle wie zugeschnürt von der Lust. Die Erregung brennt wie Feuer in meinen Adern und lässt mich schmerzhaft die Schenkel aneinanderpressen. Bevor ich das alles zerdenke und es mir anders überlege oder wie ein Feigling die Flucht ergreife, strecke ich mich ihm entgegen und lege meine Lippen auf seine. Überraschung blitzt in seinen Augen auf, doch dann schlingt er seinen Arm um meine Taille und zieht mich näher heran, presst meinen Körper an die Wand und sich gegen mich. Mein anfänglich schüchterner Kuss intensiviert sich, wird fordernder, gieriger. Seine Zunge gleitet immer wieder über meine Lippen, fordert Einlass, bettelt um mehr. Ich schlinge einen Arm um seinen Nacken, mit der anderen Hand fahre ich ihm durch seine Locken und öffne meinen Mund für ihn. Als unsere Zungen aufeinandertreffen, stößt er ein Knurren aus, animalisch und roh, wie ich es noch nie von einem Mann gehört habe. Hitze schießt mir schwallartig durch den Körper und zentriert sich dann in meiner Mitte. Als könnte er es riechen, saugt er scharf die Luft ein, lässt seine Hand meinen Oberschenkel hinab zu meinem Rocksaum gleiten. Mit einer einzigen Bewegung zieht er den Saum mit sich, hinauf zu meiner Hüfte, bis mein Hintern frei liegt. Sofort legt er beide Hände auf meine Pobacken, knetet und liebkost sie. Ein Stöhnen entflieht meinen vor Lust bebenden Lippen, welches er mit seinem Mund einfängt und mich hemmungslos küsst. Dann löst er sich von mir und gleitet mit seinen Lippen an meinem Kinn entlang, über meine Kehle bis hin zu meinem Schlüsselbein, auf das er federleichte Küsse haucht. Seine Finger fahren unterdessen unter den Bund meines Stringtangas und ziehen ihn herunter, bis er auf dem Boden landet. Dann finden sich unsere Münder wieder, unsere Zungen führen einen leidenschaftlichen Tanz auf. Meine Hände gleiten über sein Jackett, hinab zu seinem Hosenbund, aus dem ich sein weißes Hemd zerre. Endlich kann ich mit meinen Fingerspitzen seine warme Haut spüren, als ich unter den Stoff und über seine Bauchmuskeln fahre. Nach einer kurzen Erkundungstour mache ich mich daran, seinen Reißverschluss zu öffnen und ich schiebe die Hose als auch seine Boxershorts nach unten, während ich den Kuss unterbreche. Sein Schwanz ragt mir entgegen, bereit für die erste Runde. Ohne darüber nachzudenken, lege ich eine Hand auf seinen harten Schaft und meine Lippen auf seine samtige Spitze. Ein kehliges Stöhnen donnert durch die enge Toilettenkabine, während ich ihn immer tiefer in mich aufnehme, daran lecke und ihn mit den Zähnen sanft necke.

„Warte", keucht er, greift in die Innentasche seines Jacketts und zieht ein Kondom hervor. „Ich will dich. Jetzt." Ein erwartungsvolles Lächeln legt sich auf meine Lippen, als ich mich wieder erhebe. Mit geübten Fingern streift er sich das Gummi über, packt meine Pobacken und hebt mich hoch, als würde ich nichts wiegen. Seine jadegrünen Augen blicken direkt in meine. Blau trifft auf Grün, wie eine Welle die Brandung. Sein Schwanz findet meinen Eingang, drückt dagegen, bittet um Einlass. Langsam, quälend langsam lässt er mich Stück für Stück sinken. Zentimeter um Zentimeter nehme ich ihn in mir auf, umschließe ihn und heiße ihn herzlich willkommen. Hitze durchflutet mich, die Lust hat von mir Besitz ergriffen, als ich stöhnend meinen Kopf zurückwerfe und dieses herrliche Gefühl vollends auskoste. So steht er einen Moment lang da, mit mir auf seinem Schwanz und gibt mir die Zeit, mich an ihn zu gewöhnen, ehe er mit sanften Pumpbewegungen nimmt. Automatisch schlinge ich meine Beine um seine Taille, meine Arme um seine Schultern und gebe mich ihm hin. Er pumpt immer schneller, unterstützt die Bewegungen mit seinen Armen, indem er mich immer wieder auf seinem Schwanz auf und ab bewegt. Dabei trifft er jedes Mal diesen herrlichen Punkt in meinem Inneren, der mich näher an den Rand des Orgasmus trägt. Mein Stöhnen wird hemmungsloser, ebenso wie seine Stöße. Plötzlich überrollt mich die Lust mit unbändiger Wucht und ein Aufschrei entweicht mir, doch er fängt ihn mit seinen Lippen auf, während ich mich der Welle des Höhepunkts hingebe, bis auch er, keuchend nachzieht. Seine Arme beben – ob unter meinem Gewicht oder von der Nachwirkung unseres Liebesspiels, kann ich nicht sagen. Meine Stirn ruht an seiner, während wir versuchen, wieder zu Atem zu kommen. Vorsichtig löse ich den Würgegriff mit meinen Oberschenkeln um seine Taille und er gleitet aus mir heraus. Sofort überkommt mich ein bitteres Gefühl der Leere, als er mich auf dem Boden abstellt. Etwas Warmes läuft mir an der Innenseite des Schenkels hinab. Verwirrt blicke ich an mir herunter und erstarre. Er scheint es im selben Moment gesehen zu haben.

„Oh fuck! Das Kondom ist gerissen."

Kapitel Drei

HOLLY

Seine Worte ätzen zu mir durch wie Säure, die sich in mein Bewusstsein ätzt. Mein Gehirn nimmt sie wahr, doch ich schaffe es nicht, sie miteinander zu verknüpfen. Das Kondom ist gerissen, Sperma läuft mir das Bein herunter. *Sperma, das aus mir heraustropft, weil das Kondom gerissen ist.*

„Fuck!", donnert er erneut, zieht sich das beschädigte Gummi ab und wirft es achtlos in die Toilettenschüssel.

„Ich bin clean. Was ist mit dir?"

„Was?", stammle ich, noch immer überfordert mit der Situation.

„Krankheiten, Kleine. Hast du welche?", brummt er, während er sich anzieht. Da erwache auch ich aus meiner Schockstarre, wische mir mit zittrigen Fingern die Schenkel sauber, ziehe mir hastig den String wieder an und schiebe den Rock über meine Hüften zurück an seinen Platz.

„Nein, ich habe nichts", zische ich, während die Realität tröpfchenweise in meinen Verstand sickert.

„Sehr gut. Dann haben wir nur noch ein Problem." Mit ernster Miene, die ich bisher nicht an ihm gesehen habe, sieht er mich an. „Du solltest morgen früh die Pille danach nehmen." Seine Worte fühlen sich an wie ein Schlag in den Magen. Wo eben noch aufregendes Kribbeln herrschte, ist jetzt ein Knoten aus Schmerz. Dieses Gefühl nimmt meiner Wut jeglichen Wind aus den Segeln. Wie eine Idiotin nicke ich, während sich Tränen in meinen Augen sammeln. Ich war immer vorsichtig, habe stets darauf geachtet, dass Unfälle dieser Art nicht passieren. Das Letzte, was ich gebrauchen kann, ist ein Baby. Dennoch graut es mir vor der Einnahme der Pille danach und ihrer Nebenwirkungen.

„In Ordnung", lächelt er beruhigt. Dann legt er ein letztes Mal seine Lippen auf meine, küsst mich zum Abschied und verlässt ohne ein weiteres Wort erst die Kabine, dann den Raum. Das leise Klicken der Tür ist das Einzige, das zurückbleibt. Zusammen mit meinen gelähmten Gedanken und meiner noch immer pochenden Mitte. Ist das alles wirklich passiert? Habe ich tatsächlich mit einem Fremden in einer Klokabine gevögelt? Heiße Tränen laufen mir übers Gesicht und sammeln sich an meinem Kinn. Ein Tropfen, der in meinem Ausschnitt landet, lässt mich aus der Lethargie erwachen. Schwankend verlasse ich die Kabine und betrachte das Mädchen im Spiegel mir gegenüber. Ihr akkurater Pferdeschwanz ist zerzaust, Strähnen hängen chaotisch verteilt herab. Mascaraschlieren verlaufen quer über ihre Wangen. Der Lippenstift ist verschwunden, zurück bleiben rot geschwollene Lippen, die leicht beben. *Ich muss mich zusammenreißen.* Das hier ist nicht der richtige Ort, um das Geschehene zu bereuen und mich in Selbstmitleid zu suhlen. Von draußen dringt Gelächter herein und lässt meinen Adrenalinspiegel in die Höhe schnellen. Hastig binde ich mir einen neuen Zopf, versuche, jedes Haar zu erwischen. Anschließend bringe ich mein Gesicht wieder in Ordnung, wische die Spuren von Sex und Trauer von meiner Haut, als wäre das Ganze nie passiert. In letzter Sekunde stecke ich die Bluse in den Rock zurück, als die Tür sich öffnet und ein älterer Herr den Raum betritt.

„Äh, ich habe lediglich nach dem Rechten gesehen", stammle ich und husche an ihm vorbei. Sein brüskierter Blick verrät, dass er mir kein Wort glaubt. Schnellen Schrittes eile ich am Tresen vorbei in Richtung des Festsaals, in dem ich das Tablett mit den verbliebenen Champagnerflöten abgestellt hatte, nur um den Stehtisch leer vorzufinden.

„Wo zum Teufel bist du gewesen?", zischt Luis hinter mir wütend, was mich zusammenzucken lässt.

„Ich ... ich war auf Toilette", stottere ich, während mir die Röte ins Gesicht schießt.

„Du wirst hier nicht fürs Pausemachen bezahlt. In die Küche und besorg dir ein neues Tablett. Deine Tische haben alle keinen Champagner mehr." Seine boshaften blauen Augen funkeln mich herablassend an. Er fühlt sich sichtlich wohl in seiner Rolle als Sklaventreiber, doch ich bin weder in der Verfassung noch kann ich es mir finanziell erlauben, ihm Kontra zu geben. Daher nicke ich ergeben und husche in die Küche.

Der Rest der Nacht vergeht ereignislos. Zu meiner Erleichterung passieren mir keine weiteren Missgeschicke mit umgekippten Gläsern oder besudelten Gästen. Der Fremde von Tisch zwölf scheint abgereist zu sein, denn von ihm und seiner Begleitung fehlt jede Spur. Soll mir recht sein. Ihm jetzt in der Öffentlichkeit zu begegnen, hätte mich vermutlich vor Scham zusammenbrechen lassen. Dennoch erwische ich mich mehr als einmal, dass ich den Blick suchend durch die Menge schweifen lasse. Am Ende der Nacht, als auch der letzte elegant gekleidete Gast den Saal verlassen hat, weiß ich nicht, ob ich glücklich oder enttäuscht darüber sein soll, dass er spurlos verschwunden ist. Miss Oakword entlässt mich kurz vor Morgengrauen mit den Worten, dass die Agentur den Lohnscheck schicken wird. Ihr missbilligender Blick verrät, dass sie mit mir nicht zufrieden war. Bei dem Gedanken daran, dass sie von mir und dem Quickie mit dem Fremden Bescheid weiß, lässt mich vor Beschämung erzittern. Dennoch bedanke ich mich bei ihr und haste aus dem Hotel. Draußen angekommen, ziehe ich sofort die Pumps aus und renne barfuß die Straße hinab zur Bushaltestelle. Das war mit Abstand die verrückteste Nacht meines Lebens.

ZWEI MONATE SPÄTER

Das Diner ist heute Abend besonders voll. Als würden die Menschen spüren, dass ich mich elend fühle, und wollen mich absichtlich in den Wahnsinn treiben. Durch den regen Andrang habe ich nicht einmal Zeit, einen Schluck zu trinken, geschweige denn die Toilette aufzusuchen. Meine Schläfen pochen hämmernd, Schweiß kitzelt mir auf der Stirn, den ich wegen der beiden vollgeladenen Tabletts nicht wegwischen kann. Mein Magen rebelliert schon seit Tagen, was mich langsamer macht, als es die Kunden normalerweise gewohnt sind.

„Na los, Holly, die Bestellung für Tisch fünf steht hier seit einer Ewigkeit rum", mault Harold, der Koch und Besitzer dieses lieblichen Restaurants, das er *Diamonds Diner* genannt hat. Nichts in diesem Lokal wirkt auch nur im Entferntesten glamourös oder funkelnd wie ein Diamant. Das Gegenteil ist eher der Fall, doch ich darf mich nicht beschweren, denn Harold ist der Einzige in Boston, der mich und Rachel einstellen wollte und sich einigermaßen an unsere Schulstunden hält. Zumindest unterhalb der Woche. Am Wochenende sind wir seine persönlichen Leibeigenen, die er nach Belieben den ganzen Tag und die halbe Nacht zum Schuften einteilen kann. Seine Worte, nicht meine. Das Trinkgeld ist gut und wir müssen es nicht mit ihm teilen, daher beschweren wir uns nicht. Denn schlimmer, als in diesem Drecksloch zu arbeiten, ist für immer in Boston zu versauern und anderen Menschen Eier mit Speck und Kaffee zu servieren. Nein, Rachel und ich haben Großes vor. Raus aus dieser Stadt und der armseligen Wohnsiedlung unserer Eltern und rein in die Großstadt und in ein besseres Leben. *New York is calling!*

Übelkeit macht sich schlagartig in mir breit, als Harold zwei saftige Bacon-Burger über die Theke zu mir schiebt.

„Tisch Sieben", brummt er, doch ich höre ihn kaum, da ich bereits mit einer Hand über den Mund gepresst ins

Badezimmer stürme. Hemmungslos entledigt sich mein Körper allem, was ich heute herunterbekommen habe, was in Anbetracht der ständig aufflammenden Übelkeit nicht viel war. Daher würge ich trocken und spucke Galle, während mir jemand eine Hand auf die Schulter legt.

„Hey, Süße, was ist denn los?", will meine Freundin wissen und streicht mir eine Haarsträhne, die sich aus meinem Dutt gelöst hat, hinters Ohr.

„Keine Ahnung. Muss mir wohl etwas eingefangen haben", keuche ich, nachdem ich endlich aufgehört habe zu würgen. Schwankend stolpere ich zum Waschbecken und spüle mir den Mund aus. Unter meinen Augen schimmern dunkle Schatten, die selbst das Make-up nicht verdecken kann. Meine Haut wirkt fahl und blass. „Vielleicht ist es ein Infekt."

„Möglicherweise. Vielleicht aber auch nicht", sinniert Rachel neben mir, verschränkt die Arme vor der Brust und sieht mich mit ernster Miene an. „Wann hattest du das letzte Mal Sex?"

Bei ihrer Frage erfasst mich eine neue Welle der Übelkeit, diesmal nicht durch einen flauen Magen verursacht. Daran habe ich gar nicht mehr gedacht. Meine beste Freundin scheint meinen schockierten Gesichtsausdruck richtig zu deuten, denn sie reißt überrascht die Augen auf.

„Mit wem?", kreischt sie. Hastig lege ich ihr eine Hand über ihren Mund, mit meiner anderen halte ich den Zeigefinger an die Lippen, als universelles Zeichen, dass sie gefälligst leise sprechen soll, doch sie schüttelt sogleich meine Hand ab. „Los, erzähl mir alles, bevor

Harold anfängt, uns zu suchen." Ein schlechtes Gewissen überkommt mich, weil ich ihr nichts von dem mysteriösen Fremden und unserem Quickie auf der Herrentoilette erzählt habe. Sie ist wie eine Schwester und wir erzählen uns alles. Aber die Tatsache, dass das Kondom gerissen ist und er mich so verletzlich in dieser Klokabine stehen ließ, hat mich schweigen lassen. Zu groß war die Scham und Abscheu vor mir selbst.

„Ich ... es war vor zwei Monaten", gebe ich zu und sehe auf den Boden, um ihr nicht in die Augen blicken zu müssen.

„Vor zwei Monaten? Was war denn da? Na los, spuck es aus, Holly", beharrt sie weiter.

„Auf der Charity-Veranstaltung", wispere ich und presse die Augen zusammen, als Bilder jener verhängnisvollen Minuten meine Erinnerungen fluten, die ich erfolgreich verdrängt habe. „Es war ein Gast. Wir hatten einen Quickie auf der Herrentoilette." Meine Wangen brennen und alle Emotionen des Abends kommen mit einem Mal an die Oberfläche. Tränen laufen mir ungehindert übers Gesicht und ich kann nichts dagegen tun, um sie aufzuhalten.

„Ach Holly, wein doch nicht. Was ist denn passiert? Hat er dich dazu gezwungen?", fragt sie schärfer.

„Gott, nein", schluchze ich, „ich wollte es. Er war jung, sah unglaublich gut aus und ich habe mich in diesem Moment verleiten lassen." Als ich diese Worte aus meinem eigenen Mund höre, kann ich nicht glauben, wie unfassbar naiv und fahrlässig ich gehandelt habe.

„Okay, ein Quickie mit einem heißen Kerl, was ist schon dabei", versucht Rachel mich zu beruhigen und nimmt mich in den Arm. „Aber das ist keine Erklärung für deinen aktuellen Zustand."

„Das Kondom ist gerissen", heule ich, schlinge die Arme um sie und vergrabe mein Gesicht an ihrem Hals.

„Ach du Scheiße, Holly. Hast du was dagegen genommen? Die Pille oder sowas?" In ihrer Stimme höre ich Panik aufsteigen, doch sie streichelt mir immer wieder sanft über den Rücken. Als ich den Kopf schüttle, hört sie abrupt auf. Sofort löst sie die Umarmung und hält mich um Armeslänge von sich gestreckt, um mir direkt in die Augen zu sehen.

„Das Gummi ist gerissen und du hast nichts genommen?", fragt sie ungläubig.

„Nein", hauche ich. Mehr Tränen rennen mir heiß übers Gesicht, scheinen sich in meine Haut zu ätzen. „Ich hatte kein Geld mehr. Die letzten zwanzig Dollar habe ich für das Busticket gebraucht. Zu Hause habe ich mich gewaschen und bin schlafen gegangen. Als ich aufgewacht bin, hat es sich angefühlt, als wäre es nur ein Traum gewesen." Dumm. Das klingt so unfassbar dumm, doch genauso war es. In diesen Stunden habe ich von meinem fremden Liebhaber geträumt und als ich erwachte, war alles vorbei. Also hab ich beschlossen, die ganze Angelegenheit zu vergessen.

„Scheiße, wieso hast du mich nicht angerufen? Ich hätte dich abgeholt und wäre mit dir zur Apotheke, verdammt!"

„Ich weiß. Was soll ich denn jetzt nur machen?", schluchze ich und erneut schlingt sie ihre Arme um mich, stützt mich, während ich zusammenbreche.

„Shht. Uns wird schon etwas einfallen. Zuerst musst

du einen Test machen und dann sehen wir weiter, okay?", schlägt sie vor. Da ich hemmungslos heule, kann ich nur zustimmend nicken, denn in meiner Kehle steckt ein tellergroßer Kloß, der mir das Atmen erschwert.

Harold, großzügig wie er ist, gewährt mir eine zusätzliche Pause, um mich zu beruhigen und wieder auf Vordermann zu bringen. Währenddessen stemmt Rachel den ganzen Dinerbetrieb alleine. Da mir bei dem Geruch von gegrilltem Hackfleisch sofort wieder übel wird, mache ich mich auf den Weg in die Drogerie um die Ecke. Zwar ist der Gestank auf Bostons Straßen nicht viel besser als im Diner, doch der kurze Spaziergang tut gut. Danach fühle ich mich bereit, die Schicht zu beenden.

Nach endlosen vier Stunden voller fettigem Essen und angetrunkener Kunden schließt Harold die Türen ab und verzieht sich in sein Büro im zweiten Stock, in dem er auch seine Wohnung hat. Rachel versucht, mich zu überreden, wenigstens ein paar Pommes zu essen oder es zumindest zu versuchen, doch ich kann an nichts anderes mehr denken als an den Test, der neben uns liegt. Ein Blick auf die Uhr und ich schlucke schwer. Drei Minuten des Wartens sind vorbei. Drei Minuten, in denen noch jede Zukunft offen war, doch nun gibt es Gewissheit. Mit bebenden Fingern drehe ich das Teststäbchen um und erstarre.

„Was ist es?", haucht Rachel ängstlich, doch ich kann nicht sprechen. Kann nicht denken, nichts fühlen. Völlig leer starre ich auf das Stück Plastik in meiner Hand und versuche zu begreifen, was die zwei pinken Linien für mich bedeuten.

Kapitel Vier

HOLLY

FÜNF JAHRE SPÄTER

„Holly, Essen für Tisch zwei ist fertig", ruft Gabe aus der Küche über die Essensausgabe in der Wand hinweg.

„Danke, Gabe." Ich schenke ihm ein aufrichtiges Lächeln, schnappe mir die Teller und serviere sie dem Pärchen an Tisch zwei. Dann werfe ich einen Blick auf die Uhr und seufze erleichtert auf. So gerne ich auch mit Gabe in einer Schicht arbeite, so sehr freue ich mich doch, dass die Nachtschicht für mich vorbei ist und ich nach Hause kann. Wenn ich mich beeile, bekomme ich noch ein paar Stunden Schlaf, ehe ich wieder bei meinem anderen Job antreten muss. Nicht im Diner, sondern bei Mr. und Mrs. Harold.

Mit federleichten Schritten tanze ich hinter die Theke, entledige mich der Schürze und streife mir meinen Mantel über. Heute Nacht war eine gute Nacht.

Alle Gäste waren freundlich, niemand hat gepöbelt. Dazu gab es ordentliches Trinkgeld, das ich dringend brauche.

„Bis morgen Abend, Gabe", verabschiede ich mich von meinem Kollegen, küsse ihn auf die Wange und haste durch die Tür in die kühle Nacht hinaus nach Hause. Zu meinem Glück liegt mein Ein-Schlafzimmer-Apartment nur wenige Blocks entfernt. Das wiederum bedeutet, dass sowohl mein Arbeitsplatz im Diner als auch meine Bleibe in einem heruntergekommenen Viertel von New York liegen. Nach fünf Jahren habe ich es zwar nicht nach Manhattan geschafft, aber immerhin raus aus Boston. Wobei ich das Drecksloch hin und wieder vermisse.

Vor der Haustür angekommen, sperre ich so geräuschlos wie möglich die Tür auf und schleiche mich auf leisen Sohlen direkt in das Schlafzimmer. Ein Blick hinein und schließe beruhigt die Tür und schlendere ins Bad. Als ich mich im Spiegel betrachte, muss ich seufzen. Die letzten Jahre, gespickt voller Nachtschichten und wenig Freizeit, haben ihren Tribut gefordert. Zwar erkenne ich die alte Holly wieder, doch sie hat sich verändert. Die Wangenknochen treten hervor und mein Gesicht wirkt eingefallen. Unter meinen Augen zeugen die violetten Schatten von zu wenig Schlaf und meine Lippen sind etwas blasser geworden. Gähnend wende ich mich ab und tausche die Diner-Uniform gegen Tanktop und Shorts aus. Im Wohnbereich, in dem auch die winzige Küchenzeile integriert ist, steht meine blaue Schlafcouch, die ich mit einer geübten Handbewegung ausziehe. Bewaffnet mit Kissen und Decke gehe ich endlich ins Bett. Was war das für ein harter Donnerstag?

Noch in Gedanken den nächsten Tag durchgehend döse ich ein.

„Mommy?" Jemand zerrt an meinem Arm, dann an der Decke, unter der ich mich zu einem Ball zusammengerollt habe.

„Hm?", stöhne ich und versuche blinzelnd, die Augen zu öffnen.

„Ich glaube, wir haben verschlafen", flüstert Claire direkt an meinem Ohr. Sofort bin ich hellwach.

„Verschlafen?", krächze ich und suche mein Telefon. „Wie viel Uhr ist es denn?"

„Auf der Mikrowelle steht acht Uhr und sieben Minuten", erklärt Sophie stolz. Shit. Wie konnte das nur passieren? Schon wieder! Es ist nicht das erste Mal, dass ich vergesse, mir den Wecker zu stellen. Aber warum ausgerechnet heute? Die Harolds legen viel Wert auf Pünktlichkeit und ich bin dabei, mich erneut zu verspäten. Allerdings könnte es mein letztes Mal sein. Mrs. Harold hat sehr deutlich gemacht, dass sie keine weiteren Verspätungen mehr hinnehmen wird.

„Scheiße", zische ich und rappel mich aus dem Bett.

„Du hast ein böses Wort gesagt!", tönt es wie aus einem Mund von den beiden.

„Ich weiß, ihr Süßen. Tut mir leid. Aber das ist wirklich sehr, sehr schlecht", rede ich mich heraus und eile in ihr Schlafzimmer. Blind ziehe ich Klamotten aus einer Kommode, die Claire und Sophie mit Stickern beklebt haben, bis nichts mehr von der weißen Farbe übrig war.

„Hier, ihr zwei, zieht euch um. Aber bitte schnell, denn ich bin nicht die Einzige, die hier zu spät kommen wird, wenn wir uns nicht beeilen." Energisch drücke ich jedem ein Bündel bestehend aus einer Jeans, Socken und einem Shirt in die Hände und verschwinde im Bad. Meine Klamotten, die ich gestern zum Putzen bei den Goldsteins getragen habe, liegen noch auf dem Badewannenrand. Aus Zeitmangel streife ich sie mir über und bin dankbar, dass wenigstens keine Flecken auf Bluse oder Hose zu sehen sind. Obwohl diese Sachen zum Putzen denkbar ungeeignet sind, so besteht die Agentur darauf, dass jeder von uns eine Art Uniform trägt. Mir ist ein Stein vom Herzen gefallen, als sie mir mitteilten, dass ich mit schwarzer Stoffhose und Bluse arbeiten darf. Die meisten bestehen auf die für Dienstmädchen typische Bekleidung, mit der ich dann durch halb New York bis nach Hause laufen müsste. Heute Abend werde ich nicht drum herumkommen, den Waschsalon aufzusuchen. Zum Glück macht es Claire und Sophie einen Heidenspaß, mir mit der Wäsche zu helfen.

In Windeseile binde ich meine Haare zu einem tief sitzenden Dutt, wasche mein Gesicht und putze mir die Zähne. Danach sind die Mädels an der Reihe und in weniger als zwanzig Minuten sind wir abmarschbereit. Die Vorschule ist vier Blocks entfernt, die wir rennend zurücklegen. Ein bekanntes Gefühl brennt sich meine Kehle hinab, als ich einen Blick auf meine Töchter werfe. Tapfer und ohne zu meckern eilen sie neben mir her, obwohl ihre Mägen noch leer sind und in ihren Brotboxen nur labbriger Toast mit Marmelade drin ist. Scham und Selbsthass sind in den letzten fünf Jahren zu meinen ständigen Begleitern geworden. Scham, weil ich meinen Mädchen nicht das bieten kann, was sie verdienen. Daraus resultiert der Selbsthass, weil sie so liebe Kinder sind und mir alles geben, was sie haben, und ich es dennoch nicht schaffe, uns ein besseres Leben zu ermöglichen. Tag für Tag bin ich dankbar für diese beiden Wunder, dafür, dass sie gesund sind und wir ein Dach über dem Kopf haben. Allerdings entgehen mir die vielen unerfüllten Wünsche in ihren Augen und die fahle Haut trotz ihres olivenfarbenen Tons nicht. Wie gern würde ich jeden Tag für sie abwechslungsreiche und ausgewogene Mahlzeiten kochen. Sie hin und wieder mit Kuchen und Eis verwöhnen. Mit ihnen gemeinsam die ganze Welt bereisen. Genau dafür mache ich das alles, arbeite unermüdlich weiter. Gebe nicht auf. Für Claire und Sophie, meine beiden Wunder.

Mit brennenden Augen drücke ich ihnen jeweils einen Schmatzer auf die Wange und winke ihnen zum Abschied zu, während sie zum Eingang der Vorschule laufen. Seit nunmehr vier Monaten bringe ich sie jeden Vormittag hierher, gebe beiden einen Abschiedskuss und haste zur Arbeit. Dennoch ist jeder Abschied schwer. Vor allem für mich. Sie sind so schnell gewachsen. Ein Blick auf die Uhr und ich renne weiter Richtung U-Bahn. Zu den Harolds sind es sechs Haltestellen und zwei Umstiege.

Ich verspäte mich um zweiundzwanzig Minuten. Als ich vor der Tür auftauche, öffnet Mrs. Harold mit einer abfälligen Miene die Tür.

„Es tut mir wahnsinnig leid, Mrs. Harold. Ich weiß, Sie mögen es nicht, wenn man sich verspätet, aber ...", versuche ich mich zu entschuldigen, doch sie fällt mir ins Wort.

„Sparen Sie sich die Mühe, Miss Parker. Ich habe

bereits bei der Agentur angerufen und nach einer neuen Haushaltshilfe verlangt. Sie sind hier fertig", faucht sie erbost.

„Was?" Das Wort ist nicht mehr als ein Hauchen. „Bitte, Misses Harold, das war wirklich nicht meine Absicht. Ich bin zu spät ins Bett und habe verschlafen und dann ..." Mit einem abfälligen Schnauben bringt sie mich zum Schweigen.

„Dass Sie die ganze Nacht feiern und sich sonst wo herumtreiben, ist nicht mein Problem. Sie sind zum wiederholten Male zu spät. So etwas Unzuverlässiges können wir nicht gebrauchen. Guten Tag." Ohne mich zu Wort kommen zu lassen, schlägt sie mir die Tür vor der Nase zu und lässt mich im Hausflur stehen. Sprachlos starre ich die grün lackierte Oberfläche mit der goldenen Apartmentnummer an. Die Erkenntnis sickert langsam in mich ein, wie heißer Teer, der mich innerlich verbrennt. Ich habe die Harolds als Kunden verloren, das sind drei Tage die Woche, insgesamt achtzehn Stunden, die ich nicht bezahlt werde. Wir brauchen das Geld, mehr denn je. Zwar haben die Mädchen eine staatliche Förderung für die Vorschule erhalten, doch die reicht nicht aus, um für alle Kosten aufzukommen. Das schrille Piepsen meines Telefons reißt mich aus der Starre. Hastig entferne ich mich von der Tür der Harolds und krame das nervtötende Ding aus der Tasche. Ein Blick auf das Display und mein Magen verknotet sich.

„Hey, Sarah", grüße ich die Agenturchefin mit verunsicherter Stimme.

„Holly, die Harolds haben die Zusammenarbeit mit dir unverzüglich beendet. Willst du mir vielleicht erklären, wieso?" Sie klingt nicht wütend, sondern endlos genervt und ungeduldig.

„Ich habe heute früh verschlafen und mich um zwanzig Minuten verspätet", gestehe ich auf meinem Weg hinaus aus dem Gebäude. Draußen angekommen, weiß ich allerdings nicht, in welche Richtung ich gehen soll, jetzt, da ich keinen Job mehr habe.

„Hör zu, Kleine, ich mag dich. Aber das ist bereits das zweite Mal, dass gegen dich eine Beschwerde eingeht. Ich habe hier einen Ruf zu verlieren", erklärt sie mir sachlich. Im Hintergrund höre ich ihre Kaffeemaschine dröhnen.

„Bitte, Sarah, es tut mir wahnsinnig leid. Das wird nicht mehr vorkommen. Bitte! Ich brauche den Job wirklich dringend", flehe ich. Diesmal schaffe ich es nicht, meine Tränen zurückzuhalten. Auf offener Straße direkt vor dem Eingang zu einem noblen Apartmenthaus stehe ich heulend da und bettle am Telefon um Arbeit. Ich würde lügen, wenn ich behaupten würde, dass das der Tiefpunkt meines Lebens ist, doch diesen Gedanken verdränge ich sogleich wieder. Sarah seufzt auf.

„Du hast Glück, dass die Beschwerden nur wegen der Unpünktlichkeit waren", erwidert sie gedehnt, als würde sie mich mit Absicht auf die Folter spannen. „Von daher bekommst du noch eine Chance. Die Letzte."

„Oh Gott, danke, Sarah. Ich danke dir von Herzen", wimmere ich erleichtert und sehe zum Himmel hinauf. Vielleicht hat der liebe Gott mich ja doch nicht vergessen. Auch wenn es sich an den meisten Tagen so anfühlt. Sofort beiße ich mir bei diesem Gedanken auf die Zunge.

Meine Kinder sind gesund, das ist alles, worum ich ihn je gebeten habe. Für den Rest bin ich selbst verantwortlich.

„Schon gut, dank mir nicht zu früh. Dein neuer Kunde wohnt an der Upper East Side. Wie schnell kannst du dort sein?"

„In zehn Minuten", erwidere ich überglücklich.

„Gut, ich schicke dir seine Adresse gleich zu. Und Holly?"

„Ja?" Bei ihrem Tonfall fällt mir das Herz ein weiteres Mal in die Hose.

„Vermassel es diesmal nicht", warnt sie mich und legt auf, ohne auf eine Antwort zu warten. Der Knoten in meinem Magen löst sich auf. Die Tränen versiegen. Zwar habe ich die Anstellung bei den Harolds verloren, doch Sarah glaubt noch an mich. Vielleicht hatte sie einfach nur Mitleid, als sie meine weinerliche Stimme gehört hat, doch das spielt alles keine Rolle. Das Einzige, was zählt, ist, dass ich noch einen Job habe, bei dem ich sofort anfangen kann. Damit ist die nächste Wochenmiete gesichert.

Kapitel Fünf
HOLLY

Als ich vor dem imposanten Gebäude auf der Upper East Side stehe, den Kopf in den Nacken gelegt, überkommt mich die Aufregung. Bisher hat mir Sarah keinen Kunden in dieser Gegend zugeteilt. Die Menschen, die hier leben, sind sehr wohlhabend – ein Umstand, der meine Finger nervös am Riemen meiner Handtasche spielen lässt. Ich atme tief durch, zwinge mich zur Ruhe und betrete das imposante Gebäude. Ein Portier namens Michael empfängt mich mit professioneller Freundlichkeit. Nachdem ich mich vorgestellt habe und er einen kurzen Anruf tätigt, öffnet sich für mich die Aufzugstür. Mein Magen zieht sich zusammen, als ich in die glänzende Kabine trete. Der Fahrstuhl schnellt nach oben, so rasant, dass mir kurz der Atem stockt. Reflexartig presse ich mich gegen die Wand, als könnte ich mich so gegen die absurde Geschwindigkeit wappnen. Für einen Moment habe ich das irrationale Gefühl, er könnte einfach weiter durch die

Decke rasen – direkt hinaus in den Kosmos. Dann, nach wenigen Sekunden, gleiten die Türen lautlos auf und entlassen mich in die dreiundsechzigste Etage. Mit wackelnden Knien trete ich heraus und verfluche bereits den Moment, in dem ich mit diesem Höllengefährt wieder nach unten muss. Vielleicht sollte ich mir angewöhnen, die Treppe zu nehmen. Das wiederum würde bedeuten, ich müsste eine Stunde früher hier sein, um pünktlich oben anzukommen. Kopfschüttelnd verwerfe ich den Gedanken.

Am Ende des langen Flurs erstreckt sich ein bodentiefes Fenster, durch das die Sonne den polierten Marmorboden in goldenes Licht taucht. Rechts und links davon führen zwei Türen zu den Apartments. Vor der Nummer 63 A bleibe ich stehen. Das Türblatt ist aus edlem Holz, makellos auf Hochglanz poliert. Trotz des Lichts, das jeden Winkel erfasst, entdecke ich nicht den kleinsten Fingerabdruck auf der glatten Oberfläche. Selbst die Klingel scheint unberührt, so als hätte hier noch nie jemand geklopft oder geklingelt.

Zögernd lege ich den Daumen auf den schimmernden Knopf. Kaum dass das leise Summen ertönt, überkommt mich ein absurdes Schuldgefühl. Mein Abdruck, winzig und vergänglich, durchbricht die Perfektion dieses makellosen Eingangs.

Eine kleingewachsene, rundliche Frau in den Vierzigern, ebenfalls in Schwarz gehüllt, mit einer weißen Kochschürze um die Körpermitte, öffnet mir mit grimmigem Gesichtsausdruck die Tür.

„Ähm, hallo, ich bin Holly Parker, die neue Haushaltshilfe", stelle ich mich bei ihr vor und strecke ihr die

Hand entgegen. Sie mustert mich abfällig von Kopf bis Fuß, in ihren Augen erkenne ich keinen Funken Freundlichkeit.

„Noch so ein junges Ding", brummt sie und tritt zur Seite, um mich hineinzulassen. Zögernd betrete ich die Wohnung und mir bleibt der Mund offen stehen. Alles ist einladend und in hellen Beige- und Grautönen gehalten. Vom Eingangsbereich kommt man direkt in den geräumigen Wohn- und Essbereich. Die Couch in U-Form ist die größte, die ich je gesehen habe. Sie befindet sich links, in der Mitte davon hängt ein schwarzer Kamin von der Decke. Rechts ist die Fensterfront, die sich über die gesamte Länge der Wand erstreckt und einen atemberaubenden Ausblick zeigt. Der Esstisch ist gigantisch und bietet einem Dutzend Menschen Platz. Die Küche in edlem Schwarz mit goldenen Griffen und Armaturen ist geräumig und auf Hochglanz poliert, genau wie die Eingangstür. Wie alles hier in diesem Apartment. Auf den ersten Blick wirkt es wie aus einer Zeitschrift. Perfekt hergerichtet, um für ein Magazin abgelichtet zu werden, doch bei näherer Betrachtung kann ich keinen persönlichen Touch finden, keinen Hinweis darauf, dass hier tatsächlich Menschen leben. Oder in diesem Fall nur ein Mensch. Vincent Thorne. Mein neuer Boss. Laut Sarahs E-Mail werde ich ihn selten zu Gesicht bekommen. Seine Haushälterin hingegen schon. Vor ihr hat mich Sarah in der E-Mail gewarnt. Nadine Paulls scheint eine Vorliebe dafür zu haben, die Haushaltshilfen zu vergraulen. Meine Agenturchefin nannte zwar keine Details, nur dass Misses Paulls meine Vorgängerin so lange ignoriert hatte, als sei sie wahrhaftig nicht anwesend, dass das arme Ding freiwillig gegangen ist, genau wie ihre Vorgängerin. Eine ätzende Person, die ins Altersheim gehört. Sarahs Worte, nicht meine.

„Das Putzzeug findest du dort drüben", krächzt sie und deutet mit dem Kinn auf eine Tür links von mir, die vermutlich in eine Art Abstellkammer führt. „Du verrichtest deine Arbeit gefälligst leise. Kein Telefon, keine Fotos im Apartment. Wenn ich in der Küche bin, putzt du woanders. Klar?" Abschätzig und mit verschränkten Armen vor der Brust sieht sie mich unverhohlen an.

„Ich verstehe", bestätige ich und schenke ihr ein ehrliches Lächeln, in der Hoffnung, sie für mich zu erwärmen, doch sie schnaubt nur abfällig und macht sich auf den Weg in die Küche. Puh! Das könnte ein harter Brocken werden, aber wenn wir beide ab sofort regelmäßig miteinander arbeiten werden, sollten wir uns einigermaßen gut verstehen. Daher werde ich die Worte, die ich am liebsten zu ihr sagen würde, hinunterschlucken und mich an die Arbeit machen. Die Besenkammer ist gut sortiert und mit allem ausgestattet, was ich brauche. Um Misses Paulls aus dem Weg zu gehen, beschließe ich, in einem der hinteren Räume zu beginnen. Hinter der ersten Tür befindet sich ein großzügiges Büro, üppig erleuchtet von den bodentiefen Fenstern. In der Mitte steht ein moderner Schreibtisch aus massivem Glas, selbst die Tischbeine sind daraus. Gegenüber der Fensterfront ist ein Wandschrank, in dem sich zahlreiche Bücher in Reih und Glied sammeln. Diese scheinen nach einem System geordnet zu sein, das ich noch nicht durchblicke. Aber das ist auch nicht meine Aufgabe. Mein Job ist es, hier alles lupenrein zu halten. Daher greife ich mir einen Lappen und beginne, die Oberflächen abzustauben. Da ich später angefangen habe zu arbeiten als üblich, werde ich mich heute beeilen müssen.

Um kurz vor drei melde ich mich bei Misses Paulls ab, die mich kaum beachtet. Wie erwartet katapultiert mich der Fahrstuhl förmlich nach unten. Mit flauem Magen eile ich los. Leider ist heute nicht mein Glückstag, denn obwohl ich wie eine Irre durch die Straßen New Yorks renne, stehen meine Mädchen bereits vor dem Eingang der Vorschule und warten auf mich.

„Hey, ihr zwei. Bitte entschuldigt, dass ich mich verspätet habe. Wartet ihr schon lange? Wieso haben sie euch überhaupt aus dem Gebäude gelassen?", sprudelt es aus mir heraus, während ich beide fest in meine Arme schließe und jedem von ihnen einen Kuss verpasse.

„Hallo, Mommy", grüßen sie mich synchron. Das machen sie oft, als wären ihre Gehirne miteinander verkabelt und sie wüssten genau, was in welchem Moment gesagt werden muss. Manchmal ist das echt beängstigend, sogar für mich.

„Miss Azura meinte, wir müssen draußen warten, da die Schule abgeschlossen werden muss", erklärt mir Sophie. Stirnrunzelnd sehe ich sie an und werfe dann einen Blick auf die Uhr. Es sind gerade einmal fünfzehn Minuten, die ich zu spät gekommen bin, und da schicken sie meine Kinder alleine raus vor den Schulhof, um auf mich zu warten? Leider weiß ich, in welcher Gegend wir uns hier befinden und dass ich mir keine Einwände oder Klagen erlauben kann. Zu wertvoll ist das Stipendium, anders könnte ich es mir niemals leisten, sie auf eine

Vorschule zu schicken. Also schlucke ich den Kloß hinunter und setze ihn auf die wachsende Liste der Dinge, die mich abgrundtief stören – die ich aber noch nicht ändern kann. Doch ich arbeite daran.

Hand in Hand schlendern wir zurück nach Hause, während Claire und Sophie mir abwechselnd erzählen, was sie heute alles erlebt haben. In unserer Wohnung angekommen, erledigen wir gemeinsam den eigenen Haushalt, ehe es Zeit fürs Abendessen ist.

„So, Mädels, auf geht's zu Granny", verkünde ich freudig und genieße das Strahlen in den Augen meiner Kinder beim Erwähnen von Grannys Namen. Schneller als ich blinzeln kann, rennen sie beide aus der Tür und den Gang entlang zum Nachbarapartment, wo Granny bereits auf sie wartet. Ich eile ihnen hinterher und drücke sie zum Abschluss noch mal, denn ich werde nicht bleiben können. Der Job im Diner ruft nach mir.

„Danke, Granny." Liebevoll drückt mir meine Nachbarin die Hand.

„Nicht dafür, mein Schatz. Ich liebe die Mädchen und solange ich kann, werde ich dir immer unter die Arme greifen", erwidert sie. „Du siehst blass aus, Kind. Schläfst du denn genug?"

„So viel ich kann", lüge ich, um sie zu beruhigen. Dass sie immer auf meine Mädchen aufpasst und sie ins Bett bringt, während ich im Diner die Nachtschicht übernehme, ist das Beste, was uns passieren konnte. Da muss ich die alte Frau nicht noch beunruhigen, indem ich ihr erzähle, dass ich keine Nacht mehr als vier Stunden Schlaf erhalte. Oder dass ich heute verschlafen habe und zwei Mal zu spät gekommen bin. Nein, vermutlich werden das Claire und Sophie ohnehin erzählen.

„Na gut, Schätzchen. Mach dir keine Sorgen, deine Mädchen sind hier gut aufgehoben", versichert sie mir, weil sie meinen müden und traurigen Blick bemerkt hat.

„Daran habe ich nie gezweifelt. Danke nochmals", betone ich erneut, gebe Misses Pavlov, die wir Granny nennen, einen Kuss auf die Wange. Danach verschwinde ich wieder in meinem Apartment, um mich für die Schicht fertigzumachen. Wenigstens werde ich bei diesem Job pünktlich antreten.

Unterwegs zum Diner werfe ich beim Gehen einen Blick in mein E-Mail-Postfach, um sicherzugehen, dass Sarah keinerlei Beschwerden meines neuen Arbeitgebers über mich erhalten hat. Erleichtert seufze ich aus, als keine Nachrichten ankommen. Gerade, als ich das Smartphone wieder zurück in meine Tasche schieben will, pralle ich mit jemandem zusammen.

„Oh, pass doch auf, du ...", zischt eine weibliche Stimme, verstummt jedoch augenblicklich. Und als ich das Gesicht hebe, um diejenige anzublicken, die mich gerade noch beleidigen wollte, erstarre ich.

Kapitel Sechs
HOLLY

"Rachel?" Meine Stimme hört sich kratzig an, als ich den Namen meiner besten Freundin ausspreche. Besser gesagt, ehemals beste Freundin. Heute sind wir nicht einmal mehr Bekannte.

"Wow, Holly!", ruft sie überrascht, kommt auf mich zu und zieht mich in eine stürmische Umarmung. Zu irritiert von dieser plötzlichen Herzlichkeit, bleibe ich steif und erwidere sie nicht. "Was machst du denn hier?", fragt sie aufgeregt, löst sich von mir und sieht mich erwartungsvoll an. Ihr Gesicht hat sich kaum verändert – das Make-up ist raffinierter, der Haarschnitt perfekt gestylt, die Kleidung teuer. Doch ihre Augen, die mich strahlend entgegenblicken, sind noch immer die gleichen.

"Ich arbeite dort drüben", antworte ich schlicht und deute mit dem Finger auf das Diner am Ende der Straße.

"Wahnsinn. Wie lange ist das jetzt her?"

"Fast fünf Jahre", erwidere ich tonlos, denn die Erinnerung an unsere letzte Begegnung ist alles andere als angenehm.

Rachels Worte hallen noch immer in mir nach: „Was soll das heißen, du willst die Babys behalten?"

„Ich kann sie nicht einfach weggeben. Sie sind meine Kinder!", brülle ich zurück, während meine Augen brennen, doch ich lasse die Tränen nicht zu. Noch nicht. Denn im Moment bin ich zu wütend. Und zu verletzt.

„Du ruinierst damit dein Leben. Und meins gleich mit! Das kann ich nicht zulassen", hält sie dagegen und funkelt mich mit vor der Brust verschränkten Armen erbost an. „Wir sind gerade einmal achtzehn Jahre alt und vor Wochen erst nach New York gekommen. Was denkst du, kannst du den Kindern bieten, hm?" Ihre Worte treffen mich wie ein Vorschlaghammer, doch ich werde sie nicht an mich heranlassen. Ich weiß, dass sie recht hat. Wir haben kaum noch Geld übrig, da ein Großteil für den Mietvorschuss draufgegangen ist. Zudem arbeiten wir beide wieder in einem Diner, das uns noch schlechter bezahlt als das in Boston. Und dennoch bin ich glücklich und froh darüber, hierhergekommen zu sein. Mit ihr! Unseren Traum von einem Leben in New York endlich zu realisieren. Bis jetzt. Angst und Wut kämpfen in mir um die Vorherrschaft.

„Glaubst du, das weiß ich nicht?", schreie ich sie an, sodass sie zusammenzuckt. „Ich weiß sehr wohl, dass meine Chancen beschissen sind. Dass ich mir ab sofort jede freie Minute den Arsch aufreißen werde, um mich und meine Babys über Wasser zu halten. Aber das nehme ich gerne in Kauf. Du hast keine verdammte Ahnung, wie es ist, ein Kind in sich zu tragen!" Meine Worte sind

brutal und sollen sie verletzen, genauso wie sie mich verletzt hat.

„Nein, ich habe keine Ahnung. Das liegt wohl daran, dass ich mich nicht einfach von einem Wildfremden auf dem Klo ficken lasse!", donnert sie zurück und ich verstumme. Mit einem Mal wird mir jeglicher Wind aus den Segeln genommen. Genau wie aus meiner Lunge, denn meine Brust wird eng. Das Gefühl, nicht mehr atmen zu können, lässt meine Sicht verschwimmen.

„Na klasse, jetzt heulst du auch noch. Siehst du nicht, was diese scheiß Hormone und diese Schwangerschaft mit dir anstellen? Du bist nicht mehr du selbst." Sie macht einen Schritt auf mich zu, doch ich hebe abwehrend die Hand, den Blick auf meinen wachsenden Bauch gerichtet, in dem nicht nur ein Baby heranwächst. Die Emotionen, die mich bei diesem Anblick durchfluten, sind vielfältig, doch nur eine einzige zählt. Liebe. Ich liebe meine Babys, von dem Moment an, als ich erfahren habe, dass ich schwanger bin. Ich wollte es nur nicht wahrhaben. Wollte es mir nicht eingestehen. Deshalb war ich mit Rachels Plan einverstanden, nach New York zu ziehen, das Baby auszutragen und es mithilfe einer vernünftigen Adoptionsagentur an wohlhabende und liebende Eltern zu vermitteln. Danach würde ich mein Leben weiterführen, als wäre das alles niemals passiert. Die Agentur hat einen Vorsorgetermin bei einer Gynäkologin vereinbart, die eine Ultraschalluntersuchung gemacht hat. Und als ich dann sah, wie nicht nur eins, sondern gleich zwei winzige Wesen in meinem Bauch umherschwammen, war ich mir einer Sache sicher: Ich liebe meine Babys und könnte sie niemals weggeben. Für kein verdammtes Geld der Welt. Es ist mir

egal, dass ich jung bin. Es ist mir egal, dass ich keine liebenden Eltern habe, die mir den Rücken stärken und unter die Arme greifen werden. Das Einzige, was für mich gezählt hat, war Rachel, die mir versprochen hat, mir zur Seite zu stehen. Für mich da zu sein, nachdem meine Eltern mich rausgeworfen haben, als sie von der Schwangerschaft erfahren haben. Die Wohnung sei zu klein für so viele Menschen und da ich dumm genug war, mich schwängern zu lassen, sollte ich sehen, wie ich selbst aus dieser Situation herauskomme. Ich war allein, obdachlos und überfordert. Wenigstens hatte ich den Highschoolabschluss in der Tasche.

„Ich werde meine Babys behalten, ob mit oder ohne deine Hilfe", presse ich heraus und hasse mich selbst dafür, dass meine Stimme am Ende bricht. Rachel sieht mich ungläubig an.

„Dann war's das wohl. Ich werde nicht hierbleiben und dabei zusehen, wie du zugrunde gehst", schnaubt sie, dreht sich um und geht in ihr Zimmer.

Wir haben eine ganze Woche nicht miteinander gesprochen, bis sie eines Morgens verschwunden war. Zurückgelassen hat sie lediglich einen Notizzettel und ein leergeräumtes Zimmer.

„Vielleicht kommst du ja zur Vernunft. Ruf mich an, wenn es so weit ist. Falls nicht, schuldest du mir die Hälfte der Miete." Mehr hatte mir meine beste Freundin aus Kindheitstagen, mit der ich großgeworden bin und alles geteilt habe, nicht zu sagen.

„Holly?" Eine Hand fuchtelt vor meinem Gesicht und ich erwache aus der Erinnerung, die noch genauso schmerzt wie vor fünf Jahren.

„Alles okay bei dir?", fragt Rachel mit ehrlich besorgtem Ausdruck.

„Ähm, ja. Klar. Alles gut", erwidere ich hastig. Das Letzte, das ich jetzt gebrauchen kann, ist ein weiterer Streit mit ihr auf offener Straße kurz vor Schichtbeginn. Meine Brust hat sich ohnehin schon bei ihrem bloßen Anblick fest zugeschnürt und droht, mich zu ersticken.

„Wie ist es dir ergangen?", versuche ich abzulenken.

„Fantastisch, weißt du. Das Leben in New York ist einfach ein Traum, nicht? Klar, das ist ein hartes Pflaster, aber von nichts kommt ja bekanntlich nichts", schwärmt sie und als ich nichts darauf erwidere, plappert sie weiter. „Ich wurde von einem Agenten entdeckt. Wie in einer kitschigen Geschichte", lacht sie verlegen. „Er hat mich bei verschiedenen Agenturen vorgestellt und ehe ich mich versah, hatte ich mein erstes Fotoshooting. Jetzt arbeite ich als Model und Influencerin. Du hast mich sicher schon mal auf Social Media gesehen."

„Um ehrlich zu sein, nein", gebe ich zu. „Ich habe keine Social-Media-Accounts."

„Was? Wieso nicht?", will sie mit gespielter Empörung wissen.

„Ich habe keine Zeit", antworte ich achselzuckend und es ist die Wahrheit. Wenn ich nicht am Arbeiten bin, dann bin ich mit den Mädchen beschäftigt oder versuche, in den wenigen Stunden den Schlaf der vergangenen fünf Jahre nachzuholen.

„Oh", ist alles, was sie herausbekommt. „Wie geht's den ... ähm, Kindern?" An der Art und Weise, wie sie das letzte Wort ausspricht, merke ich, dass sie sich bei der Frage unbehaglich fühlt. Gut so. Sie hat kein Recht, mich nach ihnen zu fragen. Ihre braunen Augen, die mir so vertraut sind, glänzen feucht, ihre Wangen sind gerötet. So wie sie aussieht, geht es ihr genauso wie mir, daher schlucke ich die aufkeimende Wut herunter.

„Es geht ihnen gut. Sie sind gesund und frech. Halten mich auf Trab." Das muss reichen, für mehr bin ich nicht bereit.

„Das ist toll. Ich freue mich für dich. Hey, wir sollten unbedingt ausgehen. Am Samstag ist diese Wahnsinnsparty von einem Fotografen in Manhattan. Möchtest du mitkommen?" Sie strahlt förmlich und ich sehe, wie sie in Gedanken die guten alten Zeiten durchspielt. Wie wir damals zusammen gefeiert und getanzt haben. Uns gegenseitig die Haare frisiert und überlegt haben, welches Outfit das Richtige für den Anlass wäre. In einem anderen Leben, vor einer gefühlten Ewigkeit.

„Das ist wirklich nett, dass du fragst, aber ich kann nicht", sage ich ab und klammere mich ein wenig fester an den Schultergurt meiner Handtasche. Das letzte Mal auf einer Party war ich mit ihr in Boston. Seitdem war ich nicht mehr aus.

„Warum nicht?"

„Ich muss arbeiten. Nachtschicht", erkläre ich achselzuckend. Rachel nickt lediglich.

„Dann ein anderes Mal, ja?"

„Sicher. Du weißt ja jetzt, wo du mich findest", entgegne ich und deute mit dem Daumen auf das Diner, in dem meine Schicht in wenigen Minuten startet.

„Ich komme dich besuchen. Ganz bald", verspricht sie mir und schlingt ihre Arme erneut um mich. Dieses Mal erwidere ich die Geste, wenn auch nur halbherzig.

Sie zu sehen hat etwas in mir ausgelöst. Einen tiefen Schmerz zurück an die Oberfläche gespült, doch überraschenderweise ist er nicht explodiert, hat mich nicht in ein schreiendes, heulendes Monster verwandelt. Es tut weh, dennoch ist es schön, Rachel wiederzutreffen. Zu sehen, dass es ihr gut geht und sie ihren Traum lebt, der einst auch meiner war.

„Ich hab dich vermisst, Holly", murmelt sie leise in mein Haar, dass ich es kaum verstehe, aber ich erwidere nichts. Ich kann nicht. Denn der Kloß aus Wut, Trauer und Freude hat sich zurückgekämpft und hält mich vom Sprechen ab. Daher drücke ich sie ein wenig fester in der Hoffnung, dass sie es auch ohne Worte versteht.

Kapitel Sieben
VINCE

„Ja, Mister Thorne?", meldet sich mein Assistent direkt beim ersten Klingeln.

„Wo ist die Willis-Akte?"

„Alle Unterlagen, die auf Ihrem Schreibtisch lagen, habe ich Ihnen eingepackt, Sir. Darunter befand sich keine Akte mit der Bezeichnung Willis." Sein Tonfall ist regungslos wie der eines Roboters. Eigentlich habe ich ihn genau aus diesem Grund eingestellt, weil ich keine sensiblen Heulsusen um mich herum gebrauchen kann, die drohen, sich nach jeder Kritik aus dem fünfzigsten Stockwerk zu stürzen. Tomas scheint keinerlei Emotionen zu verspüren oder er kann sie ausgezeichnet vor mir verbergen. Was ich anfangs sehr zu schätzen wusste, bringt mich aktuell auf die Palme. Am liebsten würde ich ihn anbrüllen, nur um zu sehen, ob er unter dem Druck seine Fassade aufrechterhalten kann, doch ich bleibe gelassen. Ohne ein weiteres Wort lege ich auf und seufze.

„Harvey, wir müssen unterwegs im Apartment vorbei", weise ich meinen Fahrer an.

„In Ordnung, Sir", bestätigt er und nickt mir über den Rückspiegel zu. Es ist kein großer Umweg, jedoch ist der Verkehr unerbittlich, genau wie mein nächster Kunde. Wir verhandeln beim Lunch einen Millionendeal, da werde ich den Teufel tun und zu spät kommen. Geschweige denn unvorbereitet. Theoretisch kenne ich alle Zahlen und Fakten, dennoch brauche ich diese verdammte Akte.

Harvey fährt vor und ich mache mir nicht die Mühe, zu warten, bis er vernünftig eingeparkt hat, als ich aussteige. Oben angekommen haste ich zur Tür und öffne sie mittels Fingerabdruck.

„Oh, hallo Mister Thorne, ich hatte Sie nicht zum Lunch erwartet", begrüßt mich meine Haushälterin mit verwirrtem Ausdruck im Gesicht.

„Ich werde nicht bleiben, Nadine", erkläre ich ihr auf dem Weg ins Büro. „Ich bin gleich wieder ..." Mein Blick fällt auf die junge Frau, die mitten in meinem Arbeitszimmer steht. Vor Schreck ist ihr der Putzlappen aus der Hand gefallen. Ihre Augen sind weit aufgerissen, ihre Lippen geöffnet, als würde sie gleich losschreien. Genau wie ich. Perplex stehe ich wie versteinert in der Tür, die Klinke in der Hand und starre sie an. Ihre himmelblauen Augen, das goldblonde Haar, das zu einem Dutt im Nacken zusammengebunden ist. Die rosafarbenen Lippen, noch immer genauso prall wie bei unserer letzten Begegnung.

„Du."

„Sie."

Ihre Stimme ist nicht mehr als ein Flüstern. Entgeistert starrt sie mir unverhohlen ins Gesicht, als sei sie auf der Suche nach etwas, doch mit einem Mal blinzelt sie und wendet ihren Blick ab. Steif bückt sie sich und hebt den Lappen auf.

„Entschuldigen Sie, Mister Thorne, Sie haben mich erschreckt. Soll ich Sie in Ihrem Büro alleine lassen?", fragt sie mit unsicherer Stimme.

„Was machst *du* hier?", werfe ich ein, ohne auf ihre Frage zu antworten, trete einen Schritt näher und schließe die Tür und uns beide ein. Wie damals, als ich sie mit mir auf die Herrentoilette gezogen habe. Mit verschränkten Armen sehe ich sie auffordernd an.

„Ich bin die neue Reinigungskraft von der Agentur, Sir", erwidert sie trotzig und nimmt dieselbe Abwehrhaltung wie ich ein. Sie sieht noch genauso aus wie vor fünf Jahren, nur mit weniger Make-up im Gesicht. Die Länge der Haare erkenne ich dank des Dutts nicht, doch ich erinnere mich noch genau, was ich mit ihrer langen Mähne gemacht habe. Ich trete einen weiteren Schritt vor, verkleinere den Abstand zwischen uns.

„Wusstest du, für wen du arbeiten wirst?" Keine Ahnung, warum ich das frage, aber ich muss es wissen. Muss wissen, ob sie sich noch an mich erinnert.

„Ich erhalte lediglich die Adresse und den Namen des Kunden, für den ich arbeiten werde. Für den Rest ist die Agentur zuständig", erklärt sie mir und ich sehe, wie sie ihre Zähne aufeinanderpresst.

„Weißt du, wer ich bin?" Wieder mache ich einen Schritt vor, bedränge sie, doch sie weicht nicht zurück. Ohne High Heels ist sie um einen Kopf kleiner als ich.

Zudem wirkt sie dünner als damals, weniger kurvig. Wobei das schwer zu beurteilen ist in diesen weiten schwarzen Klamotten.

„Sie sind Mister Thorne", erwidert sie ruhig, als sei all die aufkeimende Rebellion aus ihr gewichen.

„Erinnerst du dich an mich?" Mit diesem letzten Schritt schließe ich den Abstand zwischen uns beiden. Nun stehe ich direkt vor ihr, könnte sie berühren, meine Hand ausstrecken und über ihre Wange gleiten lassen, doch ich beherrsche mich, obwohl der Drang beinahe die Überhand gewinnt.

„Wie gesagt, Mister Thorne, ich bin nur zum Putzen hier. Ich glaube nicht, dass wir uns bereits begegnet sind", lügt sie und weicht einen Schritt zurück. Dabei stößt sie mit ihrem Hintern an meinen Schreibtisch, was sie scharf die Luft einziehen lässt. Mein Blick fällt erneut auf ihre Lippen, die sie zu einem schmalen Strich zusammengepresst hat. Offenbar bereitet ihr das Ganze Unbehagen. Zu schade, dass es mir solch einen Spaß macht, sie ein wenig zu ärgern.

„Wie heißt du?"

„Holly Parker."

„All die Jahre habe ich mich gefragt, wie er wohl lautet", gestehe ich und kann der Versuchung nicht länger widerstehen, ihr eine verirrte Haarsträhne hinter ihr Ohr zu streichen. Sie atmet hörbar ein, lässt die Geste jedoch zu.

„Ich denke, Sie verwechseln mich", flüstert sie atemlos.

„Das denke ich nicht." Denn ich erinnere mich genau an den Moment, an dem ich sie zum ersten Mal sah. Wie ihre Augen verunsichert durch die Empfangshalle huschten und ihr Blick dann meinen traf. Diese azurblauen Augen, die aus der Entfernung funkelten. Dazu dieser hohe Pferdeschwanz, der ihr bis an den unteren Rücken reichte. Ich wusste sofort, was ich damit anstellen wollte. Was ich mit ihr anstellen wollte und ihr Gesichtsausdruck verriet mir, dass sie nicht abgeneigt war.

Noch immer weicht sie nicht vor mir zurück. Ihre Brust hebt und senkt sich schneller, doch es sind ihre Augen, die mich zurückweichen lassen. In ihnen ist nichts mehr von ihrem damaligen Verlangen zu sehen. Nur nackte Angst, als hätte ich mich in ein abscheuliches Monster verwandelt.

„Und du erinnerst dich wirklich nicht an mich?"

„Bitte, Mister Thorne, ich möchte nur meinen Job machen", bittet sie mit gebrochener Stimme und senkt den Blick.

„Natürlich", erwidere ich gepresst, gehe an ihr vorbei zum Schreibtisch und schnappe mir die Akte, wegen der ich gekommen bin. „Die hier habe ich vergessen. Also lass dich von mir nicht weiter stören." Ihr Blick schießt wieder nach oben.

„Sie ... ich darf ... bleiben?" Unglaube mischt sich zu der Furcht in ihrem Gesicht und das löst ein unbekanntes Gefühl in mir aus. Was macht diese Frau nur mit mir? Welches Spiel spielt sie?

„Ich wüsste nicht, was dagegen spricht", antworte ich achselzuckend. „Schließlich sind wir uns vorher noch nie begegnet." Ich schenke ihr ein Lächeln, bevor ich einen letzten Blick auf sie werfe und dann aus dem Raum schlendere. Denn soeben macht sich ein Gedanke in mir breit. Ich werde Holly Parker dazu bringen, sich wieder an mich zu erinnern.

„Nadine, an welchen Tagen ist die neue Reinigungskraft da?", will ich von meiner Haushälterin wissen.

„Montags, mittwochs und freitags, Sir. Wieso? Hat sie Ihnen Ärger gemacht? Ich kann sie sofort durch jemand anderen ersetzen lassen", bietet sie entrüstet an.

„Nicht nötig, sie macht einen guten Job. Ich will, dass sie bleibt. Sorgen Sie dafür, dass sie sich hier wohlfühlt", weise ich sie an. Schockiert reißt sie die Augen auf, verwundert über meine Anordnung. Bisher war es mir egal, wie sich die Putzkräfte hier gefühlt haben. Jedoch hat die Agentur auch niemanden geschickt, der mir seit fünf Jahren immer wieder durch den Kopf geistert. Holly Parker. So simpel und doch besonders. Es gibt so vieles, das ich an jenem Abend anders machen würde, wenn ich nur könnte. Doch das Schicksal hatte andere Pläne für mich. Und dass ich ihr ausgerechnet heute wieder begegne, kann kein bloßer Zufall sein. Vielleicht spielt mir das Schicksal erneut einen Streich?

Kapitel Acht

HOLLY

Obwohl ich eine Handfläche auf mein hämmerndes Herz presse, wird es nicht langsamer – hört nicht auf, wie wild gegen meine Brust zu schlagen. Das ist Vincent Thorne. ER! Himmel. Mir schwirrt der Kopf. Instinktiv kralle ich mich an der gläsernen Schreibtischkante fest, um nicht umzukippen.

Mr. Thorne. Er ist der mysteriöse Fremde von der Charity-Gala. Der Mann, der mich vom ersten Moment an in seinen Bann gezogen hat – nur um mich dann in einer engen Kabine auf der Herrentoilette zu verführen und danach fallenzulassen, als wäre ich Abfall.

Der Vater meiner Kinder.

Dieser Gedanke löschte jeglichen Trotz aus, der unerwartet in mir aufstieg, mich am liebsten aufbäumen lassen wollte wie eine gereizte Katze. Ich kann es mir nicht leisten, ihm die Stirn zu bieten. Ich brauche diesen Job. Das hier ist meine letzte Chance, in der Agentur zu bleiben. Wenn er sich bei Sarah über mich beschwert, bin ich geliefert. Und meine Mädchen gleich mit.

Sophie. Claire.

Mir schnürt es die Kehle zu. Vincent Thorne ist reich. Er hat Geld. Einfluss. Macht. Wenn er erfährt, dass ich all die Jahre seine Kinder vor ihm verborgen habe – wie wird er reagieren? Wird er mich als Lügnerin hinstellen? Oder schlimmer noch ... wird er sie mir wegnehmen?

Ich spüre, wie mich Panik zu ersticken droht. Nein. Das werde ich nicht riskieren. Er darf es niemals erfahren. Zwar hat er mich erkannt, doch ich habe die Unsicherheit in seinem Blick gesehen. Wenn ich bei meiner Geschichte bleibe, dass er mich verwechselt, wird er irgendwann das Interesse verlieren. Ich muss überzeugend sein. Ruhig bleiben. Lügen, wenn es sein muss. Es gibt keine andere Wahl.

Sarah sagte, er sei so gut wie nie zu Hause. Wahrscheinlich ist die heutige Begegnung auch unsere letzte. Seiner Wohnung und der ganzen Einrichtung nach zu urteilen, ist er ein totaler Workaholic und verbringt mehr Zeit in irgendeinem Büro als in seinen eigenen vier Wänden. Das werde ich zu meinem Vorteil nutzen.

Den Rest des Tages sehe ich weder Mister Thorne noch seine grimmige Haushälterin. Da ich alles für heute erledigt habe, mache ich pünktlich Feierabend und eile zur Vorschule, um meine Mädels abzuholen. Wir wollen gemeinsam einen Kuchen für Granny backen. Heute ist ihr zweiundsiebzigster Geburtstag. Seit vier Jahren halten wir an dieser Tradition fest. Die alte Dame ist schon lange mehr als eine Nachbarin. Sie ist ein Teil unserer kleinen Familie. Nachdem ich mit siebzehn schwanger geworden bin, wollte meine Mutter nichts mehr von mir wissen. Sie und mein Stiefvater haben mich, ohne mit der Wimper zu zucken, vor die Tür gesetzt. Es ist nicht so, dass wir jemals ein gutes Verhältnis miteinander hatten, dennoch bekam mein Herz einen Riss. Mittlerweile ist dieser Riss winzig und unbedeutend im Vergleich zu der offenen Wunde, die nach dem Streit mit Rachel in meiner Brust klafft. Sie war alles für mich. Die Schwester, die ich nie hatte, meine beste Freundin und mein Fels in der Brandung. Ohne zu zögern, hat sie sich damals ihre Sachen und all ihre Ersparnisse geschnappt und brach mit mir in eine unbekannte Zukunft auf. Wir machten uns nicht die Mühe, zurückzublicken. Denn in Boston gab es für uns nichts, was einen Blick wert war. Sie ist ohne Mom bei ihrem Dad aufgewachsen, der ein Spieler und Säufer war. Sie musste sich die ausgeklügeltsten Verstecke für ihr erarbeitetes Geld ausdenken, damit es vor ihm sicher war. Einen Großteil ihres Ersparten bewahrte sie bei mir auf. Zusammen haben wir ein neues Leben in einer fremden Stadt begonnen. Es fühlt sich noch wie gestern an, als wir in unsere erste gemeinsame Wohnung gezogen sind. Es gab nur ein Schlafzimmer, das ich ihr überlassen habe. Zwar haben wir beide gleich viel zur Miete beigetragen, doch ich war ihr so dankbar, dass sie bei mir geblieben ist, dass ich mich mit der Couch in der winzigen Wohnküche zufriedengab. Bis sie mich eines Tages verlassen hat. Eine Entscheidung, die weitreichende Folgen für mein Leben hatte, doch ich schätze, wir alle treffen täglich Entscheidungen, deren Ausmaß wir nicht immer vorhersehen können. An dem Tag, als ich meine aktuelle Wohnung zum ersten Mal betreten habe, kamen mir die Tränen. Die Wände waren kahl und mit einem Grauschleier überzogen. Von den Küchenfronten blätterte die Farbe ab und der Bezug der Schlafcouch war von Flecken übersät. Die erste Nacht verbrachte ich heulend im Bad, das ich zuvor drei Stunden geschrubbt habe. All die Traurigkeit hatte auch etwas Gutes. In dieser Nacht habe ich meine Babys zum ersten Mal gespürt. Wie eine sanfte Berührung des Trostes, welche mir neue Hoffnung gab. Aus Tränen der Verzweiflung wurden Tränen der Vorfreude. Dieses zarte Streicheln in meinem Inneren gab mir die Kraft, nicht aufzugeben. Am nächsten Tag machte ich mich an die Arbeit und schrubbte den Rest der Wohnung. Beim Rausbringen des Abfalls bin ich Mrs. Pavlov über den Weg gelaufen. Sie sah meinen Bauch, den ich nicht mehr verstecken konnte, und ihre Augen hellten sich auf. Sie half mir beim Verrücken der Möbel, beim Hochtragen von Einkäufen und Einrichten des Schlafzimmers. Sie überhäufte mich mit Babykleidung, die sie vor Jahren für ihre eigene Enkeltochter besorgt hatte. Leider kam sie nie dazu, sie kennenzulernen. Mrs. Pavlovs Tochter war zusammen mit ihrem Mann hochschwanger in einem Verkehrsunfall umgekommen. Ihr eigener Ehemann ist lange vor dem Tod ihres einzigen Kindes an einem Herzinfarkt gestorben. Seitdem ist sie allein. Das Schicksal hat mir in einem Moment voller Angst und Verzweiflung einen Rettungsring zugeworfen. Ich war am Ertrinken und Anna Pavlov hat mich gerettet. Dafür werde ich ihr auf ewig dankbar sein. Der Kuchen könnte niemals das aufwiegen, was sie für uns getan hat, aber es ist eine

Geste der Dankbarkeit und das Mindeste, was ich für sie tun kann.

Voller Stolz tragen Claire und Sophie den kleinen Schokoladenkuchen auf einem Teller hinüber zu Grannys Wohnung. In der Vorschule haben sie ihre Freistunde dafür genutzt und eine überdimensionale Geburtstagskarte gebastelt. Mein Herz platzt vor Freude, als die weinende Misses Pavlov uns drei in ihre Arme schließt.

„Ihr Lieben", schluchzt sie und führt uns hinein in ihre Wohnung. „Wie schön, dass ihr an mich gedacht habt." Sie so glücklich zu sehen, war es absolut wert, meine letzten dreißig Dollar für die Backzutaten auszugeben. Hoffentlich läuft die heutige Nachtschicht im Diner gut und die Gäste sind großzügig. „Na kommt, meine Süßen, ich habe uns was aus meiner Heimat gekocht", lädt uns das Geburtstagskind ein und mein Lächeln wird breiter. Ich liebe die russischen Gerichte, die sie hin und wieder zaubert. Es schmeckt nach zu Hause.

Nachdem wir alle gemeinsam eine ordentliche Portion mit Hackfleisch gefüllte Teigtaschen verdrückt haben, rutsche ich auf dem Stuhl zurück und reibe mir den Bauch. Wie erwartet war es köstlich, selbst meine Mädchen grinsen zufrieden. Bevor die Müdigkeit nach einer so üppigen Mahlzeit von mir Besitz ergreift, springe ich auf und räume den Tisch ab. Gemeinsam mit Mrs. Pavlov spülen wir das Geschirr, während Claire und Sophie mit den Puppen spielen, die Granny für sie gekauft hat.

„Danke für das unglaubliche Essen."

„Ach, mein Kind, das habe ich gerne gemacht. Du und die Mädchen, ihr bedeutet mir alles", gesteht sie und nimmt mich überraschend in den Arm. Gerührt von dieser Geste erwidere ich die Umarmung und kann die Tränen nicht länger zurückhalten.

„Du uns auch. Wir lieben dich." Langsam löst sie sich wieder von mir und schenkt mir ein warmes Lächeln.

„Du solltest wirklich mal was für dich tun, Liebes. Ausgehen, dich mit Freunden treffen. Du bist eine wundervolle Mutter, aber du darfst nicht vergessen, dass du auch eine Frau bist." Ihre Worte sind gut gemeint. Mir ist bewusst, dass sie keine bösen Absichten hat. Dennoch reißen sie alte Wunden auf.

„Da gibt es leider nur ein Problem. Ich habe weder die Mittel noch Freunde, um auszugehen", gebe ich zu und senke vor Scham den Blick. Dass ich knapp bei Kasse bin, ist kein Geheimnis. Jeder, der in dieser Gegend lebt, ist das. Seit dem Streit mit Rachel habe ich niemanden mehr an mich herangelassen. Keine Freunde, keine Bekanntschaften, mit denen ich ausgehen könnte. Ganz zu schweigen von den täglichen Nachtschichten im Diner, die es ohnehin nicht zulassen. Dass Berry mich jede Nacht arbeiten lässt, ist ein Segen und keine Selbstverständlichkeit. Das will ich nicht aufs Spiel setzen. Schon gar nicht, wenn ich in der Reinigungsagentur auf Messers Schneide stehe. Granny öffnet einen Hängeschrank ihrer Küche und zieht eine bunte Blechdose heraus. Als sie den Deckel aufdreht, weiche ich einen Schritt zurück.

„Hier, Liebes, nimm das. Du und die Mädchen, ihr könnt das besser gebrauchen", erklärt sie und hält mir einige Geldscheine entgegen.

„Das kann ich nicht annehmen", hauche ich. Hilflosigkeit überkommt mich, da ich nicht weiß, wie ich mit dieser großzügigen Geste umgehen soll.

„Natürlich kannst du, Holly. Ich brauche es nicht. Es liegt hier ohnehin bloß herum. Nimm es, mach dir einen schönen Tag. Wenn nicht mit Freunden, dann mit deinen Töchtern. Ich kenne niemanden, der es mehr verdient hat." Sie drückt mir die Geldscheine in die Hand und schließt sie darin ein. „Sieh es als ein verfrühtes Geburtstagsgeschenk."

Tränen laufen mir übers Gesicht. Ob vor Scham oder Überwältigung, weiß ich nicht. „Danke", ist alles, was ich trotz des Kloßes in meinem Hals herausbekomme. Ein weiteres Mal umarmen wir uns, geben uns gegenseitig Kraft. Tief in ihrem Inneren ist sie so gebrochen wie ich, doch vielleicht können wir gemeinsam einen Weg finden, die Stücke unserer zerschmetterten Herzen wieder zusammenzusetzen.

Kapitel Neun

VINCE

Holly geht mir nicht mehr aus dem Kopf.

Sie verfolgt mich, geistert durch meinen Verstand, bis ich mich selbst dabei ertappe, an meiner eigenen Erinnerung zu zweifeln. Habe ich mich wirklich geirrt?

Aber dann sehe ich sie wieder vor mir. *Diese Augen.* Azurblau, tief wie der Ozean an der Küste Frankreichs. Sie ist es. Die Frau, die ich vor fünf Jahren auf der Charity-Gala verführt habe. Die mich vom ersten Moment an fasziniert hat – und die ich im nächsten Atemzug einfach stehen ließ.

Noch immer bereue ich meinen damaligen Abgang. Ein besserer Mann wäre nicht geflohen, doch als ich das gerissene Kondom sah, drehte ich durch. Bei der Erinnerung an ihren entsetzten Blick, ihre geröteten Wangen und weit aufgerissenen Augen wird mir flau im Magen. Wir wussten beide, was das bedeuten konnte.

Ich wollte zurückgehen. Sie noch einmal küssen. Sie

schmecken und nach ihrem Namen fragen. Doch dann sah ich meine Mutter und alles andere wurde unwichtig. Sie wirkte blass und erschöpft, als hätte sie all ihre Kraft in dieser einen Stunde verbraucht. Vergessen war Holly und der Quickie in der Toilettenkabine. Ich half meiner Mutter auf die Beine, stützte sie, als sie kaum allein stehen konnte, und führte sie hinaus. Sie hatte sich sehr auf diesen Abend gefreut. Monatelang hatte sie sich ein Kleid von ihrem liebsten Designer maßschneidern lassen – nur um nach einer Stunde abbrechen zu müssen.

Der Krebs war zurück.

Eine Woche vor der Veranstaltung kam die erneute Diagnose. Sie wollte die Illusion, dass alles in Ordnung sei, aufrechterhalten und hatte es niemandem erzählt. Nicht einmal mir. Und während ich meine Mutter an diesem Abend aus dem Ballsaal führte, ohne mich ein letztes Mal umzusehen, ließ ich Holly in dieser Nacht nicht nur auf der Herrentoilette zurück.

Fünf Jahre lang habe ich hin und wieder an sie gedacht. Habe mit dem Gedanken gespielt, im Twenty-Trees-Hotel anzurufen und nach ihrem Namen zu fragen. Jedes Mal kam mir etwas dazwischen. Oder jemand. Nach endlosen vier Jahren Kampf gegen den Krebs ist meine Mutter endlich in Remission gegangen. Seit nunmehr einem Jahr ist sie gesund. Ihre Haare wachsen wieder, ihre Haut hat den fahlen grauen Unterton durch eine rosige Farbe ersetzt. Nachdem ich bereits meinen Vater durch Bauchspeicheldrüsenkrebs verloren habe, hätte ich es nicht ertragen, meine Mutter wegen des Brustkrebses zu verlieren.

Als endlich Freitag ist, bin ich zum Zerreißen

gespannt. Laut Nadine ist Holly stets pünktlich und zuverlässig. Am Mittwoch habe ich sie wegen eines dringenden Meetings verpasst, doch für heute habe ich mir vorgenommen, von zu Hause aus zu arbeiten.

„Soll ich Ihnen Ihren Kaffee zum Mitnehmen vorbereiten?", will meine Haushälterin wissen.

„Nicht nötig, ich bleibe heute hier", erwidere ich und mir entgeht ihr skeptischer Gesichtsausdruck nicht. „Bitte bring mir den Kaffee ins Arbeitszimmer." Ein Blick auf die Uhr verrät mir, dass es gleich so weit ist. Grinsend gehe ich ins Büro und schließe die Tür, doch als mir auffällt, wie groß die Vorfreude auf Holly ist, lasse ich mich stöhnend in den Ledersessel gleiten. Was zum Teufel soll das? Warum benehme ich mich wie ein pubertierender Teenager? Es war nur ein One-Night-Stand. Schnell, anonym und unbedeutend. Allerdings ist sie jetzt keine Unbekannte mehr, sondern eine Frau mit einem Namen. Und wenn ich daran zurückdenke, wie sich ihre Kurven an mich geschmiegt haben, ihre Hüften im perfekten Rhythmus auf und ab bewegt haben, dann kann ich nicht anders, als dümmlich zu grinsen. Seit fünf Jahren halte ich die Erinnerung an sie am Leben – so lebendig, dass sie mich in manchen Nächten fast um den Verstand gebracht hat.

Nach einer halben Stunde, in der ich mich auf nichts konzentrieren kann, taucht Holly noch immer nicht im Arbeitszimmer auf. Ist sie überhaupt zum Dienst erschienen?

„Nadine, ist Miss Parker heute denn nicht gekommen?"

„Doch, Mister Thorne, das ist sie. Aber ich habe ihr aufgetragen, Sie nicht zu stören."

„Danke, Nadine. Sie sind stets aufmerksam. Bitte bereiten Sie noch das Frühstück zu und nehmen Sie sich anschließend den Rest des Tages frei."

Es war nicht geplant, Nadine heute loszuwerden, aber ich denke, es ist besser, wenn Holly und ich ungestört reden können. Zwar vertraue ich meiner Haushälterin, doch sie ist ein zusätzliches Paar Augen und Ohren, das ich nicht gebrauchen kann.

„Soll ich auch Miss Parker heimschicken?" Ihre Stimme klingt argwöhnisch.

„Nicht nötig."

„Wie Sie wünschen, Sir." Die Worte kommen gepresst über ihre Lippen.

Mit gemächlichen Schritten schlendere ich zurück in mein Büro. Eine halbe Stunde später ist das Frühstück angerichtet.

Erwartungsvoll sieht sie mich an. „Soll ich nicht doch noch bleiben, Mister Thorne?"

„Nicht nötig. Sie haben sich die Auszeit verdient." Ich lächle, in der Hoffnung, sie endlich zum Gehen zu bewegen. Nur zögernd nimmt sie ihre Jacke und schnappt sich ihre Handtasche aus der Abstellkammer. Nach einem letzten unsicheren Blick verlässt sie das Apartment, die Tür schließt sich mit einem leisen Klicken hinter ihr.

Dann mache ich mich auf die Suche nach Holly. Aus der Ferne höre ich das stete Brummen des Staubsaugers und weiß sofort, dass sie in meinem Schlafzimmer beschäftigt ist. Der Gedanke, sie so nah an meinem Bett zu wissen, entfacht ein vertrautes, prickelndes Verlangen. Leise öffne ich die Tür und entdecke sie, wie sie auf dem Boden kauernd unter dem Bettgestell staubsaugt. Ihr Gesicht liegt auf dem Teppich, während ihr Rücken sich durchstreckt und ihr Hintern verführerisch in die Höhe gereckt ist. Ihr Haar ist zu einem einfachen Pferdeschwanz gebunden – kürzer als damals, dennoch genug, um Erinnerungen in mir wachzurufen. Der Moment fühlt sich surreal an. Wie ein perverser Spanner stehe ich hier und starre sie an, während mein Körper unmittelbar auf ihren Anblick reagiert. Verdammt!

„Miss Parker", begrüße ich sie über den Lärm des Staubsaugers hinweg. Sie kreischt auf und schießt nach oben. Dabei knallt sie mit dem Kopf gegen das Bettgestell. Sofort bin ich bei ihr und helfe ihr auf, während sie sich stöhnend den Hinterkopf reibt.

„Sie haben mich erschreckt. Schon wieder", krächzt sie.

„Bitte verzeih, das war nicht meine Absicht." Zwar wollte ich sie überraschen, aber nicht so. „Lass mich mal sehen", fordere ich und drehe sie mit dem Rücken zu mir um. „Mist."

„Was ist?", fragt sie panisch.

„Das gibt eine ordentliche Beule."

Sie atmet hörbar aus. „Dann ist es halb so wild." Geschickt windet sie sich aus meinem Griff und tritt einige Schritte zurück.

„Halb so wild?"

„Ja, nicht der Rede wert", winkt sie ab und bückt sich, um den Staubsauger aufzuheben.

„Das war ein heftiger Schlag, du solltest dich setzen."

Ohne auf ihre Antwort zu warten, nehme ich ihr das Gerät ab und lasse es achtlos zu Boden fallen.

„Mister Thorne, bitte, es geht mir gut", beharrt sie weiter, doch ich ignoriere sie, lege eine Hand auf ihren unteren Rücken und führe sie aus dem Schlafzimmer in die Küche. Meine Fingerspitzen kribbeln bei der Berührung und ich unterdrücke das Verlangen, über den Stoff ihrer Bluse zu streichen.

„Hier, setz dich", weise ich sie an und ziehe einen Hocker unter der Bar hervor.

„Aber ... das geht nicht", versucht sie sich herauszureden, bleibt stur vor dem Stuhl stehen und verschränkt die Arme vor ihrer Brust. Ihre Wangen sind gerötet und darunter schimmern feine Sommersprossen, die mir zuvor entgangen waren. Damals, bei unserer ersten Begegnung, war sie geschminkt – perfekt, makellos. Doch jetzt, ohne Make-up, wirkt sie auf eine ganz neue Weise atemberaubend.

„Warum nicht?"

„Weil ich für Sie arbeite."

„Ganz genau. Und als dein Boss möchte ich, dass du dich setzt." Mit einer knappen Handbewegung weise ich ihr erneut einen Platz zu. In ihren Augen tobt ein Sturm. Die Art, wie sie mich ansieht, lässt mich wieder zweifeln. Dann verändert sich etwas in ihrem Blick und sie schließt für einen Moment lang die Lider.

„Bitte, Mister Thorne. Ich brauche diesen Job wirklich dringend." Ihre Stimme bekommt wieder diesen resignierten Tonfall, wie bei unserer letzten Begegnung. Jedes Mal, wenn sie kurz davor ist, mir die Meinung zu sagen oder sich gegen mich durchzusetzen, hält sie inne.

Etwas in ihr scheint sie zurückzuhalten, sie umzustimmen.

„Ich habe nicht vor, dich zu entlassen, Holly", versichere ich ihr in der Hoffnung, sie so zu beruhigen und ihr die Anspannung zu nehmen.

„Was wollen Sie dann?"

„Beantworte mir eine Frage, aber wahrheitsgemäß, und ich lasse dich in Ruhe weiterarbeiten", biete ich ihr an, während sich Enttäuschung in mir breitmacht. Sie nickt bestätigend und sieht mich eingeschüchtert an.

„Erinnerst du dich an mich?", stelle ich die Frage, auf die ich so dringend eine Antwort brauche. „Erinnerst du dich an den Abend in Newport vor fünf Jahren?"

Ihre Augen weiten sich bei meinen Worten, ihre Arme lösen sich und sinken herab. Nervös presst sie die Lippen zusammen und ich sehe, wie sie überlegt. Wie ihr Verstand verschiedene Szenarien durchspielt.

„Ich erinnere mich", haucht sie und ich atme vor Erleichterung tief aus. „Aber das ist lange her und hatte nichts zu bedeuten. Ich kenne Sie nicht einmal."

„Und doch erinnerst du dich", grinse ich und sie nickt abgehakt.

„Warum wolltest du es nicht zugeben?"

„Weil ich Ihnen keinen Anlass geben wollte, mich zu feuern", gesteht sie und senkt den Blick. Erneut färben sich ihre Wangen rot, ein sanfter Hauch von Unsicherheit mischt sich in ihren Ausdruck. Zum wiederholten Mal wird mir bewusst, wie jung sie wirkt – nicht nur in ihrem Gesicht, sondern in der Art, wie sie mit ihrer Nervosität kämpft.

„Ich hatte nicht vor, dich zu entlassen. Im Gegenteil,

ich bin erleichtert, dass mir die Agentur jemanden geschickt hat, der pünktlich und zuverlässig ist", versichere ich ihr und kann sehen, wie sich ihre Schultern entspannen und sie ihren Blick hebt und mich ansieht. „Eine Sache wäre da noch."

„Ja?"

„Wie alt bist du?"

„Fast dreiundzwanzig. Aber ich mache diesen Job schon lange und bin sehr erfahren", beteuert sie, während ihre Worte in meinen Ohren widerhallen. *Fast dreiundzwanzig.* Meine Gedanken überschlagen sich, als ich nachrechne. Wenn sie noch keine dreiundzwanzig ist, bedeutet das, dass sie bei unserem One-Night-Stand nicht volljährig war. Fuck! Ich habe es an diesem Abend gleich zweimal versaut.

Kapitel Zehn

HOLLY

Mir wird schlagartig bewusst, dass ich einen Fehler begangen habe, als sein Blick sich trübt. So als würde er in Gedanken abdriften und realisieren, was ich lange wusste. Vor fünf Jahren wollte er von mir wissen, wie alt ich bin. Mein Alter hat für mich keine Rolle gespielt, deshalb habe ich ihn angelogen. Auf dem Papier war ich noch minderjährig, jedoch musste ich früh erwachsen werden und für mich selbst sorgen. Der Sex mit ihm war für mich besonders, aber nicht mein erstes Mal. Das habe ich bereits zum Ende der Junior High erledigt.

Sein gequälter Ausdruck verrät mir, dass ihn das kaum interessieren wird.

„Darf ich jetzt gehen?", murmele ich beschämt über meine eigene Dummheit. Er nickt bloß und ich flüchte zurück in sein Schlafzimmer. Schwer atmend lehne ich mich an die Wand und presse eine Hand auf meine Brust, unter der mein Herz wild hämmert. Verzweifelt lasse ich den Kopf nach hinten fallen und bereue es sogleich, als mir ein stechender Schmerz durch den Schädel jagt. Mister Thorne hat recht, das ist eine ordentliche Beule, von der ich lange etwas haben werde. Stöhnend schließe ich die Augen. Jetzt kennt er mein wahres Alter. Was soll's? Womöglich ist das ein Grund für ihn, mich in Ruhe weiterarbeiten zu lassen. Aber vielleicht ist das auch die perfekte Begründung, mich rauszuwerfen. Scheiße. Ich sitze in der Falle. Das Gefühl der Hilflosigkeit droht mich zu übermannen, doch das darf ich nicht zulassen. Dieser Job ist lebenswichtig. Aus diesem Grund atme ich tief durch, schnappe mir den Staubsauger und wende mich der Arbeit zu.

Für den Rest des Tages sehe ich Mister Thorne nicht wieder. Entweder er ist aus seiner eigenen Wohnung geflüchtet oder er ist ein Meister darin, sich unsichtbar zu machen. Auch von der Haushälterin fehlt jede Spur, worüber ich insgeheim dankbar bin. Sie ist mir gegenüber noch immer kalt und reserviert. Sieht mich an, als sei ich ein nerviges Insekt, das sie am liebsten zerquetschen würde. Sie taxiert mich mit ihren giftigen Blicken, mehr nicht. Ich kenne diese Art von Mensch nur zu gut. Sie ist nicht die einzige Angestellte von superreichen Snobs, die denkt, sie sei unersetzbar und könnte allen anderen das Leben zur Hölle machen. Genau das ist mir bei meinem ersten Putzjob passiert. Auch dort war es eine Haushälterin, die seit einem Jahrzehnt für die Familie arbeitete. Sie konnte mich nicht ausstehen und hat mich bei jeder Gelegenheit schikaniert und schlechtgeredet. Letztlich hat sich die Familie wegen ihrer Abneigung an die Agentur gewandt und um eine andere Putzkraft gebeten. Das war mein erster Strike bei Sarah, obwohl sie Verständnis für mich hatte. Sie weiß, dass ich das Geld für meine Kinder brauche und dass ich niemals leichtsinnig meinen Job aufs Spiel setzen würde. Im Gegenteil. Wegen meines Alters muss ich mich stets aufs Neue beweisen. Aus irgendeinem Grund trauen die meisten Menschen einer jungen Frau nicht zu, pflichtbewusst zu sein und die Arbeit ernst zu nehmen. Mehr als einmal habe ich mit dem Gedanken gespielt, mir die Haare dunkel zu färben, um dem Klischee eines dummen Blondchens zu entfliehen. Dann würde ich auch meinen eigenen Töchtern ähnlicher sehen. Rein äußerlich haben sich meine Gene nicht durchgesetzt. Ihr Haar ist dunkelbraun und gelockt, ihre Augen grün wie Jade. Genau wie die ihres Vaters. Vincent Thorne. Jahrelang habe ich sie angesehen und wurde an den Fremden erinnert, dem ich diese beiden Wunder zu verdanken habe. Von denen er nichts weiß und niemals erfahren wird. Menschen mit Geld haben Einfluss und Macht. Ich hingegen habe weder das eine noch das andere. Das Letzte, das ich tun werde, ist, die Beziehung zu meinen Kindern aufs Spiel zu setzen. Oder schlimmer – sie mir von ihm wegnehmen zu lassen. Dieser Gedanke treibt mir umgehend die Tränen in die Augen, die ich hastig wegwische, bevor ich in die U-Bahn einsteige. Diese Tränen sind es nicht wert, vergossen zu werden, denn ich werde niemals zulassen, dass mir jemand meine Kinder wegnimmt. Schon gar nicht Vincent Thorne.

Das Wochenende vergeht wie im Flug. Die Mädchen und ich genießen zwei wundervolle Tage zusammen, an denen wir das milde Frühlingswetter im Central Park auskosten. Mit dem Geld, das Granny uns geschenkt hat, gönnen wir uns Eis und Pizza – kleine Momente des puren Glücks, in denen alles andere unwichtig scheint.

Unser Highlight ist ein Besuch in einem angesagten Secondhandladen. Claire und Sophie stöbern begeistert durch die Kleiderständer, ihre Augen leuchten aufgeregt, während sie sich gegenseitig beraten. Schließlich entscheiden sich beide für je ein neues Kleid, das sie stolz vor dem Spiegel hin und her drehen. Ihr Strahlen ist ansteckend – ein Bild, das ich für immer in meinem Herzen bewahren werde.

Meine Kinder sind glücklich, das weiß ich. Trotz all der Abstriche, die wir machen müssen, und des Mangels an Luxus oder großen Ausflügen. Aber ich sehe es in ihren Augen – sie fühlen sich geliebt und sicher. Doch während ich ihnen dabei zusehe, wie sie unbeschwert durch den Park rennen, schleicht sich ein leiser Schmerz in meine Brust. Die Wahrheit ist: Ich arbeite zu viel und habe kaum Zeit für sie. Und genau das ist die größte Bürde, die ich tragen muss.

Zum Glück haben die beiden Granny, die für mich

einspringt und mit ihnen die Abende verbringt, für sie kocht und ihnen vorliest oder Geschichten aus ihrer Heimat erzählt. Am liebsten hätte ich mich am Samstagabend zusammen mit den dreien auf die Couch gekuschelt und ihr gelauscht.

Stattdessen habe ich mir im Diner die Nacht um die Ohren geschlagen. Die Nachtschicht verlief wie üblich, bis auf eine Ausnahme. Kurz vor Feierabend betrat ein junger Kerl das Diner, den ich vorher noch nie bei uns gesehen hatte. Er wirkte gelassen, trug Jeans, Shirt und Lederjacke. Sein blondes Haar war zerzaust, als sei er ohne Helm mit dem Motorrad durch die Stadt gerauscht. Er bestellte einen Kaffee, setzte sich an die Bar und beobachtete mich beim Gläserpolieren. Um vier Uhr morgens ist im Diner nicht mehr viel los. Die meisten strömen erst wieder zum Frühstück herein, doch um diese Zeit liege ich bereits im Bett. Wir sind ins Gespräch gekommen und er hat mich nach meiner Nummer gefragt. Sein Name ist Brian und er ist nur ein paar Jahre älter als ich. Zudem sah er gut aus, wirkte nett und unbefangen. In diesem Moment kamen mir Grannys Worte wieder in den Sinn. *Gehe aus, amüsier dich.* Dieses eine Mal. Nur dieses eine Mal habe ich bloß an mich gedacht und ihm meine Nummer auf eine Serviette geschrieben. Er steckte sie sich augenzwinkernd in die Innentasche seiner Jacke, trank seinen Kaffee aus und verabschiedete sich mit einem verschmitzten Lächeln und dem Versprechen, mir zu schreiben. Bei seinen Worten kribbelte es in meiner Magengegend. Das war vorgestern Nacht und er hat sich bis jetzt nicht gemeldet. Ich werfe einen letzten Blick auf mein Telefon, stecke es dann enttäuscht zurück in die

Tasche, ehe ich an der Tür klingle. Hoffentlich hat Misses Paulls heute gute Laune und verschont mich mit ihrer allvernichtenden Miene. Doch es ist nicht die Haushälterin, die mir an diesem Montagmorgen öffnet. Vincent Thorne steht mit nacktem, verschwitztem Oberkörper vor mir. Um seine Hüfte ist ein Handtuch gewickelt, das er an der Seite mit einer Hand festhält. Mein Blick wandert an ihm herab und fixiert jene Stelle, die ich aus meiner Erinnerung kenne.

„Holly", sagt er atemlos und ich reiße die Augen vom Handtuch los. Röte schießt mir ins Gesicht, als ich sein Grinsen sehe. Ich habe gestarrt und er hat mich erwischt. Peinlicher geht es kaum. „Du bist zu früh."

Hastig fische ich das Telefon wieder aus der Tasche und werfe einen Blick auf die Uhr. Ich bin auf die Minute pünktlich. Als Beweis halte ich ihm das Display hin, welches genau in diesem Moment vibriert.

„Ein gewisser Brian fragt, ob du am Freitagabend Zeit hast", liest er die eingetroffene Nachricht vor und ich reiße die Hand zurück, um einen Blick darauf zu werfen. Das Schicksal meint es wirklich nicht gut mit mir. Am liebsten hätte ich laut aufgestöhnt. Mister Thorne tritt einen Schritt zurück und bittet mich mit einer ausladenden Handbewegung hinein.

„Und hast du?"

„Was meinen Sie?" Verwirrt sehe ich ihn an. Konzentriere mich dabei nur auf seine grünen Augen, die heute dunkler zu sein scheinen.

„Hast du am Freitagabend Zeit für Brian?", will er mit einem schiefen Grinsen wissen.

„Ähm, das ... Ich arbeite", weiche ich aus.

„Du arbeitest hier bis um fünfzehn Uhr", entgegnet er. *Gott, warum muss dieser Mann mir halbnackt solche Fragen stellen.* Bei diesem Anblick kann ich keinen klaren Gedanken fassen. Immer wieder blitzen Erinnerungen daran auf, was sich unter dem Handtuch verbirgt.

„Das stimmt, aber nachts arbeite ich im Eastway Diner", sage ich achselzuckend und erwische mich dabei, wie meine Augen wieder nach unten wandern.

„Jede Nacht?", wundert er sich.

„Nein. Sonntag ist mein freier Tag." Sein Lächeln verblasst ein wenig und ich frage mich, ob es an der Nachricht liegt, die Brian mir geschickt hat, oder an der Tatsache, dass ich zusätzlich noch im Diner beschäftigt bin.

„Du arbeitest ziemlich viel", bemerkt er und zieht dabei eine Augenbraue hoch. „Wieso?"

„Das Leben in New York ist teuer und da ich keinen Collegeabschluss habe, brauche ich mehrere Jobs", versuche ich mich herauszureden. Dass ich nicht nur mich selbst, sondern noch zwei Kinder zu versorgen habe, lasse ich unerwähnt.

„Haben Sie sonst noch Fragen, Mister Thorne, ansonsten würde ich mich gleich an die Arbeit machen."

Verdutzt schüttelt er den Kopf und verschwindet im Bad. Zu meiner Schande starre ich ihm nach, den Blick auf seinen Hintern gerichtet und wünsche mir, das Handtuch würde wie durch Zauberhand verschwinden.

Kapitel Elf
VINCE

Das heiße Wasser umhüllt mich wie eine schützende Decke, während ich mir mit den Fingerspitzen durchs Haar fahre. Hollys Geständnis über ihr Alter hat mich zugegebenermaßen etwas aus der Bahn geworfen. Vor fünf Jahren war ich noch ein anderer Mann – ein Player, der gerne mit Frauen gespielt hat. Ich habe geflirtet, gevögelt und mich amüsiert. Nur Spaß, niemals mehr. Dennoch habe ich meine Prinzipien und Sex mit Minderjährigen ist definitiv keine davon. An diesem Abend sah sie älter aus. Ich bin davon ausgegangen, dass sie mindestens genauso alt war wie ich, doch ich habe mich von ihrem Äußeren blenden lassen. Das ganze Wochenende habe ich damit verbracht, mir darüber den Kopf zu zerbrechen. Letztlich bin ich zu dem Entschluss gekommen, dass ich das Geschehene nicht rückgängig machen kann. Heute ist sie erwachsen und steht mit beiden Beinen im Leben. Selbst wenn in mir bei der Vorstellung daran, dass sie jede

Nacht in einem Diner schuftet und täglich für fremde Menschen putzt, ein eigenartiges Gefühl aufkeimt. Ich kann es nicht beschreiben, doch irgendetwas stört mich daran. Ganz zu schweigen von der Textnachricht. Wer zum Teufel ist dieser Brian? Und warum will er sich mit ihr treffen? Fest steht, dass ich ihn irgendwie loswerden muss. Ich habe das gesamte Wochenende damit verbracht, über meine Fehler in der Vergangenheit zu grübeln und dabei ist mir eine Sache bewusst geworden – nicht umsonst hat sich Holly wie ein glühendes Eisen in mein Hirn gebrannt. Ich will sie heute noch mehr als damals. Wenngleich ich einen großen Fehler begangen und sie noch am selben Abend abserviert habe. Die Frage ist nur – warum hält sie sich zurück, obwohl sie mich derart ansieht?

Bei jedem unserer Gespräche scheint sie verängstigt und vorsichtig zu sein. Ihr Blick auf meinen Körper vorhin ist mir jedoch nicht entgangen. Die Art, wie sie auf das Handtuch gestarrt und sich dabei auf die Unterlippe gebissen hat, war mehr als eindeutig. Allerdings will ich sie nicht noch einmal überrumpeln und zu etwas drängen, was sie mit demselben Gefühl wie damals zurücklässt. Denn in ihren Augen ist die Traurigkeit deutlich zu erkennen. Ich glaube nicht an schicksalhafte Begegnungen oder göttliche Fügungen. Jeder ist für seine Zukunft und sein Wohl selbst verantwortlich. Doch irgendwie hat das Universum es geschafft, sie wieder in mein Leben zu bringen. Eine zweite Chance. Und ich habe vor, sie dieses Mal zu nutzen. Aus diesem Grund habe ich Nadine für die nächsten zwei Wochen bezahlten Urlaub gegeben. Als ich es ihr am Telefon mitgeteilt habe, hat sich die gute Frau verschluckt und mehrere Minuten lang gehustet. Dann fragte sie mich allen Ernstes, ob ich sie feuern würde. Nachdem ich mehrfach beteuert habe, dass ich lediglich Zeit für mich brauchte, gab sie sich zufrieden. Wieder wollte sie wissen, ob sie auch den Reinigungsservice abbestellen sollte, doch ich versicherte ihr, dass ich mich persönlich darum kümmern würde.

Mit einem Grinsen wickle ich mir erneut das Handtuch um die Hüfte und schlendere in mein Ankleidezimmer. Um sie nicht weiter mit meiner Nacktheit zu bedrängen, ziehe ich mir Jeans und Shirt an und mache mich auf den Weg in die Küche. Einen Nachteil hat der Urlaub meiner Haushälterin – jetzt darf ich mir für die nächsten zwei Wochen das Frühstück selbst zubereiten. Ich habe mir ebenfalls für die kommenden Tage mehr Zeit eingeräumt. Besonders dann, wenn Holly hier ist. Schließlich muss sie ja jemand reinlassen.

„Holly?", rufe ich durch die Wohnung, nachdem ich das Rauschen des Staubsaugers nicht mehr höre. Sie streckt ihren Kopf aus meinem Büro heraus.

„Ja, Mister Thorne?"

„Setz dich zu mir", fordere ich sie auf und halte ihr einen Kaffeebecher entgegen. Zögernd mustert sie mich, ehe sie herübertapst. Ein paar lose Strähnen haben sich aus ihrer Frisur gelöst, rahmen ihr Gesicht sanft ein und lassen sie jünger wirken, als sie ohnehin schon aussieht. Doch ihr ernster Blick und diese tiefen, azurblauen Augen erzählen eine andere Geschichte – eine, die so viel mehr verbirgt, als sie jemals aussprechen würde.

„Aber was ist mit der Arbeit?"

„Die läuft ja nicht weg, oder?", erwidere ich grinsend und reiche ihr eine Tasse.

„Nein, das tut sie nicht. Aber dann werde ich heute nicht mit allem fertig", merkt sie an.

„Dann machst du morgen dort weiter, wo du aufgehört hast."

„Ich arbeite bei Ihnen nur montags, mittwochs und freitags, Mister Thorne", erklärt sie mit einem skeptischen Blick. Das ist mir bewusst und lenkt das Gespräch in die Richtung, die ich geplant habe.

„Oh, na sowas. Ist das nicht ein bisschen wenig bei der Größe meiner Wohnung?"

„Nun ja, das wurde so mit der Agentur vereinbart."

„Ah, Nadine. Ich weiß, dass sie es nicht leiden kann, wenn andere Angestellte hier herumwuseln. Die alte Frau ist recht speziell, was das angeht", bemerke ich und nehme einen Schluck Kaffee. Holly erwidert nichts darauf, stattdessen nippt sie an ihrer Tasse. „Ich werde dann dafür sorgen müssen, dass du mehr Arbeitsstunden bei mir bekommst. So ist es weniger stressig."

Ihr Blick schießt nach oben. „Aber, das würde bedeuten, ich komme mit meiner Arbeit nicht hinterher. Bitte, Mister Thorne, tun Sie das nicht!", fleht sie mit belegter Stimme, als sei sie mit einem Mal verschwunden. Angst flackert in ihren Augen auf und sie stellt die Tasse energisch auf der Theke ab. Dabei schwappt Kaffee auf die Arbeitsplatte, was uns beide aufspringen lässt.

„Oh Mist, bitte entschuldigen Sie. Ich werde mich sofort darum kümmern."

Ich nehme ihr den Lappen aus der Hand und wische die Tropfen auf.

„Das muss dir nicht leid tun. Und nenn mich Vince." Ich schenke ihr ein Lächeln, um sie zu beruhigen, was sie innehalten lässt. Wieder mustert sie mich mit diesem Blick, der mich reglos macht. Als würde sie etwas in meinem Gesicht erkennen, das ich selbst noch nicht bemerkt habe. „Selbstverständlich werde ich mich bei der Agentur nicht über deine Arbeitsleistung beschweren. Allerdings bin ich der Meinung, dass du mehr Stunden hier arbeiten solltest."

„Wieso sollten Sie das wollen?", haucht sie.

„Weil ich dich gerne hier habe", gestehe ich und mache einen Schritt auf sie zu. Zu meiner Überraschung weicht sie nicht zurück. „Weil ich dich gerne ansehe." Ein weiterer Schritt zu ihr. Nun stehe ich so dicht vor ihr, dass sie den Kopf in den Nacken legen muss, um mich anzusehen. Sie schluckt schwer und ihr Blick gleitet zu meinem Mund. Ihre Lippen teilen sich, als wollte sie etwas sagen, doch sie schweigt. Ich lehne mich vor, will die Initiative ergreifen und sie küssen, als sie unverhofft zurückweicht.

„Mister Thorne, Vince, ich kann nicht", wispert sie gequält. „Ich brauche diesen Job und kann es mir nicht leisten, gefeuert zu werden."

„Wie bereits erwähnt, habe ich nicht vor, dich zu entlassen", versichere ich ihr erneut. Am liebsten würde ich mir stöhnend durchs Haar fahren, sie an mich reißen und küssen, doch ihr Körper hat sich versteift, ihre Lippen sind nicht mehr sinnlich geöffnet, sondern zu einer schmalen Linie verzogen. Obwohl mich ihre Ablehnung ärgert, kann ich sie verstehen. Der Vince vor fünf Jahren hätte sie ein weiteres Mal verführt und dann hochkant rausgeworfen. Dieser Mensch bin ich jedoch nicht mehr.

„Wenn du wieder die Nase voll von mir hast, schon", bemerkt sie und ich höre den Schmerz in ihrer Stimme. Sie hat den Abend nicht vergessen, hat nicht vergessen, dass ich sie habe stehen lassen.

„So ist es nicht. Nicht dieses Mal", erkläre ich. Selbst in meinen Ohren klingt es schwach. So werde ich bei ihr nicht weiterkommen. Ich muss einen anderen Weg finden, sie davon zu überzeugen, dass ich mich geändert habe. Sie mit überhasteten Küssen zu überrumpeln ist das komplette Gegenteil.

„Es tut mir leid, ich wollte dich nicht bedrängen. Bitte, nimm Platz und trink deinen Kaffee aus. Danach lasse ich dich in Ruhe deine Arbeit erledigen", biete ich ihr versöhnlich an, in dem Versuch, sie für ein paar Minuten am Tisch zu behalten. Zögernd nickt sie und setzt sich auf den Barhocker, zieht ihre Tasse heran und nimmt einen Schluck. Erleichtert tue ich es ihr gleich. Obwohl ich sie gerne fragen würde, wie es ihr die letzten fünf Jahre ergangen ist, halte ich den Mund und genieße lediglich ihre Gesellschaft. Zeit ist hier das Geheimnis. Aus irgendeinem Grund ist Holly nicht mehr so zutraulich wie an jenem Abend, als sie mir auf die Herrentoilette gefolgt ist. Etwas muss vorgefallen sein, das sie so misstrauisch hat werden lassen. Als würde sie jedes meiner Worte und ihrer Erwiderungen auf die Goldwaage legen und abschätzen, ob es das wert ist. Früher oder später werde ich herausfinden, was du vor mir verbirgst, Holly Parker. Und dann werde ich dich für mich gewinnen.

Kapitel Zwölf

HOLLY

An einer Küchentheke zu sitzen und mit Vincent Thorne Kaffee zu trinken, fühlt sich mehr als seltsam an. Seine gesamte Aura scheint den Raum einzunehmen. Sein Blick liegt schwer auf mir, als würde er versuchen, bis tief in meine Seele zu sehen und all meine Geheimnisse ans Tageslicht zu bringen, doch ich weiß, wie ich mein Innerstes schütze. Ich sperre sämtliche Emotionen, die sich aus der Tiefe meiner Erinnerungen emporkämpfen, in eine undurchlässige Kiste ein. Den Schlüssel bewahre ich gut auf und erlaube mir hin und wieder, kurz aufzuschließen, um Druck abzulassen. Innerer Druck, der sich über all die Jahre immer weiter angestaut hat. Die einzige Methode, die für mich funktioniert, denn mir bleibt keine andere Wahl. Wenn es sein muss, werde ich alles herunterschlucken, nur damit es meinen Mädchen gut geht. Damit wir ein halbwegs anständiges Leben führen können – mit einem Dach über dem Kopf und genügend zu essen.

Dafür arbeite ich, der Rest ist ein Geschenk. Noch immer fällt es mir schwer, zu verstehen, wie Eltern ihren Kindern keine Liebe und Zuneigung schenken können. Es kostet nichts, sein eigenes Kind zu lieben. Ganz im Gegenteil, es ist so verdammt leicht. Bis heute habe ich nicht verstanden, weshalb meine Mutter mich nicht lieben konnte. Warum sie mir nie das Gefühl geben konnte, einen sicheren Zufluchtsort zu haben. Mein Zuhause. Meine wichtigste Verbündete. Das war sie nie und wird es auch niemals sein. Manchmal frage ich mich, ob Mom hin und wieder an mich denkt. Ob sie sich wünscht, eine Großmutter zu sein und mit ihren Enkelkindern zu spielen. Dann fällt mir ein, dass sie nicht einmal weiß, dass ich Zwillinge zur Welt gebracht habe. Sie hat sich seit meinem Rausschmiss nicht mehr bei mir gemeldet. Jeder Tag mit meinen Mädchen ist ein Geschenk und ich werde ihnen an keinem einzigen Tag ihres Lebens das Gefühl geben, dass sie nicht gewollt sind. Obwohl ich mir damals meine Zukunft anders vorgestellt habe, bereue ich nichts. Ich würde mich wieder von Vince in die Herrentoilette führen lassen und mit ihm schlafen, wenn es bedeutet, dass ich Claire und Sophie bekomme. Bei diesem Gedanken hebe ich den Blick und sehe den Vater meiner Kinder an. Er mustert mich noch immer, seine Lippen zu einem schiefen Grinsen verzogen.

„Also Holly, wer ist Brian?", durchbricht er die Stille. Innerlich seufze ich auf. Den Kerl aus dem Diner habe ich total vergessen. Zwar kam seine Textnachricht zur denkbar schlechtesten Zeit, dennoch habe ich mich darüber gefreut, dass er Wort gehalten hat. Mit Vince über ihn zu reden ist mir unangenehm und dämpft die Freude.

„Er ist ein Bekannter", weiche ich aus und zucke beiläufig mit den Achseln.

„Ein Bekannter? Und kennst du ihn schon lange?"

„Noch nicht", erwidere ich gedehnt. „Wir haben uns erst vor wenigen Tagen kennengelernt." Worauf will er hinaus? Fragend zieht er eine Augenbraue nach oben, als würde er auf ein ausführliches Protokoll warten.

„Wir haben uns während meiner Nachtschicht im Diner kennengelernt", rechtfertige ich mich aus unerklärlichen Gründen. Mein Privatleben geht ihn nichts an, schließlich ist er in erster Linie mein Boss. Mein gut aussehender Boss, der mich mit seiner bloßen Anwesenheit nervös macht. Seine Annäherungsversuche und sein offensives Verhalten machen es mir zusätzlich schwer, das Offensichtliche zu ignorieren. Mein Körper fühlt sich nach wie vor zu ihm hingezogen. Selbst nach allem, was passiert ist, werde ich von ihm angezogen, wie eine Motte vom Licht. Allerdings sind mir seine Absichten schleierhaft. Will er bloß mit mir flirten? Mich erneut verführen?

„Danke für den Kaffee. Aber ich muss wirklich an die Arbeit zurück." Zielsicher gleite ich vom Stuhl und stelle die Tasse in die Spüle, die ich nachher abwaschen werde.

„Sicher. In der Zeit werde ich bei der Agentur anrufen und darum bitten, dich Vollzeit hier zu beschäftigen. Das ist doch kein Problem für dich?", fragt er mit einem jungenhaften Grinsen. Seine grünen Augen funkeln schelmisch, als würde ihm das alles hier großen Spaß machen.

„Wenn du versprichst, mich nicht zu feuern?". Es war

mehr eine Frage als eine Forderung, dennoch zwinge ich mich zu einem Lächeln.

„Wenn du versprichst, ab sofort jeden Morgen mit mir einen Kaffee zu trinken", schlägt er stattdessen vor.

„Einverstanden", gebe ich nach. Was spricht schon gegen eine Tasse am Tag? Dazu kommt, dass dieser Kaffee deutlich besser schmeckt als das Instantpulver, das ich zu Hause trinke.

„Dann haben wir einen Deal."

Am gleichen Abend ruft mich Sarah an und teilt mir mit, dass ich ab sofort ausschließlich für Mister Thorne zuständig sei. Ihren misstrauischen Ton kann ich ihr nicht verübeln, vor allem nicht, nachdem ich sie bezüglich ihrer Frage, ob ich meinen neuen Arbeitgeber bereits vorher kannte, angelogen habe. Aus irgendeinem Grund konnte ich es ihr nicht erzählen. Zu beichten, dass Vincent Thorne und ich vor fünf Jahren eine verhängnisvolle Begegnung miteinander hatten, fühlte sich zu privat an. Immerhin ging es sie auch nichts an. Die Einzige, die davon weiß, ist Rachel. Zugegebenermaßen kannte ich ihn bis vor wenigen Tagen auch nicht, doch das Schicksal spielt offenbar gerne Spielchen. Das ist nicht das erste Mal, dass es mich auf die Probe stellt. Ich werde mich der Herausforderung stellen – komme, was wolle. Auch wenn Vince' Lächeln etwas in meiner Magengegend anstellt, gegen das ich nicht gewappnet zu sein scheine.

Die nächsten vier Tage vergehen wie im Flug. Jeden Morgen, pünktlich um neun, stehe ich vor seiner Wohnungstür. Er öffnet mir mit seinem gewohnt ruhigen Blick und drinnen wartet bereits unser Ritual auf mich – zwei dampfende Kaffeetassen auf der Anrichte.

Meistens trinken wir schweigend oder tauschen belanglose Worte aus. Wie wir geschlafen haben. Was es zum Abendessen gab. Oberflächlichkeiten, die mir helfen, eine unsichtbare Grenze zwischen uns zu wahren. Ich halte die Gespräche bewusst flach, stets darauf bedacht, mir keinen weiteren Fehler zu leisten. Keine unbedachten Äußerungen. Keine Andeutungen. Und vor allem kein Wort über meine Kinder zu verlieren.

Unsere Kinder. Diese Erkenntnis macht sich von Tag zu Tag immer weiter in mir breit. Ist mein Verhalten ihm gegenüber unfair? Oder gegenüber meinen Mädchen? Bereits mit drei Jahren wollten Claire und Sophie wissen, warum sie keinen Daddy haben. Ich habe sie nicht direkt angelogen, als ich ihnen erklärt habe, dass es viele verschiedene Familien gibt – einige mit Mama und Papa, andere mit nur einem Elternteil. Doch jedes Mal, wenn ich ihre enttäuschten Gesichter sah, brach mein Herz ein Stückchen mehr.

Die Wahrheit lastet schwer auf mir, doch die Angst ist größer. Angst davor, dass Vince mir die Mädchen wegnehmen könnte. Ich kenne ihn nicht. Was für ein Mann ist er heute? Wird er sich freuen, wenn er erfährt, dass er seit vier Jahren Vater ist? Oder wird er mich voller Misstrauen aus seinem Leben verbannen, aus Sorge, ich würde Geld von ihm fordern? Diese Fragen kreisen unaufhörlich in meinem Kopf, halten mich davon ab, ihm die Wahrheit zu sagen. Und doch ... ein klitzekleiner Teil von mir klammert sich an die Hoffnung, dass ich es eines Tages kann.

Da wir nie länger als ein paar Minuten zusammensitzen, um unsere Tassen zu leeren, mache ich mich nach einem Dankeschön wieder an die Arbeit. Bei ihm zu putzen, ist angenehmer als Nachtschichten im Diner zu schieben. Er ist ein sauberer Mensch, der eine minimalistische Einrichtung bevorzugt. Das bedeutet für mich, dass ich mich nicht hetzen muss, um alles in Ordnung zu bringen. Vince muss gewusst haben, dass es hier nicht genug zu tun gibt, um die Arbeitsstunden damit zu füllen, und dennoch bestand er darauf, dass ich jeden Tag komme. Das Wissen schmeichelt mir, jagt mir aber auch eine Heidenangst ein.

Wie immer beginne ich in seinem Schlafzimmer, während er im Arbeitszimmer verschwindet. Oft höre ich ihn durch die Tür telefonieren. Das Ding piepst alle fünf Minuten. Bei manchen Anrufen stöhnt er laut auf, bevor er abnimmt. Das bringt mich jedes Mal zum Schmunzeln. Diese simple Geste lässt ihn menschlicher erscheinen zwischen all den bedeutenden Telefonaten und Meetings, in denen er sich stets diplomatisch und wortgewandt ausdrückt. Immer wenn ich mit dem Rest der Wohnung fertig bin und nur noch sein Büro übrig ist, klopfe ich an und er bittet mich herein. Er besteht darauf, dass ich so tue, als sei er nicht im Raum. Gestikuliert mit seiner freien Hand, dass ich weitermachen soll, während er mit seinem Telefon am Ohr mir dabei zusieht, wie ich sein Bücherregal abstaube. So langsam bekomme ich den Eindruck, er hat irgendeine Art Fetisch und sieht anderen gerne beim Putzen zu. Soll mir recht sein, solange ich dabei meine Klamotten anbehalten kann.

„Ich bin fertig für heute", verkünde ich, nachdem ich sämtliche Putzutensilien zurück in der Kammer verstaut habe. Vince wirft einen Blick auf seine Armbanduhr und fährt sich seufzend durchs Haar.

„Die Zeit vergeht wie im Flug, wenn man nur mit Idioten zu tun hat. Am besten, man kümmert sich selbst um alles."

„Gibt es Probleme?", frage ich ihn und beiße mir sofort auf die Zunge. Ich sollte so etwas weder fragen noch wissen, doch ich kann seinen gequälten Gesichtsausdruck nicht ignorieren.

„Ach, nur das übliche Chaos. Die Investoren sind unzufrieden, dass es nicht schnell genug vorangeht, die Bauaufsicht kommt täglich zum Kaffeekränzchen vorbei und auf die Handwerker ist ohnehin kein Verlass mehr", brummt er und lehnt sich in seinem Ledersessel zurück. „Wie gesagt, wenn man will, dass es richtig gemacht wird, muss man es selbst erledigen."

„Das tut mir leid", erwidere ich mit ehrlichem Mitgefühl. Zwar habe ich nie gefragt, was er beruflich macht, doch um sich so eine Wohnung in dieser Gegend leisten zu können, muss es etwas Wichtiges sein. Ich habe keine Ahnung, wie es ist, täglich schwierige Entscheidungen zu treffen, die Auswirkungen auf die Existenzen vieler Menschen haben. Wobei es vermutlich vergleichbar ist mit den Entscheidungen, die eine alleinerziehende Mutter mit zwei schlecht bezahlten Jobs zu treffen hat.

„Ach, das ist nichts Neues. Nach sechs Jahren sollte ich mich eigentlich daran gewöhnt haben", winkt er ab und schenkt mir ein warmes Lächeln.

„Na dann, bis Montag", verabschiede ich mich. Fragend zieht er eine Augenbraue hoch.

„Montag? Nicht morgen?"

„Am Wochenende habe ich frei", erwidere ich und sehe ihn ebenfalls fragend an. Als mein Boss sollte er das wissen, schließlich hat er erst vor wenigen Tagen mit Sarah gesprochen.

„Stimmt, ich erinnere mich. Heute ist ja Freitag", stöhnt er erneut auf und schließt die Augen. „Das bedeutet wohl für mich, dass morgen Abend meine persönliche Hölle beginnt."

„Persönliche Hölle?", hake ich nach. „Ist das nicht ein wenig zu theatralisch?"

„Ganz und gar nicht, wenn man bedenkt, dass ich meine Mutter in die Oper und anschließend auf eine Soiree begleiten darf. Diese Frau weiß, wie man mich quält."

„Also kein Opernfan", scherze ich. „Ich bin mir sicher, es wird ein netter Abend."

Er schenkt mir ein wissendes Lächeln. „Du hast ja keine Ahnung. Was ist mit dir? Schon irgendwelche Pläne?"

Mist. Da ist sie. Die persönliche Frage, die ich vermeiden wollte. Das habe ich allerdings mir selbst zu verdanken, schließlich habe ich mit der Fragerei angefangen. Innerlich verfluche ich mich, beschließe jedoch, so nah wie möglich an der Wahrheit zu bleiben.

„An den Wochenenden gleiche ich meist mein Schlafdefizit aus. Samstagabend habe ich Nachtschicht im Diner und Sonntagabend gehe ich aus." Die letzten Worte kommen nur gemurmelt und undeutlich über die Lippen. Sie laut vor ihm auszusprechen, fühlt sich komisch an. Dummerweise hört er nur das, was er hören möchte.

„Mit Brian? Ein Date?" Sofort ist seine Aufmerksamkeit geweckt. Er richtet sich in seinem Stuhl auf und lehnt sich vor.

„Sieht ganz danach aus", erwidere ich achselzuckend und versuche, das aufkeimende Kribbeln in meinem Bauch zu unterbinden. Ob es wegen des ersten Dates seit über fünf Jahren ist oder weil Vince mich intensiv mustert, kann ich nicht sagen. Ich habe Brian noch am selben Tag, an dem er mir die Nachricht geschickt hat, geantwortet. Wir haben uns für Sonntagabend verabredet. Seither meldet er sich täglich mit einer Guten-Morgen- und einer Schlaf-gut-Nachricht. Vince' Blick beschert mir eine Gänsehaut, die an meinem Nacken beginnt und sich wie ein Lauffeuer meine Wirbelsäule entlang ausbreitet.

„Dann wünsche ich euch beiden viel Vergnügen." Mit einem Mal ist seine Stimme eisig, jeglicher Schalk darin verschwunden.

„Dankeschön. Ich wünsche dir ein schönes Wochenende." Als Antwort bekomme ich ein knappes Nicken und eine abweisende Handbewegung. Für heute bin ich entlassen.

Kapitel Dreizehn
VINCE

„Hallo Darling, wie schön, dass du es einrichten konntest", begrüßt mich Mutter mit einem Luftkuss auf die Wange, um keine Lippenstiftreste auf meiner Haut zu hinterlassen.

„Selbstverständlich", erwidere ich mit derselben Geste. „Du siehst fabelhaft aus." Das ist nicht gelogen. Sie wirkt von Tag zu Tag gesünder und kraftvoller. Ihr Lebenswandel in Kombination mit der Krebstherapie haben wahre Wunder bewirkt.

„Na komm, Vincent, ich habe noch eine Überraschung für dich", verkündet sie, hakt sich bei mir unter und führt mich durch das Foyer in Richtung des Festsaals. Seit der Krebserkrankung meiner Eltern engagiert sich Mutter für die Forschung und Bekämpfung dieser elenden Krankheit. Gemeinsam mit zwei weiteren Betroffenen, die sie während ihrer Chemotherapie kennengelernt hat, hat sie eine Hilfsorganisation gegründet, die Spenden für die umliegenden Krankenhäuser und Forschungsinstitute sammelt. Der heutige Abend ist für sie daher sehr wichtig. Zwar kann ich mir durchaus eine bessere Sonntagabendbeschäftigung vorstellen, würde diese Gala jedoch um nichts auf der Welt verpassen. Sie so freudestrahlend in einem eleganten Kleid durch den Festsaal schweben zu sehen, ist den Umstand wert, gleich den Haien zum Fraß vorgeworfen zu werden. Besagte Raubfische warten bereits mit aufreizender Kleidung und aufwendigen Frisuren an jeder Ecke und begutachten die Beute. Denn was für die einen eine Charity-Veranstaltung für den guten Zweck ist, ist für andere nichts weiter als eine Partnerbörse der Superlative.

Meine Mutter navigiert uns zielsicher durch den Saal in Richtung Bar, an der eine groß gewachsene, dunkelhaarige Schönheit auf uns wartet. Bei ihrem Anblick verkrampft sich mein Magen. Es ist nicht das erste Mal, dass Mutter versucht, die Kupplerin zu spielen, und bei jeder anderen Frau hier wäre ich nicht so überrascht. Als ich jedoch Josefine Hall an der Theke lehnen sehe, gehüllt in ein langes rotes Gewand mit tiefem Ausschnitt sowohl am Dekolleté als auch am Bein, will ich sofort kehrtmachen.

„Was macht sie hier?", flüstere ich meiner Mutter mit bemüht neutralem Ton zu, da es mir fernliegt, sie an diesem Abend unglücklich zu machen.

„Ist das nicht offensichtlich?", erwidert sie grinsend, während wir meiner Ex-Freundin immer näher kommen. „Sie ist hier, um zu spenden." Dass Josefine hier ist, um Geld für Forschungszwecke beizusteuern, bezweifle ich. Dennoch verkneife ich mir eine bissige Bemerkung.

Mutter mag sie noch immer, obwohl das mit uns seit einigen Monaten vorbei ist. Sie muss meinen Gesichtsausdruck richtig gedeutet haben, denn sie bleibt abrupt stehen, außer Hörweite meiner Ex.

„Schatz, ich weiß, dass ihr eure Differenzen hattet. Josefine hat mir alles erzählt und ich kann deinen Ärger gut nachvollziehen." Verwundert über die direkten Worte meiner Mutter ziehe ich eine Augenbraue hoch.

„Sie hat dir *alles* erzählt?", wiederhole ich noch mal, nur um sicherzugehen, dass ich mich nicht verhört habe. Denn dass Josefine meiner Mutter die Wahrheit über den Trennungsgrund gesagt hat, bezweifle ich.

„Ja, wir haben uns neulich zum Lunch getroffen. Weißt du, sie wirkte ehrlich bestürzt und sie vermisst dich. Vielleicht ist es an der Zeit, den kleinen, unbedeutenden Fauxpas mit ihrem Kollegen zu verzeihen. Immerhin war es nur ein Kuss, den sie für ihre Filmrolle geübt haben. Du weißt doch, wie die Schauspieler sind. Alle exzentrische Perfektionisten", sprudelt es aus meiner Mutter heraus und ich halte inne. Nur ein Kuss als Übung für den Dreh? Das hat Josefine meiner Mutter als den wahren Grund für unsere Trennung verkauft? Vermutlich hat sie vor lauter Lügengeschichten vergessen zu erwähnen, dass sie auch noch die Sexszenen vorher geübt haben.

„Sie ist immer so herzlich und ehrlich. Und es tut ihr aufrichtig leid. Na komm, hab dich nicht so. Ihr wart ein so tolles Paar und seid so weit gekommen. Wirf das alles doch nicht wegen eines unbedeutenden Ausrutschers weg. Schließlich seid ihr noch nicht verheiratet."

Sprachlos sehe ich die Frau an, die mich großgezogen

hat. Die mir stets beigebracht hat, dass Loyalität und Ehrlichkeit das Wichtigste in einer Beziehung sind. Und doch steht sie vor mir und bittet mich darum, meine Ex-Freundin zurückzunehmen. Noch immer antworte ich ihr nicht. Zu groß ist der Kloß, der sich in meinem Hals gebildet hat.

„Außerdem werde ich auch nicht mehr jünger, genau wie du. Du weißt, wie sehr ich mir Enkelkinder wünsche, Vincent." Oh, sie ist gut, verdammt gut. Wenn sie jetzt noch die Krebs-Karte ausspielt, dann hat sie all ihre Trümpfe offengelegt. Resigniert schließe ich die Augen und atme tief durch. Natürlich werde ich Josefine nicht zurücknehmen, doch wenn es Mutter für den heutigen Abend glücklich macht, werde ich mein Bestes geben und zu allen Gästen freundlich sein. Auch zu der Frau, die mich mit ihrem Schauspielkollegen betrogen hat.

Josefine Hall hat langes, dunkelbraunes Haar, das ihr wie glatte Seide über den Rücken fällt. Sie ist schlank und durchtrainiert, bereit, sich jederzeit für ein Cover ablichten zu lassen. Ihre Lippen sind in ein sinnliches Rot getaucht – dieselbe Farbe, die ihr Kleid hat. Sie ist ein wahrlich atemberaubender Anblick. Von außen jedenfalls. Mit dieser Frau war ich die vergangenen achtzehn Monate liiert, wollte ihr einen Heiratsantrag machen. Ich war davon überzeugt, dass sie *die Eine* ist. Meine Ehefrau, die Mutter meiner Kinder. Sie war so anders als die Frauen, die ich in den letzten Jahren gedatet habe. Wie ich, stammt sie aus einem wohlhabenden Elternhaus, dennoch hat sie sich selbstständig in der Filmbranche einen Namen gemacht. Nichts an ihr erinnert im Entferntesten an meine neue Angestellte, an die ich nicht aufhören kann zu denken. Meine Gedanken kreisen nur noch um Holly, seit ich sie unverhofft in meinem Arbeitszimmer überrascht habe. Die gemeinsamen Minuten jeden Morgen bei einer Tasse Kaffee waren nicht genug. Die Sehnsucht nach einer Berührung von ihr steigt mit jedem Blickkontakt an. Dieses Verlangen hatte ich bei Josefine nie verspürt. Sexuelle Anziehungskraft? Ja. Dieses tiefe, dringende Bedürfnis, in ihrer Nähe zu sein? Nein. Das habe ich bisher nicht gekannt, erst als Holly Parker wieder in mein Leben getreten ist.

Ein Blick auf die Uhr und meine Laune sinkt weiter herab als seit dem Anblick meiner Ex. Vermutlich ist Holly gerade bei ihrem Date. Bei dem Gedanken daran, wie sie mit einem anderen Mann bei einem romantischen Dinner im Kerzenschein Blicke austauscht oder er wie beiläufig ihre Finger mit seinen berührt, brodelt Zorn in mir auf. Rational gesehen ist mir bewusst, dass ich keinerlei Anspruch auf sie oder ihre Zeit habe. Das ändert jedoch nichts an der Tatsache, dass es mir nicht passt. In meiner Vorstellung, Holly für mich zu gewinnen, waren andere Männer nicht vorgesehen. Schon gar keine, die *Brian* heißen. Was soll das überhaupt für ein Name sein?

„Vince, wie schön, dich zu sehen", begrüßt mich meine Ex mit liebreizender Stimme und haucht mir jeweils einen Kuss auf die Wangen.

„Josefine, wie unerwartet, dich zu sehen", grüße ich zurück und bringe sofort wieder Distanz zwischen uns.

„Heute ist ein wichtiger Abend für deine Mutter, Schatz. Natürlich bin ich gekommen", schnurrt sie und fährt mir mit einem manikürten Fingernagel über meinen Unterarm. „Außerdem habe ich dich vermisst. Du fehlst mir, Vince." Um ihre Worte zu untermauern, werden ihre Augen wie auf Befehl feucht. Ich habe vergessen, welch gute Schauspielerin sie ist.

„Nun, das kann ich nicht behaupten", erwidere ich abweisend und entziehe ihr meinen Arm. Sogleich tritt sie näher heran und greift nach meiner Hand, verschränkt unsere Finger ineinander.

„Bitte, Liebling, hör mich an. Ich habe einen riesigen Fehler gemacht. Du kannst dir gar nicht vorstellen, wie sehr ich das alles bereue", wimmert sie mit zittriger Stimme und ich bin fast geneigt, ihr zu glauben. Reglos stehe ich da, lasse den Körperkontakt zu. Mustere sie, versuche, die Lüge in ihren Augen zu finden. „Ich war so dumm, so naiv. Habe mich von dieser Rolle blenden lassen. Bitte glaub mir, Liebling. Das war so nie geplant. Ich wollte dich niemals verletzen." Sie tritt noch näher an mich heran, schließt den letzten Abstand zwischen unseren Körpern und schmiegt sich an mich. Unsere Finger sind noch immer miteinander verschränkt. Mit ihrer anderen Hand fährt sie mir sanft über die Wange. Dabei streift ihr Daumen wie beiläufig meine Lippen.

„Nun sag doch etwas", bittet sie, ihr Blick verschleiert von Tränen. Wenn ich es nicht besser wüsste, würde ich sagen, sie meint es ernst.

„Du hast mit deinem Filmpartner gevögelt, Josefine. Außerhalb der Dreharbeiten. Was genau soll ich dazu noch sagen?" Meine Worte klingen bitterer als beabsichtigt.

„Ich weiß, und das bereue ich zutiefst. Es war nur das eine Mal. Eine Affekthandlung nach einem langen Drehtag. Wir haben den Abschluss des ersten Drehtages gefeiert, und ich habe zu viel getrunken. Bitte, Liebling, du musst mir glauben", bettelt sie weiter, und eine Träne löst sich aus ihrem Augenwinkel und tropft ihr in den Ausschnitt. Wie gebannt folgt mein Blick ihr und landet direkt auf ihren üppigen Brüsten, die durch das Kleid perfekt in Szene gesetzt werden. Bilder eben dieser Brüste schwirren in meinem Kopf umher. Wie ich sie berührt habe. Massiert. Geschmeckt. Der Sex zwischen uns war phänomenal. Sie weiß, wie sie sich bewegen muss. Wie sie ihre Reize perfekt einsetzt. Ohne darüber nachzudenken, hebe ich die Hand und wische ihr mit dem Daumen die feuchte Tränenspur aus dem Gesicht. Sofort ergreift sie die Chance und legt ihre Lippen auf meine. Hitze strömt von ihr herüber und sickert in mich hinein. Das ist nicht, was ich wollte. Und doch lasse ich sie herein, vertiefe den Kuss, ziehe sie näher an mich heran. Es ist nicht das, was ich für den heutigen Abend geplant habe. Aber vielleicht ist es genau das, was ich brauche.

Kapitel Vierzehn
HOLLY

„Mommy", stöhnt Sophie auf. Sofort bin ich bei ihr und lege ihr eine Hand auf die Stirn. Sie ist glühend heiß.

„Ja, Baby, ich bin hier", versuche ich, sie zu beruhigen. „Ihr habt Fieber, aber das bekommen wir wieder hin." Neben ihr liegt Claire, ebenfalls mit roten Wangen und halbgeschlossenen Lidern. Am Samstagmorgen sind wir gemeinsam mit der U-Bahn in den Central Park gefahren und haben einen wundervollen Tag in der Natur verbracht. Abends jedoch waren beide Mädchen total erledigt und sind bei Misses Pavlov auf der Couch eingeschlafen, noch bevor es Abendessen gab. Nachts haben sie dann angefangen zu fiebern, sodass ich die Schicht im Diner vorzeitig beenden musste. Zwar hat sich Granny liebevoll um die beiden gekümmert, dennoch habe ich keine Sekunde weiterarbeiten können. Nicht mit dem Wissen, dass meine Kinder krank zu Hause liegen und ihre Mutter brauchen. Den ganzen

Sonntag habe ich damit verbracht, ihnen Wasser anzubieten, Suppe zu kochen und sie umzuziehen, da sie mehrmals heftig geschwitzt haben. Ohne zu zögern, habe ich Brian eine Nachricht geschickt und das Date abgesagt. Als er gelesen hat, dass ich bereits Mutter bin, hat er mit „Sorry, aber Kinder sind nicht mein Fall" geantwortet. Diese Worte haben mir im ersten Moment einen Stich verpasst, doch im Nachhinein bin ich froh darüber. Das Letzte, was ich in unserem Leben gebrauchen kann, ist ein Mann, der meine Kinder nicht akzeptiert. Glücklicherweise ist Sonntag mein freier Tag, sodass ich mich voll und ganz auf Claire und Sophie konzentrieren kann. Am Montagmorgen war das Fieber bei beiden verschwunden. Zurück bleiben zwei erschöpfte Mädchen, die sich noch von dem Fieberdelirium erholen müssen. Mit dem Versprechen von Misses Pavlov, dass alles wieder gut sei und sie sich um die beiden kümmern wird, haste ich auf die Arbeit. Bisher habe ich mich bei Vince noch nicht verspätet und habe nicht vor, damit anzufangen. Pünktlich betätige ich die Klingel und warte, während sich eine seltsame Vorfreude in mir aufbaut. Zugegebenermaßen habe ich es genossen, die letzte Woche Zeit mit ihm zu verbringen und guten Kaffee zu trinken.

Vince öffnet mir kurz darauf die Tür. Überrascht mustere ich ihn. Er trägt einen dunkelblauen Anzug, darunter ein hellblaues Hemd und eine dunkle Krawatte. Seine schwarzen Locken hat er mit Haargel nach hinten gebändigt, doch es ist nicht seine Aufmachung, die mich stutzen lässt. Sein Gesichtsausdruck ist nüchtern, reserviert. Keine Spur von dem Lächeln, das er mir die letzte

Woche geschenkt hat. Er sieht wie der akkurate und unbarmherzige Geschäftsmann aus, der er vermutlich auch ist. Welche Rolle er die vergangenen sieben Tage auch gespielt hat, ist nun dieser neuen gewichen.

„Guten Morgen, Vince", grüße ich ihn unsicher. Keine Ahnung warum, aber so wie er mich ansieht, macht er mir Angst. Nicht auf die todesangstweise, sondern auf die Art, bei der ich um meinen Job fürchten muss.

„Morgen." Er tritt einen Schritt zur Seite, um mich hineinzulassen. Dabei mustert er mich mit einem undurchdringlichen Gesichtsausdruck. Ein Schauer zieht sich meinen Rücken entlang, doch ich lasse mir nichts anmerken.

Mein Blick huscht zur Küchenzeile, und Enttäuschung macht sich in mir breit, als ich sie leer vorfinde.

„Der Kaffee fällt heute aus, ich habe ein Meeting", lässt er mich mit kalter Stimme wissen. Fragend sehe ich ihm in seine grünen Augen, versuche zu verstehen, warum er mit einem Mal so anders ist. Wortlos stehen wir uns gegenüber und starren uns gegenseitig an, bis ich nachgebe und wegsehe. Sein Blick wiegt schwer, beinahe anklagend, doch ich kann mir nicht erklären, wieso.

„Ist alles in Ordnung?" Zu meinem Leidwesen ist meine Stimme zittrig und nicht so souverän, wie ich es gerne hätte.

„Alles bestens. Zieh nachher die Tür hinter dir zu", erwidert er, dreht sich um und lässt mich in seiner Wohnung zurück. Weitere Minuten vergehen, während ich reglos auf die Tür starre und versuche zu begreifen, was hier gerade passiert ist. Allerdings komme ich zu keiner Antwort, daher mache ich mich mit ungutem Gefühl an die Arbeit.

Sein Schlafzimmer ist unordentlicher als sonst. Auf dem Sessel in der Ecke liegen Jackett, Hemd und Hose, auf dem Boden davor eine Fliege. Das Bettzeug ist zerwühlt, als hätte er darauf Purzelbäume geübt. *Oder andere akrobatische Übungen*, wird mir schlagartig bewusst. Er ist Single, lebt allein, das bedeutet jedoch nicht, dass er auch jede Nacht ohne Gesellschaft verbringt. Als ich die Bettdecke zur Seite ziehe, um die Kissen auszuschütten, wird mein Verdacht bestätigt. Mit spitzen Fingern hebe ich den roten String, der sich zwischen den Laken verfangen hat, auf und lege ihn auf den Nachttisch. Offensichtlich war Mister Thorne vergangene Nacht alles andere als allein. Ein dumpfes Gefühl macht sich in meinem Magen breit, füllt ihn mit einem stetigen Pochen aus. Er war so freundlich und aufmerksam zu mir, hat sogar dafür gesorgt, dass ich jeden Tag herkomme und mit ihm Kaffee trinke. Aus irgendeinem idiotischen Grund bin ich davon ausgegangen, dass er mich bei sich haben wollte. Dass er vielleicht mehr wollte als meine bloße Gesellschaft während eines Heißgetränks. Doch dieses Stück Unterwäsche und seine abweisende Haltung heute Morgen beweisen eindeutig das Gegenteil. Was auch immer er mit seinem Verhalten von letzter Woche erreichen wollte, ist mit diesem Tag gestorben. Vincent Thorne ist nichts weiter als mein Arbeitgeber, der für einen Moment freundlich zu mir war. Das ist alles. So und nicht anders darf ich das Ganze betrachten. Die Tatsache, dass er der Vater meiner Kinder ist, spielt dabei keine Rolle mehr. Er hat mir mit seiner Ablehnung heute gezeigt, dass es die einzig richtige Entscheidung ist, ihm nichts von Claire und Sophie zu erzählen.

„Hallo, meine Süßen", begrüße ich meine Mädchen, als ich endlich zu Hause ankomme. Unterwegs habe ich in einem Supermarkt haltgemacht und Zutaten für ein Abendessen gekauft. Jedoch werde ich von einem köstlichen Duft willkommen geheißen. Misses Pavlov steht in unserer Küche und rührt in einem Topf. Die Mädchen liegen zusammengekuschelt auf meiner Schlafcouch und sehen sich etwas im Fernseher an.

„Hallo, Mommy", kommt es synchron aus den beiden heraus.

„Ihr seht schon viel besser aus", freue ich mich und verpasse ihnen jeweils einen Kuss auf den Scheitel. „Danke, Granny." Ich umarme meine Nachbarin dankbar. „Wie war euer Tag?"

„Alles gut", erwidert sie und schließt mich in ihre Arme ein. „Sie haben gegessen, sich gewaschen und gespielt. Wir waren zusammen einkaufen, und sie haben mir geholfen, alles zu tragen." Wir lösen uns voneinander und ich spähe über ihre Schulter zum Topf, in dem eine rötliche Suppe köchelt.

„Das riecht fantastisch. Ist das etwa *Borsch*?"

„Das ist es", bestätigt sie lachend. Sie weiß genau, wie sehr wir drei diese russische Suppe lieben.

„Das wäre nicht nötig gewesen, aber ich freue mich wie ein Kind an Weihnachten", grinse ich und beginne, den Esstisch zu decken. Zu viert ist es etwas eng, aber das stört uns nicht weiter, als wir uns gemeinsam setzen. Wie erwartet schmeckt es himmlisch. „Du sorgst so gut für uns. Wie kann ich dir jemals dafür danken?"

„Eure Gesellschaft ist mir der größte Dank, meine Liebe." Sie schenkt uns allen ein warmes Lächeln. Diese Frau ist unser rettender Engel, und erneut frage ich mich, womit ich so viel Güte verdient habe.

Am nächsten Tag sind Claire und Sophie wieder fit genug für die Vorschule, allerdings gestaltet sich unser Morgen schwieriger als sonst. Die Mädchen sind knatschig, wollen sich nicht selbstständig anziehen und streiten sich um jede Kleinigkeit. Daher hetzen wir zur Schule, wo ich sie pünktlich zum Gong im Klassenzimmer abgebe und weiter sprinte. Wenn ich die gesamte Strecke zur U-Bahn renne und danach zu Vinces Apartment, werde ich mich nicht verspäten. Glücklicherweise spielt das Wetter mit, und es ist trocken und sonnig.

Abgehetzt und hektisch atmend steige ich aus dem Aufzug und schleppe mich mit letzter Kraft zur Tür.

„Guten ... Morgen", presse ich, um Atem ringend, heraus. Vince mustert mich neugierig, der harte Ausdruck von gestern ist verschwunden. Beinahe hätte ich erleichtert aufgeseufzt, als er mir ein zaghaftes Lächeln schenkt und mich hineinbittet.

„Bist du gerannt?"

„Ja, sonst hätte ich mich verspätet", erkläre ich achselzuckend.

Vince wirft einen Blick auf seine Armbanduhr. Heute trägt er keinen Anzug, sondern seine gewohnte Jeans und ein weißes Shirt, die Ärmel nach oben gekrempelt. „Auf die Minute."

„Ganz genau. Verschwitzt, aber pünktlich", scherze ich, während ich zur Abstellkammer gehe.

„Was hast du vor?", fragt er und zieht verwundert eine Augenbraue hoch.

„Arbeiten", antworte ich zögernd, unsicher, was er damit meint.

„Hast du nicht etwas vergessen?" Sein Blick wandert zur Küchentheke, wo zwei dampfende Tassen stehen. Unwillkürlich breitet sich ein Lächeln auf meinem Gesicht aus. Nach seiner gestrigen abweisenden und kühlen Art hatte ich fest angenommen, dass unser Kaffee-Deal hinfällig ist. Aber vielleicht war er einfach nur gestresst und hatte es eilig.

„Na komm", sagt er und legt seine Hand federleicht auf meinen unteren Rücken, um mich sanft Richtung Küche zu schieben. „Wie war dein Wochenende?", fragt er beiläufig und nimmt einen Schluck von seinem Kaffee, während er sich lässig an der Theke abstützt. Ich greife nach meiner Tasse und lehne mich ebenfalls an.

„Anders als erwartet", gebe ich zu und genieße einen Schluck des flüssigen Goldes, das so herrlich schmeckt, wie ich es mir erhofft hatte.

Vince hebt eine Augenbraue und schaut mich neugierig an. „Inwiefern?"

„Ich war krank", erkläre ich und lege dabei eine beiläufige Miene auf. „Deshalb musste ich am Samstag meine Schicht im Diner früher beenden und habe den ganzen Sonntag im Bett verbracht." Natürlich verschweige ich ihm, dass nicht ich die Kranke war. Ich nehme einen weiteren Schluck aus meiner Tasse und unterdrücke ein wohliges Seufzen.

„Oh", murmelt er nur und wirkt für einen Moment nachdenklich.

„Und wie war dein Wochenende?", frage ich mit einem spitzbübischen Lächeln und beobachte ihn genau. Ich konnte es mir gestern nicht verkneifen, den String, den ich in seinen Laken gefunden habe, auf das frisch bezogene Bett zu legen. Sicher hat er ihn inzwischen entdeckt, doch anstatt verlegen zu lachen oder eine entschuldigende Bemerkung zu machen, sieht er mich nachdenklich an. Mit dieser Reaktion habe ich nicht gerechnet. „Vince?"

„Du warst also nicht aus", stellt er fest.

„Nein. Er ist es nicht wert", antworte ich mit einem Achselzucken. Brians Ablehnung wegen meiner Kinder hat einen bitteren Nachgeschmack hinterlassen. Es ist eine weitere Erinnerung daran, warum ich die letzten fünf Jahre niemanden gedatet habe. Es lohnt sich einfach nicht. Die meisten Männer ziehen sich zurück, wenn sie hören, dass ich Mutter bin. Und sobald sie erfahren, dass ich Zwillinge habe, suchen sie endgültig das Weite. Dieses scheinheilige Interesse kann ich mir sparen.

Ein Grinsen huscht über Vinces Gesicht, doch er schweigt. Also hake ich nach.

„Hast du dich am Wochenende amüsiert?", frage ich etwas präziser. Sein Lächeln verschwindet so schnell, wie es gekommen ist, und er presst die Lippen zusammen.

„Das würde ich nicht sagen", brummt er schließlich.

„Ach nein?" Ich sehe ihm skeptisch in die Augen. Wir wissen beide, dass er lügt, doch er bleibt stur. Vielleicht ist das nur fair, immerhin bin ich selbst nicht völlig ehrlich zu ihm.

„Ich bin lediglich meinen Pflichten nachgegangen. Das kann sehr ... ermüdend sein." Seine Stimme klingt ruhig, kontrolliert, und sein Blick ruht fest auf mir, wie um meine Reaktion zu messen.

„Okay", murmele ich und nicke, auch wenn mir die Erkenntnis wie ein Stein auf der Brust liegt. Der Gedanke, dass er eine andere Frau in seinem Bett hatte und das als bloße Pflicht abtut, fühlt sich alles andere als okay an.

Kapitel Fünfzehn
VINCE

Ihre azurblauen Augen ruhen schwer auf mir, während sie schweigend an ihrem Kaffee nippt. Heute trägt sie die Haare offen, sanfte Wellen umrahmen ihr Gesicht, das bedrückt wirkt. Ihr kleiner Streich mit Josefines Stringtanga ist mir nicht entgangen. Zuerst war ich irritiert, als ich den roten Stofffetzen mitten auf meinem Kopfkissen fand, doch dann wurde mir klar, wer ihn dort platziert haben musste, und die Scham traf mich wie ein Schlag. Dass Holly ihn entdeckt, war nie meine Absicht. Ich wusste nicht einmal, dass meine Ex ihn dagelassen hat. Aber es passt zu ihr – Josefine ist eine berechnende Natter, die nichts dem Zufall überlässt. Wahrscheinlich wartet sie nur auf den passenden Moment, um mich mit einem Vorwand anzurufen und wieder aufzutauchen. Sie nach der Charity-Veranstaltung meiner Mutter mit zu mir zu nehmen, war ein Fehler. Sie zu ficken ebenfalls. Glücklicherweise hatte sie am Montag ein frühes Casting und ist direkt nach dem Sex gefahren. Trotzdem habe ich die halbe Nacht wach gelegen und mich gefragt, was ich mir nur dabei gedacht habe. Mit Josefine zu schlafen, war die schlechteste Entscheidung seit Langem. Der Gedanke, dass Holly auf einem Date ist, während ich allein nach Hause gehe, hat mich aus der Fassung gebracht. Meine Fantasie quälte mich mit immer schlimmeren Bildern: Holly, wie sie einen anderen Mann küsst, mit ihm in einer Herrentoilette verschwindet und sich ihm hingibt. Diese Vorstellungen raubten mir den Schlaf. Daher bin ich mit den ersten Sonnenstrahlen aus dem Bett gesprungen und habe mich auf mein Meeting vorbereitet. Als Holly vor der Tür stand – müde Augen, das Haar zu einem unordentlichen Dutt verknotet – kehrten all die Bilder zurück. Dieses territoriale Machogehabe liegt mir eigentlich fern, doch bei ihr ist alles anders. Sie weckt in mir das Verlangen, sie ganz für mich haben zu wollen. Nur ich darf sie berühren, küssen, gegen eine Wand drücken und mit meinen Lippen jeden Zentimeter ihres Körpers erkunden. Niemand sonst. Dennoch habe ich, anstatt Holly, meine Ex gewählt. Idiot. Ich bin ein verdammter Idiot. Jetzt habe ich Josefine am Hals, während die Frau, die ich wirklich will, mich mit enttäuschten Augen ansieht.

„Warum ist er es nicht wert?" Meine Frage scheint sie aus dem Konzept zu bringen.

„Was meinst du?"

„Dein Date. Du hast gesagt, er ist es nicht wert. Wieso?" Eigentlich will ich nichts über diesen Kerl wissen, aber die Stille zwischen uns wird mit jeder Sekunde schwerer.

„Er kam wohl mit meiner … Situation nicht klar", murmelt sie in ihre Tasse und senkt den Blick.

„Situation?" Ich runzle die Stirn, noch immer unsicher, worauf sie hinaus will.

„Naja, mein Leben. Tagsüber arbeite ich als Putzfrau, abends als Kellnerin im Diner. Ich habe weder viel Geld noch die Zeit, um jemanden richtig kennenzulernen. Das hat ihn wohl abgeschreckt." Ihre Stimme ist gedämpft, fast unsicher, und sie nimmt schnell einen Schluck Kaffee, als wollte sie sich hinter der Tasse verstecken. Offensichtlich ist ihr das Thema unangenehm.

„Du bist eine junge Frau, die fest im Leben steht und hart arbeitet", sage ich mit Nachdruck. „Daran gibt es nichts Abschreckendes oder gar Peinliches." Ich stelle meine leere Tasse ab und trete einen Schritt näher an sie heran. Überrascht von meinen Worten hebt sie den Kopf und sieht mir direkt in die Augen.

„Du bist nicht nur fleißig, sondern auch wunderschön. Eine Frau wie dich gehen zu lassen, ist unverzeihlich", flüstere ich und streiche sanft mit dem Daumen über ihre Wange. Am liebsten würde ich stundenlang in ihr Gesicht schauen, jede Sommersprosse zählen und ihre Konturen mit meinen Fingern nachzeichnen.

„Und doch passiert mir das immer wieder", flüstert sie. Ohne Vorwarnung tritt sie zurück und entzieht sich meinem Griff. Enttäuscht lasse ich die Hand sinken. Ihre Worte treffen mich härter, als ich erwartet hätte. Sie spricht nicht nur von ihrem abgesagten Date mit diesem Typen, der sie nicht zu schätzen weiß. Nein, sie meint auch mich.

Idiot. Das Wort hallt in meinem Kopf wider, während

ich zusehe, wie Holly sich abwendet und in der Abstellkammer verschwindet. Sie hat recht. Ich habe sie fallen lassen. Vor fünf Jahren genauso wie gestern, als ich sie zurückgestoßen habe – nur weil ich dachte, sie hätte mit einem anderen geschlafen.

Die Nacht mit meiner Ex war ein Fehler – mein Vorhaben, Holly für mich zu gewinnen, jedoch nicht. Alles, was ich zu ihr gesagt habe, war ehrlich. Sie ist jung, smart, fleißig und wunderschön. Eigenschaften, die weit mehr zählen als Reichtum oder sozialer Status. Werte, die mir mein Vater beigebracht hat und auf die ich immer stolz war. Ich sollte sein Vermächtnis ehren und seine Worte nicht vergessen.

Such dir eine Frau, die dich mit Respekt behandelt. Eine, die nicht davor zurückschreckt, mit anzupacken. Eine Frau mit Köpfchen, nicht mit Körbchen.

Weise Worte, die ich erst nach seinem Tod wirklich verstanden habe. Danach besann ich mich, erinnerte mich an seine Ratschläge und wurde erwachsen. Und doch habe ich mich auf eine Frau wie Josefine eingelassen. Aber das endet jetzt.

Wenn mir die Nacht mit meiner Ex eines klargemacht hat, dann, dass ich Holly will. Ich begehre sie – seit dem Tag vor fünf Jahren, an dem sie mich in ihren Bann gezogen hat. Jetzt ist es an mir, sie in meinen zu ziehen.

Ich lasse Holly den Rest des Tages ungestört arbeiten. Da ich mehrere Telefonmeetings habe, lässt sie mein Arbeitszimmer aus und bemerkt knapp, dass sie sich morgen darum kümmern wird. Als sie sich schließlich zur Tür wendet, um zu gehen, halte ich sie zurück.

„Holly."

„Ja?" Sie dreht sich zu mir um, ihre Augen erwartungsvoll auf mich gerichtet.

„Geh mit mir aus." Es klingt mehr nach einer Anweisung als einer Frage, doch das ist mir egal. Sie soll wissen, dass es mir nicht im Geringsten darum geht, was sie arbeitet oder welchen Status sie hat.

„Ich denke, das ist keine gute Idee", murmelt sie, während ihr Gesicht rot wird. Verlegen schiebt sie sich eine Strähne hinters Ohr, ihr Blick gleitet dabei zur Tür, die in mein Schlafzimmer führt. Es dauert einen Moment, bis ich begreife, was sie dort sieht.

„Holly, so ist das nicht. Das war nichts", versuche ich mich zu erklären, doch selbst für mich klingt es lächerlich.

„Vince, du bist mein Boss", seufzt sie. „Ich arbeite gerne hier und ich brauche diesen Job. In der Agentur darf ich mir keinen weiteren Fehler erlauben." Ihr Blick wird ernst, doch gleichzeitig schwingt etwas Bekümmertes mit. Es wirkt, als hätte sie tatsächlich darüber nachgedacht, mit mir auszugehen, aber ihre beruflichen Verpflichtungen halten sie zurück.

„Es wird keine Probleme mit der Agentur geben", versichere ich, doch sie schüttelt nur entschieden den Kopf.

„Bitte, Vince, bring mich nicht in diese Situation.

Unser Kaffee jeden Morgen – das muss genügen", erwidert sie. Ihr Tonfall ist ruhig, aber diesmal unmissverständlich.

Ihre Ablehnung trifft mich unerwartet. So etwas habe ich noch nie erlebt. Normalerweise sind Frauen sofort hingerissen, sobald sie meine Wohnung, mein Auto oder meinen Anzug sehen.

Schon vor fünf Jahren hat sie mit mir geschlafen, weil sie es wollte. Weil sie mich wollte. Weil auch sie diese unmenschliche Anziehungskraft zwischen uns gespürt hat, die noch immer unvermindert da ist. Ihre Haltung, ihr Gesichtsausdruck verraten es mir: Sie fühlt sich genauso zu mir hingezogen. Das Einzige, was sie zurückhält, ist ihr Pflichtgefühl.

Holly arbeitet hart für ihren Lebensunterhalt, kämpft für ihr Glück und interessiert sich nicht für meinen Kontostand. Sie will nichts mit mir anfangen, weil ich ihr Boss bin. Und weil ich vorletzte Nacht mit einer anderen Frau im Bett war.

„Und ich kann dich nicht umstimmen?", frage ich enttäuscht. Sie schüttelt den Kopf, ihre Wangen noch immer gerötet.

„In Ordnung", seufze ich. „Dann eben nur Kaffee. Bis morgen, Holly." Zum Abschied hebe ich die Hand, obwohl ich sie viel lieber sanft über ihre Wange streichen würde.

„Bis morgen, Vince", erwidert sie mit belegter Stimme, bevor sie geht.

Sie für mich zu gewinnen, wird mehr Mühe kosten, als ich dachte.

Während ich noch überlege, wie ich sie dazu

bewegen könnte, mit mir auszugehen, reißt mich das Klingeln meines Smartphones aus den Gedanken. Ein Blick aufs Display und ich stöhne genervt auf.

„Hallo, Darling", schnurrt Josefine gekünstelt. „Wie geht es dir?"

„Was willst du?" Mein Tonfall ist kalt und abweisend. Genau das Richtige, um sie loszuwerden.

„Oh, wie direkt", lacht sie völlig unbeeindruckt. „Wir haben doch heute Abend ein Date, schon vergessen?"

„Wir haben kein Date", halte ich dagegen, während ich gedanklich meine Termine durchgehe. Wie kommt sie darauf, dass wir verabredet sind?

„Doch, natürlich. Auf der Charity-Gala deiner Mutter hast du ihr zugesagt, dass wir ihr bei dem Dinner mit ihren Sponsoren Gesellschaft leisten werden. Selbstverständlich erwartet sie, dass wir dabei als Paar auftreten."

Oh, dieses berechnende Miststück.

Jetzt fällt mir alles wieder ein. Mutter hat mir einen ihrer Hauptsponsoren vorgestellt, Lenard Towers, ein Selfmade-Millionär, der unter anderem in Immobilien investiert. Ein ausgezeichneter Kontakt für mich und meine zukünftigen Projekte in der Stadt. Der einzige Grund, warum ich zugestimmt habe, bei dem Dinner dabei zu sein. Vermutlich haben die drei Whiskey Soda ihr Übriges getan. Shit. Außerdem erinnere ich mich, dass meine Mutter Josefine als meine Lebensgefährtin vorgestellt hat, die sich in vertrauter Manier an meine Seite geschmiegt hat.

„Fuck", stöhne ich. „Du kannst nicht mit."

„Aber wieso denn nicht? Ich habe dafür extra ein Meeting mit meinem Agenten verschoben", schmollt sie.

„Darling, vergiss nicht, alte Männer wie Towers sind konservativ. Ich kann dir helfen, ihn auf deine Seite zu ziehen. Du weißt schon, für dein geplantes Projekt in Downtown."

Verdammte Scheiße. Ich hatte völlig verdrängt, wie clever und manipulativ sie ist. Natürlich weiß sie von meinem Projekt – ich hatte ihr damals alles erzählt, als wir noch zusammen waren. Auch, dass Männer wie Towers letztlich darüber entscheiden, ob ich die Zusage bekomme oder nicht. Selbst nach Monaten der Trennung hat sie diese Informationen nicht vergessen. Gerissenes Miststück.

In einem Punkt hat sie recht: Towers ist konservativ, wenn es um traditionelle Werte wie Ehe und Lebensstil geht. Gleichzeitig ist er alles andere als zurückhaltend, wenn es darum geht, junge Frauen mit seinen Blicken zu verschlingen, sobald sich die Gelegenheit bietet – vor allem, wenn seine Ehefrau abgelenkt ist. Josefine mitzunehmen könnte von Vorteil sein. Sie sorgt für die nötige optische Ablenkung, während ich ihn von meinem Projekt überzeuge.

„Fein", brumme ich. „Sei um sieben fertig." Ohne ihre Reaktion abzuwarten, drücke ich sie weg und seufze. Warum ausgerechnet jetzt? Was will mir das Schicksal damit mitteilen? Erst schickt mir das Universum Holly unverhofft zurück in mein Leben, nur um mir dann noch meine Ex an den Hals zu hetzen. Vielen Dank auch, liebes Universum, wirklich großartig.

Kapitel Sechzehn
VINCE

Der Abend verläuft für mich äußerst zufriedenstellend. Meine Mutter ließ sich kurzfristig entschuldigen. Sie sei unpässlich, aber ich solle mir keine Sorgen machen. In Gedanken nehme ich mir vor, sie am nächsten Tag anzurufen.

Was bedeutet, dass ich mit meiner Ex und den Towers allein bin. Josefine trägt ein elegantes, silbernes Kleid, ihre Haare sind an einer Seite zurückgesteckt. Towers kann den Blick nicht von ihr lösen, selbst dann nicht, als seine Frau ihm warnend eine Hand auf die Schulter legt. Josefine genießt diesen stillen Machtkampf zwischen Lenard und Irene sichtlich. Bei jeder Gelegenheit lacht sie über seine Bemerkungen, streicht mir beiläufig mit den Fingern über den Oberarm und wirft mir laszive Blicke zu. Diese Frau ist eine Meisterin ihres Spiels. Kennt jeden Zug und setzt ihn perfekt ein. Genau wie ich. Noch bevor der Abend vorbei ist, habe ich Towers bereits auf meiner Seite. Er ist begeistert von meinem geplanten Projekt in Downtown und ist gewillt zu investieren. Bei der Verabschiedung besiegeln wir unser nächstes Meeting in zwei Tagen in meinem Büro bei *Thorne Constructions* mit einem Handschlag. Dabei erwähnt er erneut, was für ein Glückspilz ich sei und dass ich Josefine besser heiraten sollte, bevor sie mir jemand wegschnappt. Am liebsten hätte ich sie ihm persönlich auf einem Silbertablett serviert, aber das wäre kaum förderlich für unsere aufkeimende Geschäftsbeziehung. Stattdessen bedanke ich mich höflich bei ihm und seiner Frau und betone, wie sehr ich mich auf unser nächstes Treffen freue. Josefine klammert sich dabei fest an meinen Oberarm, als wolle sie allen im Restaurant beweisen, dass ich zu ihr gehöre. Als Mittel zum Zweck lasse ich ihre Berührungen über mich ergehen, auch wenn es mich innerlich anwidert.

Mein Wagen steht bereit und Steve öffnet uns die Tür. Ich lasse Josefine zuerst einsteigen, folge ihr jedoch nicht sofort.

„Das war ein ziemlich raffinierter Schachzug, das muss ich dir lassen", gebe ich widerwillig zu.

„Was meinst du, Liebling?" Ihre Stimme klingt unschuldig, fast naiv, während sie mich mit weit aufgerissenen Augen fixiert. Doch ihre Lippen verraten sie – das leichte Zucken ihres Mundwinkels ist unübersehbar.

„Du weißt genau, was ich meine", erwidere ich kühl. „Du hast bekommen, was du wolltest. Ich habe bekommen, was ich wollte. Schätze, damit sind wir quitt."

„Sind wir das?", schnurrt sie mit einem Mal, jede Spur von gespielter Unschuld verflogen. „Steig ein und wir feiern deinen Dealabschluss." Lasziv lehnt sie sich vor und drückt ihr Dekolleté zusammen, sodass mir ihre Brüste nahezu ins Gesicht springen. Ich nehme mir bewusst die Zeit, sie zu mustern, lasse sie glauben, dass ich innerlich mit mir ringe, doch in Wahrheit sehe ich nur verlogenes Fleisch, verpackt in einem silbernen Kleid.

Wie oft habe ich mich von ihr und ihrer Schönheit täuschen lassen? Wie oft hat sie mich um ihren Finger gewickelt und mit Sex zurück an ihre Seite gezogen? Damit ist jetzt Schluss.

„Leb wohl, Josefine." Mit einem entschlossenen Schwung schlage ich die Tür zu, trenne mich endgültig von der Frau, die keinen Platz mehr in meinem Leben hat. „Steve, bitte bringen Sie Miss Hall zu ihrem Apartment", wende ich mich an meinen Fahrer. Er nickt, steigt ein und fährt los.

Durch das Rückfenster wirft Josefine mir einen wutentbrannten Blick zu, der Böses erahnen lässt, doch das kümmert mich nicht. Sie kümmert mich nicht. Nicht mehr.

Pünktlich um neun Uhr klingelt es an der Tür. Mit freudiger Erwartung öffne ich und finde Holly vor, die wie am Vortag schwer atmend vor mir steht.

„Bist du hierher gejoggt?", necke ich sie, während ich ihr den Weg ins Haus freigebe. Sie wirft mir einen bitterbösen Blick zu.

„Kann man so sagen. Die U-Bahn-Station, die ich für gewöhnlich nehme, ist wegen Wartungsarbeiten gesperrt. Also musste ich vier Blocks laufen, nur um dann an der falschen Haltestelle auszusteigen und weitere drei Blocks hierher zu rennen", schnauft sie und hält sich die Seite.

Mit einem Schmunzeln mustere ich sie. Wie gewohnt trägt sie ihre schwarze Stoffhose und die dazu passende Bluse, deren Ärmel sie bis zu den Ellbogen hochgekrempelt hat. Ihr Haar ist zu einem ordentlichen Dutt gebunden und ihr Gesicht leuchtet leicht gerötet. Sie sieht atemberaubend aus.

„Kaffee?", frage ich und deute auf die Küchentheke. Obwohl meine Haushälterin weiterhin im Zwangsurlaub ist, ist die Küche makellos. Dank Holly, die jeden Tag sauber macht – und weil ich, abgesehen von Kaffee, nichts koche. Zu meiner Schande muss ich zugeben, dass ich es nie gelernt habe. Die letzten Tage habe ich mich entweder mit Lieferdiensten über Wasser gehalten oder auswärts gegessen.

Da sie nicht mit mir ausgehen will, muss ich mir etwas anderes überlegen.

„Wie wäre es mit Frühstück?", schlage ich möglichst beiläufig vor.

„Frühstück?", wiederholt sie und hebt skeptisch eine Augenbraue.

„Du weißt schon, das, was man morgens isst", feixe ich, doch ernte nur einen bösen Blick.

„Ich weiß, was ein Frühstück ist." Sie verschränkt energisch die Arme vor der Brust. „Mir war nur nicht klar, was du mir damit sagen willst."

Ich hebe abwehrend die Hände. „Mein Fehler", lache ich. „Wie wäre es, wenn wir zusammen frühstücken?"

Ihre Schultern bleiben angespannt, während sie mich nachdenklich mustert, doch dann lässt sie die Arme sinken und atmet hörbar aus. „Okay. Aber ich kann die verlorene Zeit erst morgen nachholen, wenn das in Ordnung ist? Ich habe heute noch einen wichtigen Termin."

„Solange es kein Date mit einem Kerl ist, der dich nicht zu schätzen weiß." Mein Witz geht allerdings nach hinten los, denn sie sieht mich ernst an.

„Keine Dates mehr. Es ist ein Arzttermin."

„Bist du wieder krank?" Besorgnis steigt in mir auf.

„Nein, nichts dergleichen. Nur eine ... Routineuntersuchung." Beim letzten Wort zögert sie und ich entscheide, nicht weiter nachzuhaken. Offensichtlich ist ihr das Thema unangenehm.

Nach Brians Abfuhr hätte ich ohnehin nicht erwartet, dass sie sich gleich auf das nächste Date stürzt. Das passt nicht zu ihr.

„Fantastisch. Dann würde ich sagen, du bereitest das Frühstück zu", schlage ich vor und klatsche in die Hände. Hollys ungläubiger Blick zeigt mir jedoch, dass meine Worte sie eher verwirren. „Was denn? Ich kann nun mal nicht kochen und da Nadine die Woche noch Urlaub hat, dachte ich, du könntest das übernehmen", erkläre ich mit einem entschuldigenden Lächeln. Ich habe mit allem gerechnet – dass sie mich zur Hölle schickt, mich auffordert, mir mein Essen selbst zu machen, oder wütend davonstürmt. Was ich jedoch nicht erwartet habe, ist ihr schallendes Lachen.

Vor lauter Heiterkeit presst sie sich eine Hand auf den Bauch, die andere auf ihren Mund, doch sie schafft es nicht, sich zu beruhigen. Ihr glockenhelles Lachen ist ansteckend und bald kann auch ich mir ein Grinsen nicht mehr verkneifen. Nicht weil ich über mich selbst lache, sondern weil es mir gelungen ist, diese sonst so ernste und gefasste Frau zum Lachen zu bringen.

„Was ist so komisch?", möchte ich wissen, als sie sich einigermaßen gefangen hat.

„Der erfolgreiche und großartige Vincent Thorne ist also nicht in der Lage, sich ein Frühstück zu machen. Das ist so absurd, dass es schon wieder komisch ist."

Ihre Augen glänzen vor Lachen, ihre Wangen sind gerötet und ihre Mundwinkel tragen ein schelmisches Grinsen. Sie sieht umwerfend aus, so gelöst und unbeschwert.

„Erfolgreich und großartig, was?", wiederhole ich grinsend.

„Nicht gleich überheblich werden, Mister Thorne."

„Du hast es selbst gesagt", stichele ich, doch sie lässt sich nicht weiter darauf ein. Stattdessen geht sie zum Kühlschrank und wirft einen prüfenden Blick hinein.

„Wie wäre es mit Pancakes? Vorausgesetzt, du hast Ahornsirup", schlägt sie vor.

„Darauf kannst du wetten."

„Fein. Dann nimm Platz, ich kümmere mich um den Rest."

Hollys Handgriffe sind sicher, als hätte sie unzählige Male in meiner Küche gestanden und für mich gekocht. Die Pancakes gelingen ihr perfekt – fluffig, weich und genau richtig gebräunt. Mit einem Stück Butter garniert und großzügig mit Ahornsirup übergossen, sieht ihr Werk köstlich aus. Aus dem Kühlschrank zaubert sie noch Heidelbeeren und Erdbeeren, die sie kunstvoll auf dem Teller anrichtet. Es schmeckt genauso himmlisch, wie es aussieht.

Pappsatt lehne ich mich in meinem Stuhl zurück. „Das war mit Abstand das beste Frühstück, das ich seit Wochen hatte", lobe ich sie und ein zufriedenes Lächeln breitet sich auf ihrem Gesicht aus, während sie ihren letzten Pancake aufisst.

„Freut mich, dass es dir geschmeckt hat."

„Du weißt, dass ich ab sofort immer so ein Frühstück erwarte, oder?"

„Aber nur, solange Misses Paulls Urlaub hat", erwidert sie grinsend.

„Deal. Vielleicht sollte ich Nadines Urlaub verlängern." Gespielt nachdenklich lege ich mir einen Zeigefinger ans Kinn.

Holly lacht leise und schüttelt den Kopf. „Ich muss jetzt wirklich an die Arbeit."

„In Ordnung, ich lasse dich in Ruhe", seufze ich, obwohl ich noch nicht bereit bin, sie gehen zu lassen. Ich habe ebenfalls eine Menge Papierkram zu erledigen und Akten durchzusehen. Wenn ich sie nicht rechtzeitig an Tomas schicke, wird er mich mit Anrufen bombardieren. Schweren Herzens erhebe ich mich und helfe ihr, die Teller abzuräumen. Sie belohnt mich mit einem Lächeln.

„Danke nochmal. Ich freue mich schon auf unser Frühstück morgen." Wieder erscheint diese zarte Röte auf ihren Wangen. Bevor sie die Flucht ergreifen kann, trete ich näher, beuge mich vor und hauche ihr einen

Kuss auf die Wange. Ihre Haut glüht förmlich unter meinen Lippen, als ich einen Moment länger verweile.

Sekunden verstreichen, keiner von uns wagt, die fragile Verbindung zu unterbrechen. Aus dem Augenwinkel sehe ich, wie sie die Augenlider schließt und tief, aber lautlos einatmet. Fast verliere ich jegliche Selbstbeherrschung, als sich ihr Mund zaghaft öffnet, als ob sie darauf wartet, dass ich den nächsten Schritt wage.

Ein schrilles Piepsen von meinem Smartphone reißt uns jäh aus dem Moment. Holly zuckt zusammen und die Magie zwischen uns löst sich in Luft auf. Mit einem Satz weicht sie zurück, während ich, innerlich fluchend, das nervtötende Telefon aus meiner Tasche ziehe.

„Entschuldige, da muss ich rangehen", brumme ich, weil ich das verdammte Gerät am liebsten gegen die Wand werfen würde.

„Natürlich", haucht sie außer Atem, bevor sie hastig an mir vorbei in Richtung Abstellkammer eilt, wo sie die Reinigungsmittel aufbewahrt. Innerlich seufze ich und könnte mich selbst dafür ohrfeigen. Und Tomas gleich mit. Hoffentlich hat er einen verdammt guten Grund, mich ausgerechnet jetzt anzurufen.

Kapitel Siebzehn

HOLLY

„Ich muss sagen, Miss Parker, es ist immer wieder eine Freude, Sie und die Mädchen zu sehen. Zwar sind die beiden etwas kleiner, als es ihrem Alter entspricht, aber ihre kognitive Entwicklung und ihre enge Verbindung zueinander sind bemerkenswert", lobt Dr. Phyllis Alberneith. Sophie und Claire strahlen wie zwei Honigkuchenpferde und nehmen die angebotenen Lollis mit leuchtenden Augen entgegen.

Die regelmäßigen Besuche in Dr. Alberneiths Forschungseinrichtung gehören seit der Geburt meiner Kinder fest zu unserem Leben. Als ich damals erfuhr, dass ich Zwillinge erwarte, hatte ich keine Ahnung, was auf mich zukommen würde. Schon die Kosten für die ersten beiden Vorsorgeuntersuchungen waren kaum tragbar und alles Weitere konnte ich mir schlichtweg nicht leisten.

Der Gynäkologe hatte mir frühzeitig erklärt, dass die Wahrscheinlichkeit für einen Kaiserschnitt bei Zwillingen sehr hoch sei. Als Kellnerin ohne Krankenversicherung wusste ich nicht, wie ich die kommenden Krankenhausrechnungen stemmen sollte. Durch Zufall stieß ich auf die Website von Dr. Alberneith, die für eine Langzeitstudie nach eineiigen Zwillingen suchte. Als Gegenleistung wurden sämtliche kinderbezogenen Kosten übernommen, einschließlich der Geburtskosten.

Es war meine einzige Chance und bis heute bin ich unendlich dankbar, sie ergriffen zu haben. Die Studie konzentriert sich auf die Kommunikation zwischen Zwillingen und deren individuelle Entwicklung. Keine Medikamente, keine experimentellen Eingriffe – dafür eine vollumfassende Krankenversicherung.

„Danke, Dr. Alberneith, wir freuen uns auch auf jeden Besuch hier", erwidere ich und schüttle ihr zum Abschied die mir dargebotene Hand. „Bis in sechs Monaten dann."

„Claire, Sophie, würdet ihr einen Moment hier warten? Ich würde gerne unter vier Augen mit eurer Mom sprechen", bittet die Ärztin und ich ziehe fragend eine Augenbraue hoch. Nachdem wir das Untersuchungszimmer verlassen haben und nun im Vorraum stehen, wendet sie sich mir zu.

„Miss Parker, ich weiß, dass Sie damals bei der Anmeldung keinen Vater angegeben haben. Allerdings sind wir an einem Punkt, an dem medizinische Informationen über den Erzeuger entscheidend für die Beurteilung der Testergebnisse wären. Hätten Sie die Möglichkeit, diese Daten bis zu unserem nächsten Termin zu beschaffen?"

Wie vor den Kopf gestoßen starre ich die Frau an,

die ich seit über vier Jahren kenne. Damals hatte ich beim Vertragsabschluss angegeben, den Vater meiner Kinder nicht zu kennen. Dass sie ausgerechnet jetzt nach ihm fragt, überrascht und schockiert mich gleichermaßen – fast, als ahne sie, dass ich seit zwei Wochen für den Mann arbeite, der mich damals geschwängert hat.

„Ich ... ich denke nicht, dass ich Ihnen diese Information geben kann", stottere ich unsicher.

„Aber Sie wissen, wer der Vater ist?" Es klingt weniger wie eine Frage, sondern mehr wie eine Aufforderung.

„Ehm, ja, schon. Aber es geht nicht", antworte ich diesmal entschiedener.

„Miss Parker, das würde uns wirklich helfen." Ihre offene Haltung und ihr freundliches Gesicht machen es mir umso schwerer, sie abzuweisen.

„Das Problem ist, dass er nicht weiß, dass er Vater ist", gestehe ich und schließe für einen Moment die Augen, als würde das meine Worte weniger belastend machen.

„Ich verstehe", seufzt sie, schenkt mir jedoch ein aufmunterndes Lächeln, das ihre Augen nicht erreicht. „Wir werden die Studie dann ohne die medizinischen Unterlagen des Vaters fortsetzen, Miss Parker. Machen Sie sich deswegen keine Sorgen."

Ihre Worte beruhigen mich ein wenig, denn ein Teil von mir hatte befürchtet, dass wir aus der Studie ausgeschlossen werden und damit die medizinische Abdeckung verlieren könnten.

„Danke für Ihr Verständnis, Dr. Alberneith."

„Nicht dafür, meine Liebe. Ich weiß, wie schwer es ist, alleinerziehende Mutter zu sein."

Und das tut sie wirklich. Bei einer unserer Sitzungen erzählte sie mir, dass sie selbst zwei Kinder allein großzieht, nachdem ihr Mann sie für eine jüngere Frau aus Europa verlassen hatte. Damals tat sie mir leid, obwohl sie nie einen unglücklichen Eindruck machte.

„Das weiß ich wirklich zu schätzen", erwidere ich, doch das mulmige Gefühl in meiner Brust bleibt.

Den restlichen Abend verbringe ich damit, mich selbst zu fragen, ob ich das Richtige tue. Geistesabwesend wische ich die Tische im Diner ab, während meine Gedanken unaufhörlich um Vince und die Kinder kreisen. Wie würde er reagieren, wenn ich ihm die Wahrheit sage? Würde er ausrasten? Oder vielleicht überrascht, aber glücklich sein? Würde er Anspruch auf Sorgerecht erheben oder uns einfach in Ruhe lassen?

Und was ist mit Sophie und Claire? Sie wissen nicht, dass ihr Vater so nah ist. Würden sie ihn kennenlernen wollen? Zeit mit ihm verbringen? Oder, schlimmer noch, vielleicht sogar bei ihm wohnen wollen? Was, wenn sie sich gegen mich und für ihn entscheiden?

Dieser Gedanke schnürt mir die Kehle zu und ich kann die Tränen nicht länger zurückhalten. Hastig wische ich sie mit dem Handrücken fort und zwinge mich, die aufkommende Panik zu unterdrücken. Mein eigenes Gedankenchaos treibt mich noch in den Wahnsinn, wenn ich es weiter füttere. Ich darf mich davon nicht aus der Fassung bringen lassen – es ist schließlich alles nur hypothetisch.

Vince wird nie erfahren, dass er Kinder hat. Nicht, solange ich es ihm nicht sage. Und Dr. Alberneith scheint sich mit den fehlenden medizinischen Informationen abgefunden zu haben.

Anstatt mich weiter verrückt zu machen, sollte ich einen Schritt nach dem anderen gehen. Für den Moment ist alles gut. Ich habe zwei Jobs, sicheres Einkommen, das zum Leben reicht, und zwei gesunde Kinder. Mehr brauche ich nicht.

Am nächsten Morgen begrüßt mich Vince mit einem Kuss auf die Wange. Die unerwartete Geste überrascht mich so sehr, dass ich meine Handtasche fallen lasse. Das ist schon das zweite Mal, dass er mich aus heiterem Himmel geküsst hat. Doch anstatt sie aufzuheben, lege ich mir wie ein verwirrter Teenager die Finger auf die Stelle, an der seine Lippen meine Haut berührt haben, und starre ihn an. Vince grinst nur zufrieden, als hätte er genau geplant, mich so aus der Fassung zu bringen.

Wieder bereite ich uns Frühstück zu – diesmal Rührei mit Speck und French Toast. Sein Wunsch, nicht meiner. Währenddessen erzählt er mir von seiner Firma, *Thorne Constructions*, die er mit gerade einmal einundzwanzig

Jahren von seinem Vater übernommen hat, nachdem dieser an Krebs erkrankt war.

„Das mit deinem Vater tut mir leid." Um meine Worte zu unterstreichen, lege ich meine Hand sanft auf seine und drücke sie leicht. Als ich sie zurückziehen will, greift er danach und verschränkt unsere Finger ineinander.

Ich kann meinen Blick nicht von unseren Händen lösen und werde unweigerlich an unseren ersten intimen Moment erinnert – damals auf der Herrentoilette in der engen Kabine. Auch da hatten wir unsere Finger ineinander verschränkt, eine Verbindung geschaffen, uns gegenseitig festgehalten – wenn auch nur für den Moment. Gleich danach hatte er mich eiskalt stehen lassen.

Die Erinnerung drängt sich ungebeten in meinen Kopf und vergiftet den scheinbar unschuldigen Augenblick. Ein weiteres Mal versuche ich, meine Hand aus seinem Griff zu lösen, doch er lässt es nicht zu.

„Danke. Es hat uns damals sehr getroffen", gibt er zu und schenkt mir ein trauriges Lächeln. Die aufkeimende Bitterkeit über die Erinnerung an den Quickie verfliegt augenblicklich.

„Uns?"

„Meine Mutter", erklärt er und beginnt, mit seinem Daumen sanft über meinen Handrücken zu streichen. „Sie haben sich geliebt. Mein Vater starb kurz nach der Krebsdiagnose. Wir hatten kaum Zeit, uns zu verabschieden, geschweige denn, alles zu verarbeiten. Und dann, nur wenige Monate nach seinem Tod, bekam auch meine Mutter Krebs. Sie kämpfte lange dagegen an, ließ sich operieren, bestrahlen und, wie sie immer sagte, vergiften. Seit einem Jahr ist sie endlich in Remission."

„Das tut mir wirklich leid." Scham durchflutet mich, da mir nichts Besseres oder Geistreicheres zu seinem Bekenntnis einfällt. Er erzählt vom Leiden seiner Familie und ich weiß nicht, was ich darauf erwidern soll.

Vince schenkt mir ein weiteres Lächeln, diesmal nicht ganz so schwer, sondern voller Hoffnung. „Du hast sie bereits kennengelernt", bemerkt er plötzlich.

„Wen meinst du?" Der abrupte Themenwechsel verwirrt mich.

„Meine Mutter. Damals auf der Charity-Veranstaltung. Ich habe sie kurzfristig begleitet. Die Tage zuvor hat sie sich nicht gut gefühlt, wollte sich aber nicht davon abbringen lassen, hinzugehen. Und wenn Catalina Pierce sich etwas in den Kopf setzt, dann hält sie nichts und niemand auf", erklärt er, ein Hauch von Stolz in seiner Stimme.

Er liebt seine Mutter – genau wie seinen Vater. Und er wird geliebt. Unwillkürlich frage ich mich, wie es wohl gewesen sein muss, in einem Zuhause aufzuwachsen, das von Liebe und gegenseitiger Wertschätzung geprägt war. Attribute, die in meinem Elternhaus nie existiert haben.

„Die elegant gekleidete Frau im goldenen Paillettenkleid", erinnere ich mich. „Das war deine Mom?"

„Allerdings", lacht Vince und erhebt sich von seinem Hocker, der direkt neben meinem steht. Unsere Finger bleiben verschränkt, während er sich vor mich stellt und den letzten Zentimeter zwischen uns überbrückt.

„Habt ihr nicht denselben Nachnamen?", frage ich das Erste, was mir einfällt, um meine Verwirrung zu überspielen. Seine Nähe bringt meine Gedanken vollkommen durcheinander. Eine heiße Welle durchströmt mich, als wäre Vince eine lodernde Glut.

„Meine Mutter ist Einzelkind und hat ihrem Vater geschworen, den Familiennamen niemals abzugeben. Mein Großvater war überzeugt, dass der Name Pierce weitergetragen wird. Doch er hatte die Rechnung ohne meinen Vater gemacht. Der bestand darauf, dass ich bei meiner Geburt seinen Nachnamen annehme. Wie die beiden sich letztlich geeinigt haben, habe ich nie erfahren", lacht Vince leise, während seine grünen Augen mit feinen braunen Sprenkeln tief in meine blicken. Sie funkeln herausfordernd, ziehen mich in ihren Bann.

Er ist so nah, sein Gesicht nur noch eine Handbreit von meinem entfernt. Doch er bleibt ruhig, bewegt sich nicht weiter. Er wartet, überlässt mir die Entscheidung, wie es weitergehen soll. Während er meinen Handrücken sanft streichelt, schiebt seine andere Hand eine entlaufene Strähne hinter mein Ohr und streift dabei wie beiläufig meine Wange. Diese zarte Berührung fordert mich heraus, reizt mich, lädt mich ein.

Bevor mein Verstand eingreifen und mich zur Vernunft bringen kann, gebe ich mich dem Moment hin. Mit zögerndem Griff ziehe ich seine Finger näher, zeige ihm den Weg. Mein Mund öffnet sich einen Spaltbreit – eine unmissverständliche Einladung. Ich komme ihm auf halbem Weg entgegen und als sich unsere Lippen berühren, verabschiedet sich die Vernunft endgültig. Die Lust übernimmt das Steuer und ich kann nichts dagegen ausrichten.

Kapitel Achtzehn

VINCE

Ihre Lippen sind noch genauso weich, wie ich es in Erinnerung hatte. Alles an ihr ist sanft und anziehend. Sie endlich wieder zu küssen, lässt einen Knoten in meiner Brust platzen, von dem ich nicht wusste, dass er existiert. Es war das erste Mal, dass ich mit jemandem über den Tod meines Vaters und die Krebserkrankung meiner Mutter gesprochen habe. Aber mit Holly war es so leicht. Befreiend. Ihr Mitgefühl war ehrlich, genau wie ihre Worte.

Die Wärme ihrer Lippen durchflutet mich, setzt mich in Brand. Meine Hand wandert über ihre Schultern bis hin zu ihrem unteren Rücken, wo ich sie verharren lasse und behutsam näher an mich heranziehe. Um nichts in der Welt will ich diesen Moment, der so neu und fragil ist, zwischen uns zerstören, indem ich zu direkt bin. Holly mit meiner Gier zu überfordern und von mir wegzustoßen, ist das Letzte, das ich will. Jedoch scheint sie das nicht im Geringsten zu stören, denn sie löst unsere verschränkten Finger und schlingt ihre Arme um meinen Hals, presst sich näher an mich. Die Hitze zwischen uns steigt, während unsere Küsse tiefer werden, unsere Zungen sich erkunden und wir uns immer mehr in dem Moment verlieren.

„Vincent!", schallt eine schrille Stimme hinter uns und Holly springt erschrocken zurück. Die Wärme, die sie eben noch ausgestrahlt hat, verschwindet augenblicklich und eine eisige Kälte breitet sich in mir aus. Langsam drehe ich mich zu der Frau um, die es gewagt hat, uns zu stören. „Was geht denn hier vor?", zischt Josefine, ihr Blick wandert zwischen Holly und mir hin und her. Ihre Miene wechselt von schockiert zu erbarmungslos binnen eines Wimpernschlags. Mit verschränkten Armen mustert sie Holly, als wäre sie ein Insekt, das sie gleich zerquetschen will.

„Vincent, wer ist dieses Flittchen?", fragt sie mit giftiger Stimme.

„Was machst du hier?", entgegne ich, ohne auf ihre Beleidigung einzugehen.

„Was ich hier mache?", faucht sie empört. „Ich wollte dich sehen, nur um das hier vorzufinden." Sie deutet mit einem Finger auf Holly, die sich weiter versteift.

„Du hast hier nichts mehr verloren, Josefine. Geh besser jetzt", fordere ich mit harter Stimme. Entschlossen stelle ich mich vor Holly, schirme sie vor den giftigen Blicken meiner Ex ab und ziehe die Aufmerksamkeit vollständig auf mich.

Ich erwarte, dass meine Ex ausflippt, schreit oder mich beschimpft. Stattdessen verändert sich ihr Gesichtsausdruck. Ihre Augen werden weich und sie verzieht das

Gesicht zu einer gequälten Miene, als würde sie plötzlich Schmerzen empfinden.

„Nach allem, was ich für dich getan habe?", schluchzt sie laut, während sich Tränen in ihren Augen sammeln. „Ich habe mich entschuldigt, alles versucht, damit du mir verzeihst." Dramatisch wirft sie ihre Arme in die Luft, ihre Stimme überschlägt sich vor Heulen. „Du hast mir verziehen! Du hast mich hierher gebracht, mit mir geschlafen!"

„Das reicht!" Ich erhebe meine Stimme und überspiele damit ihr Geheule. „Ich habe dir nie verziehen. Gib mir meine Schlüssel zurück und verschwinde!" Meine letzten Worte sind ein tiefes Grollen.

Josefines Tränen versiegen augenblicklich und ihr Gesicht verzieht sich zu einer wütenden Maske. „Du wirfst mich raus? Wegen *ihr*?", zischt sie und funkelt Holly an. „Fein. Wie du willst. Aber eines kann ich dir versprechen, Vincent: Das wirst du bereuen."

Mit einem wütenden Schwung wirft sie mir den Schlüsselbund vor die Füße – den, den ich ihr vor Monaten gegeben und vergessen habe, zurückzufordern – und marschiert mit erhobenem Kopf zur Tür. Der Knall, mit dem sie hinter ihr ins Schloss fällt, hallt durch den Raum.

Erleichtert atme ich aus, doch als ich mich zu Holly umdrehe, erstarren meine Bewegungen. Ihre Augen glänzen feucht, ihr Gesicht ist kreidebleich, ihre Lippen fest aufeinandergepresst, als würde sie verzweifelt versuchen, die Tränen zurückzuhalten.

„Holly ...", setze ich vorsichtig an, doch sie schüttelt den Kopf und weicht zurück.

„Ich sollte mich an die Arbeit machen", flüstert sie und versucht, an mir vorbeizuhuschen, doch ich greife sanft nach ihrem Arm. Sie bleibt stehen, sieht mich jedoch nicht an. Ihr Blick ist starr nach vorne gerichtet, während sich eine Träne aus ihrem Augenwinkel löst und über ihre Wange rollt.

„Ich kann das erklären", stammle ich wie ein Idiot.

„Nicht", haucht sie kaum hörbar, ohne mich anzusehen. Mit einem leichten Ruck löst sie sich aus meinem Griff und eilt in die Abstellkammer, wo sie sich einschließt.

Verdammt! Ich hab's versaut. Wie konnte ich nur so dumm sein und vergessen, dass Josefine noch einen Schlüssel hat? Hollys Gesichtsausdruck ... Himmel, diese Enttäuschung darin wird mich noch in meinen Träumen verfolgen. Gerade erst hat sie den Mut gefasst, auf mich zuzugehen, mich zu küssen und im nächsten Moment ist alles ruiniert.

Verärgert über meine Ex, über die gesamte Situation – vor allem aber über mich selbst – fahre ich mir durch die Haare und seufze laut. Ich habe es vermasselt, aber ich werde es wieder gutmachen. Zuerst muss ich ihr etwas Zeit lassen und mir überlegen, wie ich sie erneut für mich gewinne.

Schweren Herzens gehe ich ins Arbeitszimmer, schnappe mir mein Smartphone und meine Tasche. An der Tür zur Abstellkammer halte ich kurz inne und lausche. Drinnen ist es still, kein Laut ist zu hören. Sie ist noch hier, aber braucht Abstand und ich muss ihr diesen lassen.

„Holly, ich ...", setze ich an, doch mir fehlen die

Worte, die diese Situation retten könnten. Hilflos lehne ich mit der Stirn gegen die Tür und bete, dass mir die richtigen Worte einfallen, doch in meinem Kopf herrscht pures Chaos. Ein Schluchzer, der von der anderen Seite der Tür kommt, lässt mich die Flucht ergreifen. „Ich muss los. Bis morgen." *Hoffentlich* füge ich in Gedanken hinzu, wage es aber nicht, es laut auszusprechen. Wie erwartet, bleibt sie stumm.

Am liebsten würde ich die Tür aufreißen, Holly an mich ziehen und sie so lange küssen, bis Josefines Auftritt und Respektlosigkeit nur noch eine ferne Erinnerung sind. Bis es nur uns beide gibt und der Rest der Welt zur Hölle fahren kann. Doch insgeheim weiß ich, dass das der falsche Ansatz wäre. Das würde Holly nur weiter von mir wegstoßen, statt näher heran. Also verlasse ich ohne ein weiteres Wort mein Apartment.

Auf dem Weg nach unten informiere ich meinen Fahrer, dass er mich vor meinem Büro abholen soll. Mein Firmensitz liegt nur ein paar Blocks entfernt, in einem Bürogebäude, in dem ich drei Etagen gemietet habe. Wenn ich das neue Projekt in Downtown mit Lenard Towers realisiere, werde ich eine weitere Etage anmieten müssen. Aber das ist ein Problem für einen anderen Zeitpunkt.

Jetzt geht es um die Zahlen, die Towers überzeugen müssen. Sie sind der Schlüssel, um den Deal abzuschließen.

Für den Rest des Tages stürze ich mich in die Arbeit, doch meine Gedanken schweifen immer wieder zu Holly. Unser Kuss schiebt sich wiederholt in den Vordergrund, vernebelt meine Konzentration. Der Anblick ihrer enttäuschten Augen, als Josefine sie herabwürdigend ansah, schnürt mir die Kehle zu. Ich hätte für Holly einstehen sollen, hätte meine Ex sofort zum Teufel jagen müssen.

Aber die Hexe hatte in einem Punkt recht: Ich habe sie benutzt, mit ihr geschlafen. Deshalb wollte ich ihr zumindest einen Rest an Höflichkeit entgegenbringen – der alten Zeiten wegen. Ein fataler Fehler. Josefine war ein Fehler, den ich jetzt ausbaden muss.

Es ist bereits dunkel, als ich meine Wohnung betrete. Alles ist sauber, ordentlich, makellos und doch wirkt sie kalt. Leer. Jeglicher Wärme beraubt. Seit vier Jahren lebe ich hier und bis jetzt hatte ich nie das Gefühl, dass mir etwas fehlt. Weder vor noch nach meiner Zeit mit Josefine.

Die Beziehung mit ihr war oberflächlich. Wir hatten Spaß, vor allem im Bett. Ich hatte zu Beginn nie das Bedürfnis, mit ihr zusammenzuziehen oder etwas Ernstes aufzubauen. Der Schlüssel war ein erstes Vortasten, ob es sich zu mehr als nur gutem Sex entwickeln könnte.

Zum ersten Mal in meinem Leben fühle ich mich einsam. Es gibt niemanden, dem ich von meinem Tag erzählen könnte, niemanden, mit dem ich mich über Belanglosigkeiten oder die Ereignisse des Alltags austauschen könnte. Ein unangenehmer Druck breitet sich in meiner Brust aus. Einsamkeit. Sie trifft mich mit voller Wucht.

Holly hat dieses Gefühl in mir geweckt. Mit ihrer bloßen Anwesenheit, ihren ehrlichen Augen und dieser elektrisierenden Anziehung zwischen uns hat sie etwas in mir verändert. Sie hat das Bedürfnis nach mehr in mir aufkeimen lassen. Und dieses *mehr* will ich mit ihr.

Am nächsten Morgen ist Holly wie immer pünktlich, doch anstatt mich wie am Tag zuvor mit ihrem unwiderstehlichen Lächeln zu begrüßen, nickt sie mir nur knapp zu. Ihren Blick wendet sie so schnell ab, dass ich die rot unterlaufenen Augen kaum wahrnehmen kann.

„Holly, warte bitte", sage ich und versuche, sie aufzuhalten, als sie sich an mir vorbei in Richtung Abstellkammer schiebt.

„Vince, nicht." Ihre Stimme ist kaum mehr als ein Flüstern, so brüchig, dass es mich fast selbst zerreißt.

„Ich will es dir nur erklären", stammle ich hilflos, doch als Holly sich zu mir umdreht und mich direkt ansieht, bleiben mir die Worte im Hals stecken. Ihr Blick ist leer, ihre sonst azurblauen Augen wirken so dunkel, als hätte ein Sturm darin gewütet und alles Blau unter sich begraben.

„Du bist mir keine Erklärung schuldig", sagt sie mit einer Stimme, die plötzlich ruhig und neutral klingt. Distanziert, als spräche sie mit einem Fremden. „Denn das würde bedeuten, dass da etwas zwischen uns ist. Und das ist es nicht."

Ihre Worte treffen mich wie ein Schlag. Genau das bin ich für sie – ein flüchtiger Bekannter, der sie in eine Situation gebracht hat, in der sie niemals hätte sein sollen.

Ohne auf eine Erwiderung zu warten, verschwindet sie in der Abstellkammer und lässt mich sprachlos zurück. Sie hat recht. Ich bin ihr keine Erklärung schuldig, genauso wenig wie sie mir. Doch das nagende Gefühl der Schuld und ihr trauriges Gesicht verfolgen mich und lassen mich nicht los.

Kapitel Neunzehn

HOLLY

Wieder stehe ich in seiner Besenkammer, presse eine Hand auf mein Herz und versuche, es zur Ruhe zu bringen. Meine Augen brennen, nicht nur von den Tränen, die ich gestern vergossen habe, sondern auch von den neuen, die sich unaufhaltsam ankündigen.

Der Zwischenfall mit dieser Frau hat mir eins schmerzlich vor Augen geführt: Vincent Thorne war weder ehrlich zu mir noch zu ihr. Ihm zu vertrauen wäre ein Fehler – und diese Erkenntnis trifft mich umso härter, denn sie macht eines klar: Ich darf ihm unter keinen Umständen von Claire und Sophie erzählen. Vince spielt Spielchen, für die ich nicht bereit bin. Und vermutlich werde ich es auch niemals sein, weil ich einfach nicht in seine Welt passe.

Nicht so wie die dunkelhaarige Schönheit, die uns gestern unterbrochen hat. Mit ihrer eleganten Kleidung, den makellos manikürten Fingernägeln und diesem selbstgefälligen Ausdruck passt sie perfekt an Vince' Seite. Ich bin meilenweit davon entfernt, ihr auch nur ansatzweise das Wasser zu reichen.

Mit nur einem abfälligen Blick hat sie es geschafft, mich zu demütigen. So klein und unbedeutend wie gestern habe ich mich nie zuvor gefühlt. So würde ich niemals mit jemandem umgehen. Bereits mein erster Job als Kellnerin hat mich gelehrt, dass Respekt und Höflichkeit die einzigen richtigen Wege sind, anderen Menschen zu begegnen.

Selbst als Vince sie gebeten hat, zu gehen, hat das nichts geändert. Es war offensichtlich, dass sie ihm immer noch etwas bedeutet. Genau aus diesem Grund konnte ich nicht anders, als in Tränen auszubrechen und mich hier zu verstecken.

Genau wie jetzt habe ich mich gestern an die Tür gelehnt und leise geschluchzt. Ich habe mir gewünscht, ich könnte einfach kündigen, habe zum Universum gebetet, dass Sarah mir verzeiht und mir eine andere Stelle vermittelt. Aber die Realität ist ernüchternd: Sarah würde mich aus der Agentur werfen, mich als unvermittelbar einstufen und mir kein Empfehlungsschreiben ausstellen.

Das Geld aus dem Diner reicht nicht aus, um mich und meine Kinder über Wasser zu halten. Ohne College-Abschluss bleibt mir kaum eine Möglichkeit, einen Job zu finden, der nichts mit Putzen oder Kellnern zu tun hat. Meine Situation ist aussichtslos.

Mir bleibt nichts anderes übrig, als zurückzugehen und dem Mann gegenüberzutreten, der mich dazu verleitet hat, ihn zu küssen. Ihn zu wollen. Wieder einmal.

Wem mache ich etwas vor? Die Anziehung, die ich zu ihm spüre, ist nach all den Jahren kein bisschen schwächer geworden. Ein einziger Blick auf ihn und ich sehne mich danach, meine Finger durch seine schwarzen Locken gleiten zu lassen und ihn zu küssen. Aber das darf nie wieder geschehen. Hier steht mehr als nur ein Herz auf dem Spiel.

Dass diese Frau gestern dazwischengefunkt hat, war das Beste, was mir passieren konnte. Es hat uns davon abgehalten, weiterzugehen. Wer weiß, wo wir sonst gelandet wären. Hätte er wieder mit mir geschlafen, nur um danach zu verschwinden? Oder hätte er mich höflich, aber bestimmt vor die Tür gesetzt - genauso wie seine Freundin? Ich will es nicht herausfinden. Diese Antworten würden zu sehr schmerzen.

Tief durchatmend zwinge ich mich, an die Arbeit zu denken. Das Letzte, was ich will, ist den Job zu verlieren, weil ich ihn nicht ordentlich erledige. Ich werde über Vince hinwegkommen - wie ich es schon einmal geschafft habe. Er ist nur mein Arbeitgeber und ich bin nichts weiter als seine Angestellte.

Nach mehreren tiefen Atemzügen wische ich mein Gesicht trocken, schnappe mir die Reinigungsutensilien und trete aus der Kammer. Ein intensiver Geruch von Kaffee und verbranntem Teig schlägt mir entgegen. Vince steht fluchend am Herd und kämpft damit, einen missglückten Pancake zu wenden.

„Holly, bitte, hilf mir." Sein verzweifelter Blick lässt mich für einen Moment meine Traurigkeit vergessen.

Ohne ein weiteres Wort gehe ich zu ihm und nehme ihm die Pfanne ab, die er mir dankbar überlässt.

„Hast du den Teig selbst gemacht?", frage ich überrascht, während ich mit dem Pfannenwender den dunkelbraunen Pancake wende.

„Zu meiner Schande muss ich zugeben, dass es eine Fertigmischung ist", gibt er zu und kratzt sich verlegen am Hinterkopf.

„Du solltest den Herd nicht so heiß stellen", erkläre ich und drehe das Gas herunter. „Wenn die Pfanne zu heiß ist, brennen sie sofort an."

„Klingt logisch", seufzt er und lässt sich auf einem der Barhocker nieder. Er schiebt mir einen der beiden Kaffeebecher zu. „Danke, dass du mir hilfst. Eigentlich wollte ich uns ein Frühstück machen, aber wie es aussieht, bleibt das wohl wieder an dir hängen." Sein Grinsen zeigt, dass es ihn keineswegs stört, dass ich übernommen habe, auch wenn er sich zumindest bemüht, ein wenig betroffen zu wirken.

Vermutlich kratzt es an seinem Ego, dass er nicht einmal Pancakes aus einer Fertigmischung hinbekommt – was mich unwillkürlich lächeln lässt.

„Hey, lachst du etwa über mich?", beschwert er sich mit gespielter Empörung.

„Niemals."

Mit einem Mal ist die Stimmung zwischen uns leichter. Ich habe nicht vergessen, warum ich die letzten Stunden geheult habe, aber mit ihm in der Küche zu scherzen, ist angenehmer, als mich mit brennenden Augen in der Besenkammer zu verstecken.

„Die hier müssen leider in den Müll", erkläre ich,

nehme die angebrannten Pancakes aus der Pfanne und entsorge sie.

Vince seufzt. „Das habe ich mir gedacht."

„Sie ist nicht meine Freundin." Überrascht von seinen Worten, blicke ich auf. Nachdem ich die Pancakes fertiggebacken hatte, haben wir uns an die Theke gesetzt und schweigend gegessen. Da mir nichts Passendes zu seinem Geständnis einfällt, nicke ich unsicher. So wie sie sich gestern aufgeführt hat, scheint sie mehr als nur eine Ex zu sein.

„Du glaubst mir nicht", stellt er fest. „Aber es stimmt. Wir waren zusammen, bis sie mich mit einem ihrer Filmpartner betrogen hat."

„Sie ist Schauspielerin?" Natürlich ist sie das.

„Josefine Hall. Sie spielt meistens in Actionfilmen mit", erklärt er.

„Nicht mein Genre", lüge ich und schiebe ein weiteres Stück Pancake in meinen Mund. Ich liebe Actionfilme, aber mein letzter Film liegt Jahre zurück. Josefine habe ich bisher in keinem gesehen – und das wird auch so bleiben. Die wenige Freizeit, die ich habe, verbringe ich lieber mit meinen Kindern oder nutze sie, um Schlaf nachzuholen. Die Nachtschichten im Diner zerren zunehmend an meinen Kräften.

„Welche Filme siehst du dir denn gerne an?"

„Ich habe nicht wirklich Zeit zum Fernsehen", erwidere ich mit einem Achselzucken.

„Was machst du dann in deiner Freizeit?" Sein sanftes Lächeln macht es schwer, nicht an unseren Kuss zu denken.

„Nun, davon habe ich nicht sonderlich viel. Die meiste Zeit verbringe ich mit Arbeiten." Das ist nicht gelogen, aber auch nicht die ganze Wahrheit.

„Zu schade", seufzt Vince.

„Wieso?"

„Sonst hätten wir zusammen ins Kino gehen können", sagt er mit einem breiten Grinsen.

„Wie schon gesagt, das ist keine gute Idee", halte ich dagegen und meine Heiterkeit verfliegt augenblicklich. „Der gestrige Tag hat gezeigt …", setze ich an, doch die richtigen Worte bleiben mir im Hals stecken.

„Was hat er gezeigt?", fragt Vince, steht auf und stellt sich direkt vor mich. „Dass der Kuss unglaublich war?" Er tritt einen Schritt näher, es fühlt sich an wie ein Déjà-vu. „Oder dass diese Anziehungskraft zwischen uns so stark ist, dass wir einfach nicht voneinander lassen können?"

Wie schon zuvor schiebt er eine Haarsträhne hinter mein Ohr. Seine Finger gleiten sanft unter mein Kinn, heben es sacht an. „Du spürst es auch, oder? Dieses elektrische Kribbeln zwischen uns, sobald wir uns sehen." Es ist keine Frage, sondern eine Feststellung. Und er hat recht. Ich fühle es – jedes Mal, wenn ich diese Wohnung betrete. Diese unsichtbare Kraft, die wie ein Seil um meine Taille liegt und mich zu ihm zieht.

Doch ich kann nicht. Ich darf mich nicht noch

einmal verletzen lassen, darf mich nicht auf ihn und seine Spielchen einlassen. Hier steht nicht nur mein eigenes Wohl auf dem Spiel, sondern auch das meiner Kinder.

Langsam lege ich ihm eine Hand auf die Brust und drücke ihn zurück. „Vince, bitte. Hör auf." Meine Stimme bricht beinahe beim letzten Wort, denn alles in mir sträubt sich dagegen. Mein Körper will keine Distanz. Er will Nähe, will alles, das Gesamtpaket. Ich sehne mich danach, seine Hände auf mir zu spüren, ihn in mir. Das Verlangen ist überwältigend, fast unkontrollierbar.

Stattdessen tue das Einzige, was mir bleibt. Mit Nachdruck schiebe ich ihn aus meiner persönlichen Zone, rutsche vom Hocker und vergrößere den Abstand zu ihm. „Es geht nicht", sage ich, diesmal entschiedener. „Du hast recht, da ist etwas zwischen uns. Ich spüre es auch. Aber es geht nicht. Du bist mein Boss. Du hast eine Freundin, die mich gestern in Grund und Boden gestarrt hat. Wir kommen aus zwei völlig unterschiedlichen Welten. Das würde niemals gut enden." *Vor allem nicht für mich*, möchte ich sagen, doch spreche es nicht aus.

Vinces' Lächeln verblasst und er sieht mich fassungslos an. Für einen Moment befürchte ich, dass er es erneut versuchen wird, mich weiter in die Enge zu treiben, doch dann lässt er nur den Kopf hängen und seufzt schwer.

„Verstanden", sagt er leise. „Keine Dates. Keine Küsse." Sein trauriges Lächeln ist erdrückend, wie ein Stein, der auf meiner Brust liegt und das Atmen schwer macht.

„Danke", antworte ich erleichtert, doch die Worte

fühlen sich hohl an. Wir stehen uns schweigend gegenüber, unsere Blicke ineinander verhakt. So viel bleibt unausgesprochen, hängt schwer zwischen uns – Worte, die zu sagen sich nicht richtig anfühlt.

Den Rest des Tages widme ich mich meiner üblichen Arbeit, während Vince sich in seinem Arbeitszimmer verschanzt. Als ich pünktlich Feierabend mache, verabschiede ich mich mit einem Handzeichen, da er gerade in einem Telefonmeeting steckt. Er antwortet mit einer Kusshand, die mich sofort erröten lässt. Diese einfache Geste reicht, um mein Herz schneller schlagen zu lassen.

Der Nachmittag mit meinen Mädchen verläuft ruhig. Gemeinsam bringen wir unsere kleine Wohnung auf Vordermann, malen Bilder für Granny und backen Haferkekse. Später am Abend begleite ich sie zu unserer Nachbarin, die bereits mit Abendessen auf sie wartet.

Seufzend blicke ich auf die Uhr, während ich mich für meine Schicht im Diner umziehe. Wenn ich mich nicht beeile, werde ich mich verspäten. Auf dem Weg dorthin überrascht mich der Regen und als ich schließlich ankomme, bin ich durchnässt – und zwei Minuten zu spät. Berry, der Besitzer, quittiert dies mit einem abfälligen Nicken. Er ist kein schlechter Mensch, hat ein gutes Herz. Dennoch deutet seine Miene darauf hin, dass er nicht begeistert ist. Ihm und seinem unbarmherzigen Ausdruck haben wir es zu verdanken, dass wir bisher noch nie ausgeraubt worden sind. Und der Tatsache, dass Berry ein knapp zwei Meter großer bulliger Kerl mit Glatze ist, dem man lieber nicht verärgert.

Das Diner ist heute Abend nur spärlich besucht, was mir genügend Zeit lässt, die Tische gründlich zu wischen. Während ich mich unter einem Tisch abmühe, um einen alten Kaugummi abzukratzen, spüre ich plötzlich ein Tippen auf meiner Schulter. Vor Schreck fahre ich hoch – und stoße mir prompt den Hinterkopf an der Tischkante. Der Schmerz fährt mir durch den Kopf, direkt an dieselbe Stelle, die ich schon in Vince' Schlafzimmer verletzt habe, als ich an seinen Bettrahmen geknallt bin.

„Oh, Shit. Tut mir leid, Holly", entschuldigt sich eine mir nur allzu bekannte Stimme. Überrascht fahre ich herum.

„Rachel?"

„Hey", begrüßt sie mich überschwänglich und schlingt die Arme um meinen Hals. „Sorry, Süße, ich wollte dich nicht erschrecken."

„Schon okay, halb so wild", winke ich ab und schenke ihr ein Lächeln. „Was machst du hier?"

„Ich habe dir doch versprochen, dich zu besuchen, sobald ich Zeit habe", erklärt sie mit einem breiten Grinsen. „Hier bin ich also. Wie ich sehe, ist heute Abend nicht viel los. Leistest du mir bei einem Kaffee Gesellschaft?"

„Ich weiß nicht, ob Berry das so gut findet", gebe ich zögerlich zu bedenken.

„Lass mich das regeln. Wo finde ich diesen Berry?" Bevor ich antworten kann, marschiert Rachel mit entschlossenem Blick in die Küche. Perplex sehe ich ihr nach.

Wenige Augenblicke später kommt sie zurück und deutet triumphierend auf einen Tisch ganz hinten im Lokal.

„Berry ist einverstanden", verkündet sie singend und lässt sich auf die abgewetzte Sitzbank fallen.

„Wie hast du das angestellt?", frage ich und setze mich ihr gegenüber.

„Ich habe ihm lediglich einen Tauschhandel vorgeschlagen. Ich bekomme dich für eine Stunde und dafür erwähne ich dieses *Etablissement* in einem Post", erklärt sie mit einem selbstgefälligen Lächeln.

„Und er war einverstanden?", platzt es aus mir heraus.

„Ich habe über zwei Millionen Follower. Er wäre ein Idiot, das abzulehnen", sagt sie mit einem Grinsen. „Also, erzähl: Wie geht es dir?"

„Gut", antworte ich knapp, immer noch erstaunt über sie. „Und dir?"

Rachel seufzt. „Ach, Holly, das Leben hat es wirklich gut mit mir gemeint. Ich lebe den Traum, den ich immer hatte, weißt du." Doch ich bemerke die leise Traurigkeit in ihrer Stimme.

„Warum klingt das so, als käme gleich ein großes Aber?"

„Im Grunde gibt es kein Aber", beginnt sie, hält dann inne und seufzt schwer. „Wem mache ich etwas vor. Es gibt immer ein Aber, nicht wahr?" Sie sieht mich an, ihre Augen voller Trauer und Sehnsucht – ein Blick, den ich bei ihr noch nie gesehen habe.

„Was ist los, Rachel?"

„Es stimmt, ich lebe meinen Traum. Ich habe eine fantastische Wohnung, Geld, kann reisen und mir die schönsten Dinge kaufen, werde zu den besten Partys eingeladen ..." Sie hält inne, als ob sie ihre nächsten Worte sorgfältig abwägt. „Aber ich bin umgeben von Menschen, die so sind wie ich: reich, erfolgreich. Oberflächlich. In dieser Welt gibt es nur das, mehr nicht. Keine Ehrlichkeit, keine Loyalität."

Ihre Worte klingen bitter, müde – als hätte sie sie schon unzählige Male in Gedanken formuliert, aber nie laut ausgesprochen. Reflexartig lege ich meine Hand auf ihre und drücke sie sanft. „Das tut mir wirklich leid, Rachel. Ehrlich."

„Danke, Holly", schnieft sie, zieht unelegant die Nase hoch und wischt sich mit ihrer freien Hand eine Träne von der Wange, die bei meinen Worten entkommen ist. „Weißt du, was mir am meisten fehlt? Eine Freundin. Eine wahre Freundin, die mich nicht nur für eine Party anruft, sondern auch dann für mich da ist, wenn mir nicht nach Feiern zumute ist." Sie seufzt tief. „Ich vermisse dich, Holly."

Ihre Worte fühlen sich an wie eine Erlösung – und gleichzeitig wie ein Schlag in den Magen. So oft habe ich gehofft, sie würde mich anrufen, zurück in die Wohnung kommen und wir könnten uns versöhnen. Unzählige Abende habe ich heulend auf der Couch gesessen und mir nichts sehnlicher gewünscht, als sie zurück in meinem Leben. Ich habe die Sterne, den Mond und das Universum angefleht, unseren Streit ungeschehen zu machen, doch nie ist etwas passiert.

Die Tage vergingen, dann Wochen, dann Jahre. Irgendwann habe ich aufgehört, zu hoffen und zu beten. Stattdessen habe ich versucht, nach vorne zu sehen, weiterzuleben – für meine Kinder.

Und jetzt? Jetzt sitzen wir hier, uns gegenüber, teilen unsere Sorgen, halten uns an den Händen. Ist das nicht genau das, was ich mir all die Jahre gewünscht habe?

Ohne weiter über den Schmerz nachzudenken, den ich vor fünf Jahren durchlebt habe, löse ich meine Hand von ihr und stehe auf. Rachels Gesichtszüge entgleisen und für einen Moment sehe ich den Kummer in ihren Augen. Doch anstatt sie in ihrer Not allein zu lassen, wie sie es damals getan hat, gehe ich um den Tisch herum, setze mich neben sie und ziehe sie in meine Arme. Sofort klammert sie sich an mich, lässt ihre Maske fallen und ihre Tränen fließen ungehalten. Auch ich kann meine nicht länger zurückhalten. So liegen wir uns weinend in den Armen, halten uns fest und spenden einander Trost.

„Himmel, was ist nur los mit mir?", japst Rachel und löst sich von mir. „Mich so in der Öffentlichkeit gehen zu lassen."

„Keine Sorge. Dieser Laden ist so out, dass dich hier sicher niemand erkennt", lache ich und wische mir die letzten Tränen vom Gesicht. Ihre Wangen sind gerötet. Tränenspuren ziehen sich durch ihr Make-up und ihre Mascara ist verschmiert, doch trotz allem grinst sie mich an.

„Da hast du wohl recht", lacht sie leise. „Danke, Holly. Gott, ich war so scheiße zu dir und trotzdem bist du hier. Wie kann ich das jemals wieder gutmachen?" Erwartungsvoll und mit feuchten Augen sieht sie mich an. Rachel – meine beste Freundin, wie ich sie früher kannte – sitzt vor mir und will wissen, wie wir unsere Freundschaft wiederherstellen können.

„Es gibt nichts wiedergutzumachen", sage ich und zucke mit den Schultern. „Wir haben beide Dinge gesagt, die wir nicht so gemeint haben. Manches sollte man einfach ruhen lassen."

„Das heißt, wir machen da weiter, wo wir aufgehört haben?", fragt sie verdutzt.

„Na ja, ganz so leicht wird das nicht. Du bist eine berühmte Influencerin und ich bin eine Mutter, die kellnert und putzt. Unsere Leben könnten nicht unterschiedlicher sein", setze ich an, obwohl ich selbst nicht genau weiß, worauf ich hinauswill. „Aber vielleicht können wir dennoch einen Weg finden." Denn das wünsche ich mir. Rachel wieder in meinem Leben zu wissen, mit ihr meine Gedanken und Gefühle zu teilen, so wie früher – das ist es, was ich jetzt brauche.

„Das wäre wirklich schön", gesteht sie traurig. Stattdessen schenke ich ihr ein breites Lächeln und ziehe sie erneut in meine Arme. Wir schaffen das, egal wie. Der erste Schritt ist gemacht.

Kapitel Zwanzig

HOLLY

„Du kennst *Kristen Stewart*?", platzt es aus mir heraus, bevor ich mich bremsen kann.

„Mhm, hab sie auf einer After-Show-Party von einer Filmpremiere kennengelernt", bestätigt Rachel stolz, ein zufriedenes Grinsen auf den Lippen.

„Wow."

„Ach, das war nichts Besonderes", winkt sie lässig ab. „Diese ganzen Filmstars sind auch nur gewöhnliche Menschen, so wie du und ich."

„Na ja, sicher nicht alle", bemerke ich bitter.

Sofort wird Rachel aufmerksam und sieht mich forschend an. „Wie meinst du das?"

Natürlich fragt sie. Unsere Verbindung zueinander ist wieder da, fast so, als wäre sie nie weg gewesen. Es fühlt sich an, als hätten wir nur eine Pause gemacht und wären jetzt genau da, wo wir früher aufgehört haben.

„Ich hatte das unangenehme Vergnügen, Josefine

Hall zu begegnen", gestehe ich und verdrehe bei dem Namen dieser unausstehlichen Person die Augen.

„Wie denn das?"

Seit einer halben Stunde sitzen wir hier, haben uns unterhalten. Den Großteil der Zeit hat Rachel von ihrem Aufstieg zur Top-Influencerin, von ihren neuesten Erlebnissen und Bekanntschaften erzählt. Nun bin ich wohl an der Reihe, etwas aus meinem Leben preiszugeben.

„Vor knapp drei Wochen hat mich ein älteres, wohlhabendes Paar, bei dem ich geputzt habe, gefeuert, weil ich mich verspätet habe", beginne ich zögernd. „Daraufhin hat mich die Reinigungsagentur an einen Geschäftsmann vermittelt." Unsicher, wie ich alles, was mit Vince passiert ist, zusammenfassen soll, halte ich kurz inne und suche nach den richtigen Worten.

„Ja, und?", drängt Rachel und trommelt ungeduldig mit den Fingern auf den Tisch.

„Es hat sich herausgestellt, dass mein neuer Boss, Vincent Thorne, der ... der Vater meiner Kinder ist."

Rachels Kinnlade fällt förmlich herunter und sie starrt mich fassungslos an. „Das ist jetzt nicht dein Ernst!", ruft sie aus. „Du verarschst mich doch."

„Nein, ich meine es vollkommen ernst", seufze ich schwer.

„Hast du das vorher gewusst?"

„Ich hatte keine Ahnung. Du kannst dir mein Gesicht vorstellen, als er plötzlich vor mir stand, während ich sein Arbeitszimmer entstaubt habe." Allein bei der Erinnerung schießt mir die Röte ins Gesicht und ich lege mir die Hände auf die Wangen, um mich zu beruhigen.

„Und weiß er es? Hat er dich erkannt?"

„Er hat mich sofort erkannt, genauso wie ich ihn. Aber er weiß es nicht." Für einen Moment schließe ich die Augen und hole tief Luft.

„Wirst du es ihm sagen?", fragt Rachel vorsichtig.

„Keine Ahnung. Zuerst hatte ich Panik, dass er es herausfindet und mich rauswirft. Das kann ich mir nicht leisten, weil es meine letzte Chance bei der Agentur ist. Und was, wenn er sie mir wegnimmt? Er hat das Geld und den Einfluss. Es wäre ein Leichtes für ihn." Meine Stimme klingt bitter und ich merke, wie sich mein Herz bei dem Gedanken zusammenzieht.

Rachel schweigt und ich fahre leiser fort: „Aber dann war er nett, aufmerksam. Er wollte mich kennenlernen. Jeden Morgen haben wir zusammen Kaffee getrunken und geredet. Gott, diese Spannung zwischen uns." Ich seufze schwer und Rachel bricht in Lachen aus.

„Sexuelle Spannung etwa?"

„Genau die. Es fühlt sich an, als wäre sie in den vergangenen fünf Jahren nur noch stärker geworden. Gestern haben wir uns in seiner Wohnung geküsst. Und es war ... unglaublich." Der Gedanke an seine warmen Lippen hält mich für einen Augenblick gefangen.

„Oh je, das klingt nach einem großen Aber."

„Seine Freundin Josefine platzte herein und erwischte uns."

„Seine was?", quiekt Rachel, ehe sie sich an ihrem Kaffee verschluckt und anfängt zu husten. „Josefine Hall ist seine Freundin?"

„Laut Vince ist sie seine Ex-Freundin. Aber ich befürchte, das sieht sie anders – so wie sie ausgeflippt ist. Sie hat mich mit ihren Blicken erdolcht, Rachel."

„Shit", stöhnt sie.

„Du sagst es." Ich seufze tief. „Ich wollte es ihm sagen, wollte ihm von seinen Kindern erzählen, aber dann kam diese Furie dazwischen. Und er war so höflich zu ihr, als würde sie ihm immer noch etwas bedeuten. Da verpuffte der Wunsch, es ihm zu sagen."

„Das verstehe ich. Was hast du jetzt vor?"

„Ich weiß es nicht", gestehe ich, schließe die Augen und lasse den Kopf hängen. „Himmel, wie konnte ich nur so naiv sein zu glauben, aus uns könnte mehr werden als nur ein One-Night-Stand? Die traurige Wahrheit ist, dass ich keine Ahnung habe, wie das funktionieren soll. Wir stammen aus komplett verschiedenen Welten."

Mitfühlend nimmt Rachel meine Hände in ihre und zwingt mich so, meine Augen zu öffnen und sie anzusehen.

„Genau das Gleiche hast du vorhin über mich gesagt. Und sieh nur, wie wunderbar das funktioniert." Ihr Blick wird weicher. „Es spielt keine Rolle, wie viel Geld ein Mensch hat. Glaub mir, wenn das jemand beurteilen kann, dann ich. Wichtig ist nur, wie du in deinem Herzen fühlst." Demonstrativ legt sie eine Hand auf ihre Brust und lächelt mich an. „Hör auf dein Herz, Holly. Es hat dich doch bisher nie enttäuscht, oder? Der Kopf hingegen trifft manchmal echt miese Entscheidungen." Sie deutet mit einem Finger auf ihre Schläfe und grinst entschuldigend.

Mit einem Mal wird mir klar, dass sie von sich selbst spricht. Das ist ihre Art, mir zu zeigen, dass sie damals vor fünf Jahren die falsche Entscheidung getroffen hat.

„Danke, Rachel", schluchze ich. Erneut fallen wir uns in die Arme. Endlich habe ich meine beste Freundin zurück.

Wir reden weit länger als eine Stunde, was mir mehrere verärgerte Blicke von Berry einbringt, doch er stört uns nicht. Das Wetter ist mies. Es regnet unaufhörlich und nur wenige Kunden verirren sich ins Diner. Das gibt Rachel und mir die Gelegenheit, in Ruhe zu plaudern – immerhin haben wir Jahre nachzuholen.

Erst nach Mitternacht tauschen wir Nummern aus und Rachel verabschiedet sich mit dem Versprechen, sich bald wieder zu melden. Als sie gegangen ist, fühlt sich mein Herz leichter an. Die Risse darin scheinen gekittet, zumindest ein Teil davon. Ich habe meine beste Freundin wieder und dieser Gedanke zaubert mir für den Rest der Nacht ein Lächeln ins Gesicht. Selbst der Regen kann mir meine gute Stimmung nicht verderben, als ich nach Hause haste.

Am nächsten Morgen empfängt mich Vince mit einem breiten Grinsen und einem verschwörerischen Blick.

„Pünktlich wie immer, Miss Parker", begrüßt er mich und öffnet mir die Tür.

„So macht das eine gute Angestellte", necke ich zurück. Sein Grinsen wird breiter, als er mich in die Küche schiebt. Abrupt bleibe ich beim Anblick der Küchentheke stehen.

„Was ist das?"

„Wonach sieht es denn aus? Ich habe uns Frühstück gemacht", erklärt er stolz und zieht mir einen Barhocker heran. Immer noch verblüfft setze ich mich.

„Das alles hast du selbst zubereitet?", frage ich ungläubig, während ich die Theke mustere. Sie ist vollgestellt mit kleinen Tellern und Schalen: frisches Obst, verschiedene Marmeladen, Pancakes, Rührei mit Speck und Croissants.

„Zu meiner Schande muss ich zugeben, dass ich bei den meisten Dingen Hilfe hatte", gesteht er und kratzt sich verlegen am Hinterkopf. „Aber ich habe selbst eingedeckt und den Kaffee gekocht."

„Vince, das ist unglaublich", flüstere ich und lasse meinen Blick erneut über das üppigste Frühstück schweifen, das je für mich zubereitet wurde. Auch wenn er es nicht selbst gekocht hat, war er es, der alles organisiert hat. Nur für mich. „Moment mal, wer hat dir dabei geholfen?"

„Nadine. Ich habe sie gestern Abend angerufen und gebeten, mir zu helfen", erklärt er und grinst entschuldigend.

Der Name seiner Haushälterin lässt mich sofort versteifen. „Misses Paulls? Ist sie hier?", frage ich angespannt. Die Erinnerung an ihre kalte, abweisende Art macht es mir schwer zu glauben, dass sie das alles freiwillig zubereitet hätte – zumindest nicht, wenn sie wüsste, für wen es bestimmt ist.

„Nein, sie ist wieder gegangen. Ich wollte sie nicht länger als nötig stören", erwidert er und sieht mich aufmerksam an. Es ist ihm offensichtlich nicht entgangen, wie sich meine Haltung verändert hat. „Wieso? Gibt es ein Problem, von dem ich wissen sollte?"

„Nein", schießt es impulsiv aus mir heraus, was ihm einen skeptischen Blick entlockt. „Alles okay, wirklich. Ich denke, wir müssen uns einfach ein bisschen besser kennenlernen, das ist alles", schiebe ich hastig hinterher. Das Letzte, was ich will, ist, über seine langjährige Mitarbeiterin herzuziehen.

„Okay", erwidert er gedehnt und ich merke, dass er mir nicht ganz glaubt. Zu meinem Glück lässt er es darauf beruhen, setzt sich neben mich und schiebt mir eine Kaffeetasse zu.

„Na dann sollten wir frühstücken. Das Rührei ist wahrscheinlich schon abgekühlt, aber ich bin mir sicher, dass es trotzdem fantastisch schmeckt." Vince greift nach meinem Teller und beginnt, von allem etwas daraufzuladen, bis er randvoll ist.

„Warte, das ist zu viel", lache ich, doch er winkt nur ab.

„Ach Quatsch. Wenn es jemand vertragen kann, dann du", bemerkt er und wirft mir einen Blick zu, den ich nicht deuten kann.

„Wie meinst du das?" Ich spüre, wie ein ungutes Gefühl in mir aufsteigt. Will ich seine Antwort überhaupt hören?

„Seit unserer ... gemeinsamen Zeit vor fünf Jahren hast du deutlich abgenommen. Wenn ich es nicht besser wüsste, würde ich sagen, du isst nicht genug", erklärt er und lässt seinen Blick über meinen Körper wandern. Die Intensität seiner Musterung löst eine Gänsehaut bei mir aus. Unbehaglich rutsche ich auf dem Barhocker herum.

Er hat recht. Ich habe viel Gewicht verloren, vor allem nach der Geburt meiner Kinder. Zwei Babys gleichzeitig zu versorgen und dabei noch zu arbeiten, hat mich körperlich ausgelaugt. Selbst jetzt kommt es oft vor, dass meine erste und einzige Mahlzeit die im Diner ist.

„Holly, ich wollte dich nicht beleidigen", sagt Vince vorsichtig, doch ich winke ab.

„Du hast recht. Ich habe abgenommen. Vermutlich sollte ich wirklich darauf achten, regelmäßiger zu essen", erwidere ich betont lässig und zucke mit den Schultern, um die unangenehme Stimmung abzuschütteln.

„Dann ändern wir das ab sofort." Ein verschwörerisches Grinsen breitet sich auf seinem Gesicht aus und seine mir mittlerweile so vertrauten Augen funkeln schelmisch. „Neben unserem täglichen Frühstück werden wir auch mittagessen gehen."

„Das geht nicht", entgegne ich und verschränke die Arme vor der Brust.

„Warum nicht?" Vince sieht mich fragend an.

„Weil ich hier keine Mittagspause habe. Ist dir noch nie aufgefallen, dass ich immer pünktlich um fünfzehn Uhr Feierabend mache? Außerdem kann ich mir kein tägliches Mittagessen auswärts leisten." Die letzten Worte fallen mir schwer, doch es ist die Wahrheit – und er muss es wissen.

„Wenn es ums Geld geht, dann ist das kein Problem. Ich lade dich ein", bietet er an, doch ich schüttle entschieden den Kopf.

„Das kann ich nicht annehmen. Außerdem kann ich es mir nicht leisten, weniger Stunden zu arbeiten. Dein Angebot ist wirklich großzügig, aber es geht nicht", halte ich dagegen. Seine Fürsorge rührt mich mehr, als ich zugeben möchte. Noch nie hat sich jemand so darum gesorgt, ob ich genug esse.

Vince erhebt sich langsam von seinem Barhocker, tritt direkt vor mich und beugt sich leicht zu mir herunter an mein Ohr.

„Auch nicht, wenn dein Boss es von dir verlangt?", raunt er, seine Stimme tief und samtig. „Was, wenn ich ein tägliches gemeinsames Mittagessen zu einer verpflichtenden Aufgabe in deinen Arbeitsvertrag aufnehmen lasse? Ich bin mir sicher, die Agentur hätte nichts dagegen."

Ein eiskalter Schauer läuft mir bei seinem intensiven Blick über den Rücken. Sein diabolisches Grinsen, das seine Lippen umspielt, macht es nicht besser.

„Wollen Sie mich etwa dazu zwingen, Mister Thorne?", hauche ich und spüre, wie meine Stimme beinahe versagt. Ich beiße mir auf die Unterlippe, während ich ihn anschaue. In der dunklen Chino und dem beigen Shirt, das seine Brustmuskeln perfekt in Szene setzt, sieht er geradezu sündhaft gut aus. Ein Teil von mir wünscht sich, er würde es einfach ausziehen, doch ich reiße mich zusammen. Vince muss verstehen, dass er hier eine Grenze überschreitet. Langsam lasse ich mich vom Hocker gleiten und lege meine Hände auf seine Brust. Für einen Moment spüre ich die Wärme seiner Haut unter dem Stoff, genieße es, bevor ich ihn wortwörtlich von mir schiebe und Abstand zwischen uns schaffe.

„Es gibt nur ein Problem", sage ich mit Nachdruck. „Ich bin nicht käuflich, Vince. Du kannst mich nicht einfach kaufen, als wäre ich irgendein Gegenstand."

Verdutzt sieht er mich an. „Holly, das würde mir im Traum nicht einfallen", platzt es aus ihm heraus. „Es war nicht meine Absicht, dich zu beleidigen." Er seufzt tief und fährt sich mit beiden Händen durch seine Locken. „Hör zu, das Einzige, das ich will, ist, mit dir zu Mittag zu essen. Mehr nicht."

„Keine Hintergedanken?"

Er seufzt erneut, dieses Mal lauter. „Na ja ... das ist so eine Sache", murmelt er und sieht mich verlegen an. Bei diesem Blick schmilzt mein Ärger wie ein Eiswürfel in der Sonne.

„Was für eine Sache?", frage ich, mein Grinsen lässt sich kaum unterdrücken.

„Ich mag dich, Holly. Und ich möchte mit dir ausgehen. Können wir es nicht einfach mit einem Mittagessen versuchen? Zwanglos, nicht länger als eine Stunde, heute Mittag? Wir probieren es bloß mal aus. Was sagst du dazu?" Hoffnung flackert in seinen grünen Augen und ich bin ernsthaft versucht, ihm nachzugeben. Doch eine Sache kann ich nicht ignorieren.

„Was ist mit deiner Freundin?"

„Meiner Ex-Freundin", korrigiert er mich. „Ihr Auftritt neulich tut mir wirklich leid. Ich hätte sie sofort hochkant rauswerfen sollen." Er kommt einen Schritt näher, nimmt meine Hand vorsichtig in seine und drückt sie sanft. „Sie bedeutet mir nichts mehr."

Und ich glaube ihm. Glaube seinen Worten, seinem Blick, der so ehrlich wirkt, dass ich nicht anders kann, als ihm zu vertrauen.

„Also dann: Mittagessen", gebe ich mit einem resignierten Lächeln nach. Wie schafft es dieser Mann, dass ich ihm nichts abschlagen kann? Es sind diese Augen, die mich so sehr an die meiner Mädchen erinnern. Sophie und Claire kann ich auch keinen Wunsch verwehren – das haben sie definitiv von ihrem Vater geerbt.

„Fabelhaft!", ruft Vince begeistert, zieht mich in eine Umarmung und wirbelt mich einmal herum. Vor Überraschung schlinge ich die Arme um seinen Hals und stoße ein überraschtes Quieken aus.

„Vince! Lass mich runter!", lache ich, der Spaß in meiner Stimme ist nicht zu überhören. Er stellt mich wieder ab, beugt sich zu mir herunter und drückt mir einen Kuss auf den Scheitel.

„Perfekt. Wir gehen um halb eins los", sagt er voller Freude. Seine Arme liegen noch immer um meine Taille, während ich mich an seinem Hals festhalte. Es wäre so einfach, mich nach vorne zu lehnen, seine Lippen zu berühren und dort weiterzumachen, wo wir aufgehört haben. Alles in mir drängt danach, doch die Vernunft gewinnt. Vorsichtig löse ich mich aus seiner Umarmung und schaffe erneut Abstand zwischen uns. Das letzte Mal, als ich diesem Impuls nachgegeben habe, endete es mit dem unangenehmen Auftritt seiner Ex. Zwar habe ich ihm verziehen, doch vergessen kann ich das nicht.

„In Ordnung. Danke für das Frühstück. Ich mache mich jetzt an die Arbeit – immerhin habe ich heute weniger Zeit", sage ich mit einem Augenzwinkern und beginne, die Küchentheke aufzuräumen.

„Sehr gerne. Bis gleich", erwidert er und schenkt mir ein weiteres breites Lächeln, bevor er in seinem Arbeitszimmer verschwindet.

Himmel, was stellt dieser Mann nur mit mir an?

Kapitel Einundzwanzig
VINCE

Holly hat mir verziehen. Dieser Gedanke fährt in meinem Kopf Achterbahn und zaubert mir ein breites Grinsen ins Gesicht. Die Zeit bis zu unserem Lunch zieht sich wie Kaugummi, dank eines endlosen Telefonmeetings mit japanischen Investoren. Doch das mindert meine Vorfreude keineswegs.

Pünktlich um halb eins bin ich bereit für unser erstes Mittagessen. Natürlich würde ich das in ihrer Anwesenheit nicht als Date bezeichnen, doch genau das ist es für mich. Wenngleich es auch nicht das romantische Dinner, das ich mir für sie ausgemalt habe. In meiner Vorstellung würde ich sie in ein edles Restaurant in Manhattan eingeladen. Ich hätte sie abgeholt, ihr einen Strauß Blumen mitgebracht und wir hätten einen Abend verbracht, der in Erinnerung bleibt.

Vielleicht kann ich sie nach dem heutigen Mittagessen überzeugen, dass ein echtes Date mit mir keine schlechte Idee wäre. Und wenn nicht? Dann versuche ich es morgen wieder.

Meine Mission lautet, Holly zu erobern. Wenn ich mir ein Ziel gesetzt habe, bin ich verbissener als jeder Bluthund. Aufgeben ist keine Option – weder im beruflichen noch im privaten Leben. Nicht umsonst habe ich *Thorne Constructions* nach der Übernahme zu einer der führenden Baufirmen in New York gemacht.

Die Arbeit meines Vaters möchte ich dabei keineswegs kleinreden. Er war ein brillanter Geschäftsmann, ich bin nur einen Schritt weitergegangen, habe die Geschäfte optimiert und auf die nächste Ebene gehoben. Etwas, auf das er sicher stolz gewesen wäre, hätte er das miterleben können.

„Bist du so weit?", frage ich, als ich über den Türrahmen hinweg einen Blick ins Schlafzimmer werfe und Holly dort beim Staubwischen entdecke.

„Klar, lass mich nur schnell meine Hände waschen", erwidert sie und versucht, sich an mir vorbei aus dem Raum zu schieben.

„Warum wäschst du dir nicht in meinem Bad die Hände?"

„Ehm, ich wollte nicht dreist sein", antwortet sie verlegen, ihren Blick kurz zu Boden gerichtet.

„Das bist du nicht", gebe ich lächelnd zurück. „Du kannst mein Bad jederzeit benutzen." Die Vorstellung, dass Holly nicht nur in meiner Wohnung arbeitet, sondern sich hier auch wohlfühlt, löst ein warmes Gefühl in mir aus. Mit ihr kann ich mir so einiges vorstellen. Der Gedanke bringt mich zum Grinsen – und ihr ist es nicht entgangen.

„Was ist so lustig?", fragt sie skeptisch und zieht die Augenbrauen zusammen.

„Gar nichts. Ich freue mich lediglich auf das Essen", lüge ich und hoffe, dass sie es mir abkauft. Wenn sie wüsste, was mir wirklich durch den Kopf geht, würde sie vermutlich sofort die Flucht ergreifen.

Holly und ich verlassen nebeneinander den Aufzug und mein Handrücken streift zufällig ihren. Zu meiner Freude zieht sie ihre Hand nicht zurück, sondern lässt sie entspannt neben sich hängen. Das gibt mir die Gelegenheit, sie erneut zu berühren – subtil und beiläufig natürlich. Sie lässt es geschehen, was mir ein Grinsen beschert.

Im Restaurant angekommen, führt uns ein junger Kellner zu dem Tisch, an dem ich für gewöhnlich allein esse. Als er Holly bemerkt, nickt er mir anerkennend zu. Ich ignoriere ihn gekonnt, da ich keine Bestätigung brauche, um zu wissen, dass sie ein absoluter Glücksgriff ist.

Mir entgeht nicht, wie sie nervös die Karte studiert. „Soll ich etwas für uns bestellen?", biete ich ihr an.

„Bist du sicher, dass du hier mit mir essen möchtest?", fragt sie atemlos und hebt den Blick.

„Absolut sicher", antworte ich entschieden, lege meine Karte beiseite und nehme ihr ihre sanft aus den verkrampften Händen. „Also, darf ich?"

Sie nickt nur, ihre Wangen färben sich dabei in ein zartes Rosa. Sie ist verlegen, was sie noch bezaubernder macht.

Nachdem ich unsere Bestellung aufgegeben habe, wende ich mich wieder ihr zu. Holly rutscht nervös auf ihrem Stuhl hin und her.

„Ist alles in Ordnung?"

„Ich weiß nicht, ob das so eine gute Idee war", murmelt sie.

Fragend ziehe ich eine Augenbraue hoch. „Was meinst du?"

„Sieh mich an, Vince. Ich passe hier nicht rein." Ihre Stimme ist leise, ihre Augen glänzen feucht.

Ohne nachzudenken, strecke ich meine Hand aus und halte sie ihr offen hin. Für einen Moment, der sich wie eine Ewigkeit anfühlt, starrt sie darauf herab. Gerade als ich sie zurückziehen möchte, legt sie ihre hinein.

„Holly, du musst dir absolut keine Gedanken machen", versuche ich, sie zu beruhigen. Meine Finger schließen sich um ihre. „Wie kommst du überhaupt auf so etwas?"

„Sieh doch nur, wie sie mich alle anstarren", erwidert sie vorwurfsvoll, ihre Stimme gedämpft.

Unauffällig lasse ich meinen Blick durch das gut besuchte Restaurant schweifen. Wie jeden Mittag sind sämtliche Tische besetzt. „Soll ich dir verraten, warum sie dich alle ansehen? Sie wundern sich, wie ich es geschafft habe, dich davon zu überzeugen, hier mit mir essen zu gehen", erkläre ich lächelnd. „Ich komme fast täglich hierher, aber immer allein. Du bist die erste Frau, die ich jemals mitgebracht habe."

Sanft drücke ich ihre Hand und beginne, mit dem Daumen über ihren Handrücken zu streichen.

Ihre Augen weiten sich überrascht bei meinem Geständnis. „Du hast noch nie jemanden hierher zum Mittagessen eingeladen?"

„Noch nie. Das hier ist mein persönlicher Rückzugsort, an dem ich in Ruhe meinen Gedanken nachgehen und ein gutes Essen genießen kann."

„Wieso hast du dann ausgerechnet mich mit hierher genommen?"

„Weil du die Erste bist, bei der es sich richtig anfühlt", gestehe ich offen und meine es auch so. Nicht einmal Josefine habe ich hierher mitgenommen, noch habe ich ihr überhaupt von diesem Restaurant erzählt. Wenn wir uns zum Mittagessen getroffen haben, dann immer in irgendeinem angesagten Lokal, das sie ausgesucht hat.

„Danke", sagt Holly leise und schenkt mir ein schüchternes Lächeln.

„Ich habe zu danken. Es wird dir hier gefallen. Sie haben die beste Pasta in ganz New York."

„Da ich bisher nur im Diner und bei ein paar Fast-Food-Ketten gegessen habe, kann ich das schwer beurteilen."

„Du warst noch in keinem Restaurant hier? Wovon ernährst du dich?", frage ich verdutzt.

„Ich koche selbst, Vince, wie alle Normalsterblichen auch", lacht sie.

Diesmal bin ich derjenige, dem das Blut in die Wangen schießt. Wie überheblich von mir anzunehmen, dass jeder sich tägliche Restaurantbesuche leisten kann. Am liebsten hätte ich mich selbst geohrfeigt.

„Sorry, so war das nicht gemeint", brumme ich verärgert über mein eigenes Verhalten. Doch anstatt wütend auf mich zu sein, strahlt sie. Ihre Augen leuchten und ihr Lächeln ist ansteckend.

„Schon in Ordnung. Ich bin mir sicher, dass die Menschen, mit denen du sonst so verkehrst, auch nicht selbst kochen." Ihre Worte sind als Scherz gemeint, doch ich spüre die tiefere Bedeutung dahinter. Sie hat recht – genau das hatte sie vorhin gesagt: Wir kommen aus zwei völlig unterschiedlichen Welten.

„Möglich. Wahrscheinlich ist das der Grund, weshalb ich dich so gerne mag", erwidere ich und fahre mit meinen Fingern sanft über ihren Handrücken. Dieses Mal etwas fester. Einen Moment lang befürchte ich, sie würde ihre Hand zurückziehen, doch sie tut es nicht. Stattdessen beobachtet sie, wie ich gleichmäßige Kreise auf ihrer Haut ziehe.

„Vince ...", setzt sie an, wird jedoch von einem schrillen Piepsen aus ihrer Handtasche unterbrochen. Panisch fischt sie ein Telefon heraus. „Bitte entschuldige, ich muss da kurz ran", murmelt sie, als sie die Nummer auf dem Display sieht. Hastig steht sie auf und eilt in Richtung der Waschräume. Kaum eine Minute später kehrt sie zurück. Ihr Gesichtsausdruck hat sich verändert – die Fröhlichkeit und Gelassenheit sind verschwunden.

„Ich muss gehen. Es tut mir wirklich leid. Aber ich verspreche, wir holen das nach. Also, wenn du möchtest", stammelt sie und beginnt, hastig ihre Sachen zusammenzupacken.

„Holly, warte. Was ist los?" Ich springe auf, greife nach ihrer Hand und halte sie fest, bevor sie entkommen kann.

„Ein Notfall mit ... meiner Nachbarin aus der Wohnung nebenan. Sie ist schon alt und ich kümmere mich um sie", stottert sie und vermeidet meinen Blick. „Ich arbeite die verlorenen Stunden nach, versprochen.

Aber bitte melde mich nicht bei der Agentur." Ihre azurblauen Augen sehen mich flehend an.

„Natürlich nicht, mach dir keine Sorgen. Kann ich dir irgendwie helfen?" In ihrem aufgelösten Zustand will ich sie nicht allein gehen lassen.

„Nein!", schießt es panisch aus ihr heraus. „Du hast sicher viel zu tun. Ich schaffe das schon. Bis Montag, Vince und danke für dein Verständnis."

Ohne meine Antwort abzuwarten, greift sie nach ihrer Tasche und eilt aus dem Restaurant. Überrumpelt von ihrem übereilten Aufbruch lasse ich mich langsam zurück in den Stuhl sinken. Selbstverständlich werde ich sie nicht bei ihrer Agentur melden, doch der plötzliche Notfall lässt mir keine Ruhe. Was genau steckt dahinter? Aber wenn ich jetzt bei der Agentur nach ihrer Adresse frage, wäre das mehr als verdächtig. Daher bleibt mir nichts anderes übrig, als bis morgen früh zu warten.

Da ich heute Abend keine geschäftlichen Verpflichtungen mehr habe, lasse ich mir die Pasta, die ich für Holly bestellt habe, einpacken. Meine Portion esse ich noch vor Ort und mache mich anschließend auf den Weg heim. Am Montag werde ich sie wieder hierherbringen und hoffen, dass uns dieses Mal nichts dazwischenkommt. Bis dahin muss ich einen Weg finden, das Wochenende zu überstehen – ohne an der Sehnsucht zu verzweifeln. Diese Frau stellt mein Leben völlig auf den Kopf.

Kapitel Zweiundzwanzig
HOLLY

Als ich die Nummer auf dem Display sehe, weiß ich sofort, dass das nichts Gutes heißen kann. Die Vorschule ruft nur in Notfällen an. Als mir die Rektorin dann mitteilt, dass es Sophie erwischt hat, sackt mir beinahe der Boden unter den Füßen weg. Sie ist die Treppe hinuntergefallen und hat sich dabei den Kopf aufgeschlagen.

Mit rasendem Puls sprinte ich zur nächsten U-Bahn-Station. Während der Fahrt ringe ich mit der Panik, die mich zu überwältigen droht. Was, wenn es schlimmer ist, als sie gesagt haben? Unsicher, was mich erwartet, drehe ich innerlich fast durch.

Atemlos stürme ich ins Schulkrankenzimmer. „Oh, Sophie", schluchze ich, werfe mich vor die Liege, auf der meine Tochter liegt, auf die Knie. Claire sitzt neben ihr, hält ihre kleine Hand fest umklammert. Ein großes Pflaster klebt auf Sophies Stirn, das in der Mitte bereits rot verfärbt ist. „Wie ist das passiert?"

„Es war Jamie", platzt es aus Claire heraus, ihre Stimme voller Empörung. Sophie stöhnt schmerzverzerrt auf.

„Shh, Baby, nicht bewegen", flüstere ich und streiche ihr sanft über die Wange. Dann richte ich meinen Blick auf die Schulkrankenschwester, die gerade den Raum betritt. „Haben Sie ihr etwas gegen die Schmerzen gegeben?", krächze ich mit bebender Stimme. Die Angst, die in Sophies Augen schimmert, schnürt mir die Kehle zu.

„Ja, Miss Parker, Sophie wird es gleich besser gehen", erklärt die Krankenschwester ruhig. „Die Platzwunde ist nicht tief, blutet jedoch stark – was bei Kopfverletzungen normal ist."

Dankend nicke ich ihr zu und wende mich wieder Claire zu. „Was meinst du mit, Jamie war das?"

„Er hat sie geschubst, Mommy", wimmert sie und blickt mit tränenverschleierten Augen zu ihrer Schwester. „Einfach so kam er von hinten und hat uns doll geschubst. Ich hab mich noch am Geländer festhalten können." Ihre Stimme bricht und sie beginnt zu weinen. Ich ziehe sie in meine Arme, halte sie fest und streiche ihr beruhigend über den Rücken, während meine andere Hand die von Sophie nicht loslässt.

„Ist schon okay, Baby, ich werde mich darum kümmern. Alles wird gut", verspreche ich ihr leise. Dann blicke ich zur Krankenschwester. „War Sophie bewusstlos? Hat sie sich übergeben?"

„Nein, bisher hat sie keine Anzeichen einer Gehirnerschütterung gezeigt. Dennoch sollten Sie sie heute genau im Auge behalten und im Zweifel ins Krankenhaus fahren", antwortet sie sachlich.

„Danke. Ist die Rektorin zu sprechen?"

„Ja, sie erwartet Sie bereits in ihrem Büro. Gehen Sie ruhig, Miss Parker, ich bleibe so lange bei den Mädchen."

Ich wende mich erneut meinen Töchtern zu. „Sophie, mein Schatz, ich bin gleich wieder bei euch. Claire, bleib bitte bei deiner Schwester." Ich drücke beiden sanft die Hand, ehe ich mich schweren Herzens erhebe und in Richtung des Büros von Misses Litt gehe.

„Bitte nehmen Sie Platz, Miss Parker", fordert mich die Rektorin mit einer knappen Handbewegung auf. Mit zusammengebissenen Zähnen und angespannten Schultern lasse ich mich auf einen der beiden Stühle vor ihrem Schreibtisch sinken.

„Ich bedaure den Zwischenfall sehr, das kann ich Ihnen versichern", beginnt sie in einem Ton, der mich noch wütender macht.

„Den Zwischenfall? Das war ein gezielter Angriff auf meine Kinder, Misses Litt", presse ich zwischen zusammengebissenen Zähnen hervor, bemüht, ruhig und vernünftig zu bleiben. „Jamie Malone hat meine Mädchen auf der Treppe geschubst. Mit Absicht!"

„Wie gesagt, das bedaure ich sehr", wiederholt sie und faltet die Hände vor sich. „Ich habe bereits Jamies Eltern zu einem Gespräch eingeladen. Aber am Ende des Tages ist auch er nur ein Kind."

Ihre Worte lassen mich förmlich explodieren. „Moment mal, eins will ich hier direkt klarstellen", zische ich und lehne mich vor. „Jamie Malone ist zwei Jahre älter und bekannt dafür, meine Kinder und andere zu terrorisieren. Das hier ist nicht der erste Vorfall. Das wissen Sie genau!" Ich kann meine Wut kaum noch zügeln. „Sie hätten schon längst etwas unternehmen müssen. Stattdessen haben Sie weggesehen. Ich nehme an, seine Eltern spenden bei jedem Zwischenfall großzügig, damit Sie die Vorfälle unter den Teppich kehren."

„Das ist eine ungeheuerliche Unterstellung, Miss Parker!", gibt sie empört zurück, ihre Stimme überschlägt sich fast. Doch die roten Stressflecken, die sich über ihren Hals bis zu ihrem Kinn ausbreiten, sprechen für sich. Ich habe genau ins Schwarze getroffen.

„Das ist keine Unterstellung, Misses Litt. Sie haben Jamies Verhalten einmal zu oft ignoriert und damit das Leben meiner Kinder aufs Spiel gesetzt. Sophie hätte sterben können!"

Vor lauter Wut realisiere ich kaum, dass ich vom Stuhl aufgesprungen bin und die Frau mir gegenüber anschreie. Der Gedanke an Sophie, wie sie verletzt im Krankenzimmer liegt, und Claire, die bis auf die Knochen verängstigt an ihrer Seite kauert, macht mich rasend, doch dieser Zorn wird mir hier nicht helfen. Ich atme tief durch, zwinge mich zur Ruhe und setze mich wieder hin.

„Sie haben Ihre Aufsichtspflicht verletzt und damit meine Kinder in Gefahr gebracht", sage ich nun gefasst, auch wenn meine Fingernägel sich schmerzhaft in meine Handballen bohren. „Ich erwarte, dass Sie diese Angelegenheit angemessen klären. Andernfalls sehe ich mich gezwungen, die Schulkommission über die Zustände an Ihrer Schule in Kenntnis zu setzen."

Rektorin Litt wird erst rot, dann weicht ihr jegliche Farbe aus dem Gesicht. Sie versteht, dass ich jedes Wort ernst meine. Ja, ich bin dankbar für diesen Schulplatz.

Und ja, ich bin darauf angewiesen. Aber es ist nicht das erste Mal, dass dieser bösartige Junge meine Kinder angegriffen hat. Sophie hätte sterben können. Claire hätte sterben können. Und das lasse ich nicht einfach so durchgehen.

„Ich versichere Ihnen, Miss Parker, dass ich mich darum kümmern werde", sagt sie schließlich, ihre Zähne zusammengepresst. Doch dann fügt sie mit einem spöttischen Lächeln hinzu: „Aber bedenken Sie eines: Sie befinden sich nicht in der Position, mir zu drohen. Ihre Kinder sind nur dank eines Stipendiums hier."

Hinter uns ertönt ein Klopfen und die Sekretärin steckt den Kopf herein. „Die Malones sind da", kündigt sie mit angespannter Stimme an.

Misses Litt schenkt ihr ein falsches Lächeln, bevor sie sich wieder mir zuwendet. „Wählen Sie daher Ihren nächsten Schritt mit Bedacht. Was Jamie Malone angeht, darum werde ich mich jetzt kümmern. Wenn Sie mich also entschuldigen würden", sagt sie mit selbstgefälligem Ton und erhebt sich.

„Ich verstehe", bringe ich mühsam hervor, der Kloß in meinem Hals macht jedes weitere Wort unmöglich. Ohne eine Verabschiedung erhebe ich mich und verlasse das Büro.

Im Vorraum sitzen Misses und Mister Malone, beide tief in ihre Smartphones vertieft, als wäre die Welt um sie herum nicht existent. Neben ihnen thront ein diabolisch grinsender Jamie, der mir beim Vorbeigehen die Zunge herausstreckt. Der Drang, den Eltern jeweils eine schallende Ohrfeige zu verpassen, ist beinahe übermächtig. Mag sein, dass er noch ein Kind ist. Aber seinem

Verhalten nach zu urteilen, scheren sich seine Eltern einen Dreck um ihn.

Mrs. Litt hat recht. Sophie und Claire sind nur dank eines Stipendiums hier und ich kann es mir nicht leisten, den Anspruch darauf zu verlieren. Mit brennenden Augen eile ich zurück ins Krankenzimmer. Wir müssen hier raus, und zwar so schnell wie möglich.

Zu Hause angekommen, machen es sich Sophie und Claire auf der Couch gemütlich, während ich ihnen eine heiße Schokolade zubereite. Die Packung habe ich von dem Geld gekauft, das Granny mir für Notfälle gegeben hat. Und das hier ist definitiv einer.

Sophie scheint es gut zu gehen. Sie hat sich weder übergeben, noch wirkt sie apathisch oder verändert, was ich als gutes Zeichen deute. Claire weicht ihr keinen Millimeter von der Seite, hält ihre Hand fest umschlungen, als wolle sie sie nie wieder loslassen. Die Verbindung zwischen den beiden ist etwas Besonderes. Niemand, nicht einmal ich, kann sich dazwischenstellen. Noch nie war ich so dankbar dafür, Zwillinge zu haben, wie heute. Sie geben sich gegenseitig so viel Kraft, spenden Trost und schützen einander bedingungslos.

Als ich Sophie und Claire jeweils eine Tasse heiße Schokolade reiche, strahlen sie mich über beide Ohren an. Ihr Lächeln ist ansteckend und für einen Moment scheint alles gut zu sein. Deshalb entscheide ich mich, nach Rücksprache mit Granny, meine Schicht im Diner heute Abend nicht abzusagen. Unsere Nachbarin kommt mit einem großen Topf Suppe herüber und verabschiedet mich mit einem zuversichtlichen Lächeln zur Arbeit. Trotzdem blutet mein Herz, als ich einen letzten Blick auf Sophie werfe, die immer noch ein Pflaster an der Stirn trägt. Diese beiden Kinder sind mein Leben und ich werde alles tun, um sie zu beschützen.

Während der Schicht im Diner vibriert mein Handy in der Tasche. Rachel schreibt mir und fragt, ob wir am Samstagabend ausgehen wollen. Schnell antworte ich ihr und erzähle kurz, was heute in der Vorschule passiert ist. Keine Minute später klingelt mein Telefon. Um nicht vor den Kunden zu telefonieren, eile ich in den hinteren Bereich des Diners, der nur für Mitarbeiter bestimmt ist, und nehme den Anruf an.

„Rachel?"

„Geht es Sophie gut?", schießt es aus ihr heraus. Die Sorge in ihrer Stimme bringt mich fast zum Weinen.

„Ja, es geht ihr soweit gut", flüstere ich, damit Berry mich nicht hört. „Aber sie wird wohl eine Narbe zurückbehalten."

„Wie konnte das nur passieren?"

„Ein älterer Junge hat sie die Treppe heruntergeschubst", flüstere ich, doch bei diesen Worten kann ich meine Tränen nicht mehr zurückhalten.

„Was für ein …!" Rachel hält inne, um sich zu fangen. „Ich hoffe doch, das hat Konsequenzen für ihn!"

„Ich fürchte nicht. Seine Eltern sind sehr großzügig mit Spenden und meine Kinder sind nur wegen eines Stipendiums auf dieser Schule."

„Na und? Das war eine verdammte Straftat! Dieser Junge sollte hochkant von der Schule fliegen."

„Ich weiß. Aber ich kann nichts tun. Die Schulleitung hat mir zu verstehen gegeben, dass Claire und Sophie das Stipendium verlieren werden, sollte ich mich offiziell beschweren."

„Fuck! Das ist so unfair. Kann ich irgendwie helfen?"

„Danke, Rachel, aber ich bekomme das schon hin", lüge ich, obwohl ich mir nicht sicher bin, wie ich das anstellen soll. Es macht mich wahnsinnig, dass ich noch keine Lösung gefunden habe.

„Was ist mit Vince?"

„Was soll mit ihm sein?"

„Vielleicht sollte er es wissen. Er könnte dir helfen, die Mädchen auf eine bessere Schule zu schicken", schlägt Rachel vorsichtig vor.

Wieder seufze ich schwer. „Ich gebe zu, dass ich auch schon darüber nachgedacht habe. Aber was, wenn er dann nichts mehr mit uns zu tun haben will? Dann verliere ich meinen Job und das kann ich mir nicht leisten."

„Und was, wenn doch? Was, wenn er stattdessen teilhaben will – am Leben deiner Kinder. *Seiner Kinder*. Ich verstehe, dass du Angst hast, aber vielleicht ist es das Risiko wert."

„Ich weiß nicht, Rachel. Was ist, wenn er mir die

Mädchen wegnehmen will? Ich habe nicht die Mittel, mich gegen ihn zu wehren", halte ich schwach dagegen, doch ich weiß, dass sie recht hat. Es ist ein Risiko – eines, bei dem ich alles verlieren, aber auch genauso viel gewinnen könnte. Vor allem Sophie und Claire.

„Das wird nicht passieren", beruhigt sie mich sanft. „Warum sollte er das tun? Du bist eine tolle Mutter."

„Und das weißt du so sicher woher?", feixe ich, um die Schwere aus dem Gespräch zu nehmen.

„Weil ich dich kenne."

„Wie wäre es, wenn du meine Kinder kennenlernst?", schlage ich aus einem Impuls heraus vor.

„Das würde ich sehr gerne."

„Für gewöhnlich sind wir samstags immer im Central Park unterwegs. Aber da Sophie verletzt ist, will ich sie nicht überfordern. Komm doch einfach morgen bei uns vorbei."

„Morgen habe ich den ganzen Tag ein Shooting in Downtown. Passt es euch auch am Sonntag?"

„Sonntag ist auch gut. Ich schicke dir gleich die Adresse."

„Ich freue mich, Holly", sagt sie mit ehrlicher Wärme in der Stimme.

„Ich mich auch. Danke für deinen Anruf."

„Jederzeit."

Kapitel Dreiundzwanzig
VINCE

Mein Wecker reißt mich viel zu früh aus dem Schlaf – ich habe vergessen, ihn auszuschalten. Der Freitagabend lief anders als geplant, aber das Ergebnis kann sich sehen lassen. Ich habe die Nacht durchgearbeitet und sämtliche Präsentationen samt Kalkulationen für mein Downtown-Projekt gesichtet. Um halb vier morgens habe ich alle Korrekturen an meinen Assistenten geschickt. Keine zwei Minuten später hatte ich eine Antwort in meinem Posteingang. Dieser Kerl ist Gold wert und verdient eine Gehaltserhöhung. Wenn der Deal mit Towers durchgeht, wird er sie auch bekommen.

Müde quäle ich mich aus dem Bett und schlurfe ins Ankleidezimmer. Jogginghose, Shirt, Schuhe – das muss reichen. Um richtig wach zu werden, hilft nur eine ausgiebige Runde Joggen durch den Central Park. Als ich gerade nach meinem Smartphone greife, klingelt es.

„Guten Morgen, Mutter", grüße ich freundlich, auch wenn mich ihr früher Anruf überrascht.

„Vincent, du bist schon wach! Das trifft sich ausgezeichnet. Ich habe fantastische Neuigkeiten für dich und Josefine", trällert sie fröhlich. Ihre Stimme klingt so ausgelassen, dass ich es nicht über mich bringe, sie darüber aufzuklären, dass meine Ex kein Teil meines Lebens mehr ist. Zumindest noch nicht. „Irene Towers und ihr Mann schwärmen in den höchsten Tönen von euch beiden – besonders von dir. Sie haben sich dazu entschieden, Teil meiner Stiftung zu werden. Irene ist bereit, eine äußerst großzügige Summe zu spenden."

„Gratuliere, Mutter, aber was hat das mit mir oder Josefine zu tun?"

„Wir treffen uns heute mit ihnen, um das zu feiern. Und nebenbei hat Irene mir gerade am Telefon erzählt, dass ihr Mann über dein Angebot sprechen möchte. Also bring deine Freundin und deine Unterlagen mit. Wir treffen uns um sieben im *La Nuit*."

„Mutter, ich muss dir etwas sagen", setze ich an, doch sie fällt mir direkt ins Wort.

„Oh ja, Vincent. Ich bin schon ganz aufgeregt, welche wundervolle Neuigkeit Josefine und du mir noch mitteilen möchtet."

„Was meinst du?", entfährt es mir, völlig überrumpelt.

„Ach, Darling, dieser Abend wird einfach traumhaft, dessen bin ich mir sicher. Aber jetzt muss ich los, ein neues Kleid zur Feier des Tages kaufen. Bis später!"

Bevor ich reagieren kann, hat sie das Telefon beendet. Stöhnend fahre ich mir mit beiden Händen durchs Haar und werfe mein Smartphone aufs Bett. Wütend starre ich es an. Am besten lasse ich dieses dumme Ding gleich hier, bevor noch jemand anderes mit schlechten Neuigkeiten anruft.

Selbstverständlich hatte ich mehrere verpasste Anrufe – sowohl von meinem Assistenten als auch von meiner Ex. Zuerst rufe ich Tomas zurück und wir gehen noch einmal das Angebot und die Kalkulation durch. Das Projekt in Downtown wird ein Prestigeprojekt, eines der teuersten Bauvorhaben, die ich bisher geplant habe. Da darf mir kein einziger Fehler unterlaufen.

Anschließend rufe ich Josefine zurück, die mich mit ihrer typischen, arroganten Art begrüßt.

„Vince, wie schön, dass du zurückrufst."

„Was hast du meiner Mutter erzählt?"

„Nichts, was nicht wahr wäre", säuselt sie mit dieser widerlichen Süße in der Stimme.

„Blödsinn! Was auch immer du für ein Spiel spielst, du hörst sofort damit auf", knurre ich ungehalten. Meine Geduld mit ihr ist am Ende.

„Ich spiele keine Spielchen – im Gegensatz zu dir!", faucht sie zurück, ihre Stimme scharf wie eine Klinge. „Du fickst diese Schlampe, nicht wahr?"

„Wag es ja nicht, so über sie zu reden!"

„Oh, also ist es wahr." Ihre Stimme wird eisig. „Tja, da muss ich dich leider enttäuschen. Wenn du den Deal mit Towers willst, wirst du sie abschießen, klar? Sonst kannst du meine Hilfe bei all dem hier vergessen." Ihre Worte klingen wie das Zischen einer Schlange, die sich auf ihre Beute stürzt. „Denn Misses Towers und ich haben uns die vergangenen Tage sehr gut kennengelernt. Wir sind jetzt beste Freundinnen, sozusagen. Was wohl mit deinem

Deal passiert, wenn sie erfährt, wie miserabel du mich behandelt hast? Ich kann mir gut vorstellen, dass Lenard nicht begeistert sein wird, wenn seine geliebte Frau unglücklich ist."

„Willst du mich ernsthaft erpressen?"

„Nein, Schatz, ich möchte dir lediglich zeigen, wie deine Lage aussieht und dich vor Schaden bewahren." Ihre Stimme ist geschmeidig, doch jedes ihrer Worte trieft vor Manipulation. „Du und ich, das ist nicht vorbei und das weißt du. Jeder von uns hatte seinen Spaß, aber jetzt wird es Zeit, erwachsen zu werden, Vince. Ich erwarte dich heute pünktlich um halb sieben. Dann werden wir die Towers gemeinsam von deinem Projekt – und unserer Liebe – überzeugen."

„Das kannst du vergessen", presse ich zwischen zusammengebissenen Zähnen hervor.

„Ach ja? Bist du wirklich so dumm?" Ihr Ton wird scharf. „Du weißt genau, wozu ich fähig bin. Ich bin das Zünglein an der Waage. Wenn ich will, lasse ich alles platzen. Oder wir reißen uns zusammen und werden endlich glücklich. Die Entscheidung liegt bei dir. Aber ich bin mir sicher, dass dein Vater zutiefst enttäuscht von dir wäre, wenn du so ein Projekt vergeigst."

Ihre Worte sind wie Gift, ihre Stimme trieft vor Selbstgefälligkeit. Mein Verstand kocht vor Wut und am liebsten würde ich durch den Hörer greifen und sie schütteln.

„Das habe ich mir gedacht", fährt sie fort, ihr Tonfall wieder zuckersüß. „Ich wusste, dass du dich eines Besseren besinnst. Mein Schatz, du wirst mir noch danken – aber das brauchst du nicht. Wir sehen uns nachher. Zieh am besten deinen dunkelblauen Anzug an. Der passt perfekt zu meinem Kleid und ..."

Ich beende das Gespräch, ohne sie ausreden zu lassen, und donnere das Smartphone aufs Bett. Mein Kopf dröhnt vor Zorn und mein Herz schlägt wie verrückt. In was für eine Scheiße habe ich mich da nur reingeritten? Josefine scheint vollkommen den Verstand verloren zu haben. Dass sie eine großartige Schauspielerin ist, wusste ich, aber dass sie so weit gehen würde, ist mir nicht bewusst gewesen. Jetzt erpresst sie mich mit einem Deal, der meine gesamte Karriere und das Unternehmen, das ich von meinem Vater übernommen habe, massiv beeinflussen wird. Und wofür? Was zum Teufel hat sie vor?

Pünktlich um halb sieben hole ich Josefine ab – wenn auch nur widerwillig. Um mir ein Stück meiner Würde und Macht zurückzuholen, trage ich meinen beigen Anzug, von dem ich genau weiß, dass sie ihn verabscheut. Dazu ein hellgrünes Hemd und eine rote Krawatte – eine Farbkombination, die garantiert nicht zu ihrer heutigen Garderobe passt.

Als sie mit eleganten Schritten auf mich zukommt, nehme ich nicht einmal wahr, was sie trägt. Mein Blick bleibt absichtlich auf mein Smartphone gerichtet.

„Wie schön, dich zu sehen, Liebling", raunt sie, während sie sich vorbeugt und mir einen Kuss auf die

Lippen haucht. Ich schrecke sofort zurück, ignoriere sie und umrunde den Wagen, ohne ihr die Tür zu öffnen. Auch Harvey bleibt auf seinem Platz sitzen. Er darf ihr beim Einsteigen nicht behilflich sein. Ich weiß, wie sehr ihn das wurmt – es verstößt gegen seine Prinzipien. Aber seine Loyalität mir gegenüber überwiegt. Er ahnt wohl, wie abgrundtief ich meine Ex mittlerweile verabscheue.

„Kein Kuss zur Begrüßung?", beschwert sich Josefine und zieht eine gespielte Schnute, woraufhin ich nur mit den Augen rolle.

„Kein Kuss, keine Berührung, kein gar nichts", erwidere ich kalt, während ich mich in den Wagen setze. „Sobald der Deal unter Dach und Fach ist, erwirke ich eine einstweilige Verfügung gegen dich, solltest du mich je wieder anrufen. Du bedeutest mir nichts mehr."

„Sei vorsichtig mit dem, was du sagst, Liebling", zischt sie und verzieht ihre Lippen zu einem sadistischen Lächeln. „Ich könnte das sonst noch falsch verstehen. Und du willst doch nicht, dass ich gleich zu Beginn des Dinners eine Szene mache, oder?" Demonstrativ legt sie ihre Hand auf meinen Oberschenkel und drückt zu. Der Druck ist nicht schmerzhaft, aber ihre Absicht ist klar – sie will Kontrolle ausüben und mich provozieren.

„Lass den Scheiß!", knurre ich und schlage ihre Hand weg. „Du wirst dich bei diesem Essen benehmen, hast du verstanden? Oder ich werde deiner ach so tollen neuen Freundin von deinen Eskapaden während unserer Beziehung mit deinem Filmpartner erzählen. Mal sehen, wie gut sie dich dann noch leiden kann, wenn ich erwähne, dass er genauso alt ist wie ihr Mann."

Josefine funkelt mich mit zusammengekniffenen Augen wütend an, ist aber clever genug, nichts zu sagen.

Den Rest der Fahrt verbringen wir zu meinem Glück schweigend. Im Restaurant angekommen, werden wir von meiner Mutter und den Towers erwartet.

„Vincent, Darling, wie schön, dich zu sehen", begrüßt sie mich mit einem Kuss auf die Wange.

„Ich freue mich, dich zu sehen", erwidere ich höflich, bevor ich mich an Towers und seine Frau wende. „Irene, Sie sehen bezaubernd aus. Lenard." Wir schütteln uns die Hände, ein fester, professioneller Händedruck. Nur aus dem Augenwinkel nehme ich wahr, wie Josefine meiner Mutter und Irene um den Hals fällt, sie mit liebreizenden Worten überschüttet. Mit zusammengepressten Kiefern setze ich mich neben Lenard und warte, bis die Damen ebenfalls sitzen.

„Wie schön, dass wir uns so spontan zum Dinner treffen", beginnt meine Mutter, ihre freundlichen Blicke schweifen über die Runde. „Wie ich gehört habe, haben Vincent und Josefine großartige Neuigkeiten. Wollen wir nicht damit beginnen, bevor ihr Männer euch ganz dem Geschäft widmet?"

Mein Kopf schießt zu meiner Ex, die breit lächelnd neben mir sitzt und demonstrativ meine Hand ergreift.

„Liebend gern, Catalina. Es sind wahrhaftig große Neuigkeiten, auch für uns", schwärmt Josefine und wirft mir einen liebevollen Blick zu, der mir die Galle aufsteigen lässt.

„Wovon sprichst du?", zische ich leise, in der Hoffnung, dass niemand es hört. Doch sie ignoriert mich vollkommen.

„Es ist auch für uns total überraschend, wisst ihr, aber wir könnten nicht glücklicher sein", plappert sie weiter, ihre Augen glänzen verdächtig feucht.

„Josefine!" Ich will sie gerade vom Stuhl reißen und aus dem Restaurant schleifen, als sie mir mit ihren Nägeln schmerzhaft in die Handfläche bohrt.

„Vince und ich bekommen ein Baby!"

Kapitel Vierundzwanzig
HOLLY

Sophie erholt sich schnell von ihrem Sturz und die Kopfverletzung verheilt gut. Deshalb bringe ich die beiden Mädchen montags wieder in die Vorschule – mit der strikten Anweisung, sich von Jamie fernzuhalten. Doch Rachels Worte gehen mir nicht mehr aus dem Kopf.

Am Sonntag hat sie uns besucht, hat meine Kinder kennengelernt und sie sofort ins Herz geschlossen. Es war ein wundervoller Anblick, wie sie sich erst vorsichtig beschnuppert haben und es später Krokodilstränen gab, als Rachel gehen musste. Genau so habe ich es mir immer gewünscht. Sie wieder in meinem Leben zu wissen, gibt mir ein Stück Leichtigkeit zurück, die ich lange nicht gespürt habe. Wie auch schon bei unserem Telefonat hat sie darauf bestanden, dass ich es Vince sagen soll. Sie ist überzeugt, dass er das Recht hat, es zu erfahren und dass er sich nach dem ersten Schock sogar freuen würde. Ich kann nicht abstreiten, dass der Wunsch, ihm die Wahrheit zu sagen, in mir wächst. Die vergangene Woche hat er mir gezeigt, dass er aufmerksam und liebevoll ist und dass ihm offenbar etwas an mir liegt.

Am Montagmorgen fasse ich endlich den Entschluss, es ihm zu sagen. Am besten wie ein Pflaster – schnell abziehen und den kurzen Schmerz ertragen.

Meine Handflächen sind feucht und meine Wangen glühen, als ich Punkt neun Uhr an Vince' Tür klingele, doch zu meiner Überraschung öffnet mir nicht der Hausherr.

„Oh, Misses Paulls", stottere ich, überrumpelt.

„Ah, Sie sind es", bemerkt die Haushälterin abfällig, mustert mich von oben bis unten und dreht sich ohne ein weiteres Wort um. Innerlich seufzend folge ich ihr hinein. Die Zeit, in der ich in Ruhe arbeiten konnte, scheint vorbei zu sein. Um sie nicht nach Vince zu fragen, beiße ich mir auf die Zunge und verschwinde stattdessen in die Abstellkammer. Wenn er zu Hause ist, werde ich ohnehin gleich auf ihn treffen.

Doch zu meiner Enttäuschung ist er nicht da. Fast hätte ich Misses Paulls tatsächlich nach ihm gefragt, aber ein Klingeln an der Haustür unterbricht uns. Für einen Moment flammt Hoffnung in mir auf, dass es Vince sein könnte, doch das Schicksal hat andere Pläne. Anstelle von ihm marschiert Josefine Hall herein.

„Wo ist er, Nadine?", zischt sie mit schneidender Stimme, bleibt aber abrupt stehen, als sie mich am anderen Ende des Flurs entdeckt. Ihre Augen verengen sich, als sie mich wutentbrannt anstarrt. „Was machst du denn hier, du Flittchen?" Sie spuckt mir das letzte Wort förmlich entgegen.

Zorn steigt in mir auf, heiß und überwältigend, lässt meine Wangen glühen und meine Hände zu Fäusten ballen, während mein Magen gleichzeitig zwei Etagen absinkt und mir so das Sprechen unmöglich macht. Doch bevor ich etwas erwidern kann, kommt die Haushälterin ihr zuvor.

„Das ist nur die Putzfrau", sagt Nadine hastig, ihre Stimme alarmiert. Es ist offensichtlich, dass sie Angst vor dieser Frau hat.

„Die Putzfrau?", lacht Josefine laut und höhnisch auf. „Das kann doch nicht wahr sein. Er vögelt die Putzfrau?"

Nadines Blick schnellt zu mir, ihr Gesicht erstarrt zu einer fassungslosen Maske. Ich hingegen starre nur die Hexe vor mir an. So sehr ich mich um Ruhe und Stärke bemühe, ich bekomme kein Wort über die Lippen.

„Das ist sowas von demütigend", stöhnt Josefine laut auf, als würde sie das Gewicht der Welt tragen. „Nadine, hast du diese Schlampe hier eingestellt?"

„Nein, Miss Hall, sie wurde von der Agentur geschickt."

Josefine schnalzt abfällig mit der Zunge. „Ich schätze, Vince wird es mir übel nehmen, aber ich weiß schon, wie ich ihn wieder beruhigen kann", zischt sie, zieht ihr Smartphone aus der Handtasche und tippt darauf herum.

„Was soll das heißen?", bringe ich endlich hervor, meine Stimme zittrig vor unterdrückter Wut.

„Soll heißen, dass du dreckiges Miststück gleich hier

rausfliegst." Ihr diabolisches Lächeln breitet sich aus, während sie sich das Telefon ans Ohr hält. „Sarah, wie gut dich zu hören ... Ja, ich habe hier ein kleines Problem. Nicht bei mir, sondern bei meinem Verlobten, Vincent Thorne. Oh ja, wir sind wieder zusammen." Sie wirft mir einen hämischen Blick zu. „Die Putzfrau, die du ihm geschickt hast ... Sie hat mich bestohlen. Kannst du dir das vorstellen? Sie wollte meinen Verlobungsring mitnehmen. Glücklicherweise hat die Haushälterin sie auf frischer Tat ertappt."

Nadine keucht leise, öffnet den Mund, sagt aber nichts. Ich spüre, wie mir der Boden unter den Füßen weggezogen wird.

„Nein, sie steht direkt vor mir", fährt Josefine mit zuckersüßer Stimme fort. „Ich bin mir sicher, es war nur ein Missverständnis, daher werde ich von einer Anzeige absehen. Aber ich vertraue ihr nicht mehr und erwarte umgehend Ersatz." Sie lauscht kurz, bevor sie mit einem zufriedenen Lächeln weiterspricht. „Fantastisch. Ja, ich sags ihr. Danke, Sarah. Das verstehe ich, keiner will solches Personal beschäftigen. Mach's gut."

Als sie auflegt, verschwimmt meine Sicht und mein Kopf beginnt, sich zu drehen, sodass ich rückwärts stolpere, bis ich die Wand hinter mir spüre.

„Du bist gefeuert! Mach, dass du verschwindest, ehe ich die Cops rufe und dich gewaltsam entfernen lasse. Du kannst von Glück reden, dass ich dich nicht anzeige", zischt Josefine, ein gehässiges Grinsen auf den Lippen. „Raus hier!"

Ihr Brüllen reißt mich aus der Starre. Wie betrunken

wanke ich an ihr vorbei zur Tür, meine Beine fühlen sich wie aus Gummi an. Im Fahrstuhl angekommen, schließen sich die Türen glücklicherweise sofort und ich sinke kraftlos auf den Boden. Tränen laufen ungehalten über mein Gesicht und hinterlassen dunkle Flecken auf meiner Bluse. Alles in mir bebt vor Schock und Erniedrigung. Nur vage nehme ich wahr, wie die Aufzugtüren sich vor mir öffnen und Michael, der Portier, mich mit besorgter Miene ansieht.

„Miss Parker, ist alles okay bei Ihnen?", fragt er, seine Stimme voller Mitgefühl, doch ich kann ihm nicht antworten, sehe ihn nicht einmal an. Stattdessen eile ich mit gesenktem Blick und hochroten Wangen aus dem Gebäude. In wenigen Minuten habe ich alles verloren. Meinen Job bei Vince. Meine Anstellung bei der Agentur. Und damit die Grundlage für unsere Existenz.

Erst als ich vor dem Eingang zur U-Bahn stehe, fällt mir auf, dass ich meine Handtasche in Vince' Apartment zurückgelassen habe. Allein der Gedanke daran, umzudrehen und dieser schrecklichen Frau noch einmal gegenüberzutreten, lässt mir die Galle aufsteigen. Also laufe ich die gesamte Strecke zur Vorschule meiner Kinder zu Fuß. Der Weg hilft mir, meine Gedanken zu ordnen, auch wenn die Wut und der Schmerz wie ein Stein in meiner Brust liegen. Josefine Hall hat mit einem einzigen Anruf meine Welt aus den Fugen gerissen.

Aber ich werde nicht aufgeben. Sobald ich zu Hause bin, werde ich Sarah anrufen und ihr die Wahrheit erzählen – sofern sie bereit ist, mir zuzuhören. Den Job im Diner habe ich noch. Der wird uns zumindest für die nächsten Tage über Wasser halten. Ich werde kämpfen. Für uns. Und ich werde noch heute mit der Suche nach einem neuen Job beginnen, denn ich bin nicht allein. So aussichtslos meine Situation scheinen mag, ich habe Granny und Rachel an meiner Seite. Vielleicht kann sie mir helfen, einen neuen Job zu finden, doch dazu müsste ich sie anrufen und das geht nur mit meinem Smartphone.

Die Tatsache, dass meine Tasche bei Vince zurückgeblieben ist, setzt mir schwer zu. Das bedeutet, dass ich so bald wie möglich dorthin zurück muss. Aber wie soll ich ihm in die Augen sehen? Mein Hass auf seine Freundin und das, was sie mir angetan hat, scheint unüberwindbar.

Dass ich Vince von Claire und Sophie erzähle, ist damit endgültig vom Tisch. Es würde mich nur ins falsche Licht rücken und wie eine Bettlerin aussehen lassen. Diese zusätzliche Demütigung werde ich nicht auch noch ertragen.

Um mir vor meinen Töchtern nichts anmerken zu lassen, wische ich mir die Tränen aus dem Gesicht und zwinge mich zu einem breiten Lächeln. Sie strahlen mich an, als sie die Stufen vom Schuleingang bis zu mir hinunterlaufen. Sophie trägt schon kein Pflaster mehr, ihre Verletzung verheilt schnell.

Zu Hause angekommen, bereite ich uns einen kleinen

Snack zu, den wir gemeinsam essen. Zum Glück habe ich einen Ersatzschlüssel für die Wohnung in Claires Rucksack versteckt – eine Vorsichtsmaßnahme, falls ich es nicht rechtzeitig schaffe, sie abzuholen. Danach schicke ich die Mädchen in ihr Zimmer, während ich meinen alten Laptop hervorhole, den ich noch aus Highschooltagen habe. Er arbeitet so langsam wie ein Relikt aus einem anderen Jahrhundert, doch er funktioniert und nur das zählt. Nach zwei Stunden intensiver Online-Jobsuche klappe ich ihn stöhnend zu. Genervt reibe ich mir übers Gesicht. Ohne Collegeabschluss bleiben mir nur die schlecht bezahlten Jobs. Es gibt viele davon, aber die meisten haben eine noch miserablere Vergütung als der Putzjob bei der Agentur, bei dem ich zumindest ein Mindestmaß an Krankenversicherung hatte. Dennoch fülle ich einige Bewerbungen aus und hoffe auf positive Rückmeldungen.

Später hole ich die Mädchen und wir gehen hinüber zu Granny, die uns wie üblich schon erwartet.

„Darf ich kurz mit dir sprechen?", frage ich sie vorsichtig, nicht sicher, ob meine Stimme standhält.

„Natürlich, meine Liebe", erwidert sie sanft, macht den Zwillingen den Fernseher an und zieht mich in ihr Schlafzimmer.

„Was ist denn los, Holly? Du wirkst so traurig. Ist etwas passiert?"

„Ich habe heute meinen Job verloren", gestehe ich und sofort schießen mir die Tränen wieder in die Augen. Granny kommt auf mich zu und nimmt mich in den Arm.

„Aber wie ist das denn passiert?", fragt sie mit

besorgter Stimme, während sie mir sanft über den Rücken streicht.

„Mein Boss hat eine Freundin, der es nicht gefallen hat, dass ich für ihn arbeite", schluchze ich hemmungslos. „Sie hat bei der Agentur angerufen und behauptet, ich hätte ihren Verlobungsring gestohlen."

Das Wort *Verlobungsring* bringt meine Gedanken abrupt zum Stillstand. Ein Knoten zieht sich in meiner Brust zusammen. Vince hat mich die ganze Zeit zum Narren gehalten. Wie konnte es passieren, dass er an einem Tag Josefine aus seiner Wohnung wirft und nur ein Wochenende später mit ihr verlobt ist? Was habe ich übersehen? Ist das ein perfides Spiel, das die beiden mit ihren Angestellten treiben, wenn ihnen langweilig ist? War alles, was Vince für mich getan hat, nur fake?

„Ach Holly, mein Schatz", seufzt Granny und zieht mich fester in ihre Arme. „Es gibt so viele böse Menschen da draußen, doch du bist gewiss keiner von ihnen. Die Anschuldigungen dieser Frau sind einfach nur lächerlich. Ich bin mir sicher, dass auch die Agentur das erkennen wird."

„Ich würde niemals etwas stehlen", flüstere ich, meine Stimme bricht.

„Das weiß ich doch", beruhigt sie mich und streicht mir über den Rücken. „Hast du schon mit der Agentur gesprochen?"

Langsam löse ich mich aus ihrer Umarmung und sehe sie mit traurigen Augen an. Diese Frau hat so viel für meine Kinder und mich getan, dass ich nicht weiß, wie ich ihr jemals genug danken kann.

„Noch nicht", gebe ich zu, mein Kopf sinkt vor

Scham. „Zu allem Übel habe ich meine Handtasche in seiner Wohnung vergessen. Sie hat mich rausgeworfen und mir mit der Polizei gedroht. Da bin ich einfach hinausgestürmt. Kann ich bitte von deinem Telefon aus anrufen?"

„Selbstverständlich, Liebes. Du weißt ja, wo es steht." Sie legt mir jeweils eine Hand auf die Schultern, ihr Blick ernst und warm zugleich. „Aber eine Sache will ich dir noch sagen. Egal, wie es jetzt weitergeht – du kannst dich auf mich verlassen. Ich lasse euch nicht im Stich und werde helfen, wo ich kann."

Schluchzend nicke ich aus Dankbarkeit. Inmitten des Chaos ist sie mein Anker.

„Aber Sie helfen mir doch schon jeden Tag", wimmere ich und ein neuer Schwall Tränen überkommt mich.

„Und das mache ich gerne. Du und die Mädchen, ihr seid meine Familie."

„Und du bist unsere Familie, Granny", schniefe ich und diesmal bin ich es, die sie in die Arme schließt.

Nachdem ich mich endlich wieder beruhigt habe, verlasse ich Grannys Schlafzimmer, nehme das Telefon von der Küchenzeile und wähle die Nummer der Agentur, die ich zuvor gegoogelt habe.

„Hallo Sarah, hier ist Holly", sage ich vorsichtig, nachdem sie den Anruf mit ihrer üblichen Standardbegrüßung angenommen hat.

„Holly, verdammt, warum gehst du nicht an dein Telefon?", schnauzt sie mich an. Sofort sacke ich innerlich in mich zusammen. Dieses Gespräch wird alles andere als angenehm.

„Ich habe meine Tasche bei Mister Thorne zu Hause vergessen."

„Dann kannst du dich von ihr wohl verabschieden", erwidert sie schnippisch. „Warum rufst du an?"

„Ich wollte dir die ganze Situation erklären", setze ich mit zittriger Stimme an. „Ich habe nichts gestohlen. Niemals würde ich so etwas tun."

„Hör mal zu, Holly", unterbricht sie mich harsch. „Ich habe dir mehr als eine Chance gegeben, aber du hast sie alle verbockt. Jetzt ruft mich eine meiner berühmtesten Kundinnen an und erzählt mir, dass du versucht hast, ihren verdammten Verlobungsring zu klauen. Das halte ich wahrlich nicht für eine Lüge. Also spar dir deine billigen Ausreden. Du bist raus!"

„Aber ich sage die Wahrheit ...", versuche ich schwach zu entgegnen, doch sie hat bereits aufgelegt. Der Boden unter meinen Füßen beginnt zu wanken. Mein Kopf dreht sich und ich greife instinktiv nach Halt. Granny ist sofort bei mir, um mich zu stützen.

„Es wird alles gut, mein Kind", flüstert sie, während sie mich festhält. „Wir schaffen das. Gemeinsam. Was für eine abscheuliche Person", zischt sie in Richtung des Telefons, das ich achtlos fallen gelassen habe.

„Es tut mir leid", flüstere ich, obwohl ich nicht einmal genau weiß, wofür ich mich entschuldige. Dafür, dass ich alles versaut habe, nur weil ich auf Vince hereingefallen bin? Dafür, dass ich mir erlaubt habe, von einer möglichen gemeinsamen Zukunft zu träumen – wenn auch nicht als Paar, dann zumindest als Eltern? Oder dafür, dass ich Grannys Telefon habe fallen lassen?

„Du musst dich für gar nichts entschuldigen. Das sind

alles furchtbare Menschen, Holly. Das hast du nicht verdient. Komm, setz dich und iss etwas. Das wird dir guttun."

Sie nimmt mich behutsam bei der Hand und führt mich zum Esstisch, doch mein Blick fällt auf die Wanduhr über dem Kühlschrank und Panik schießt durch meinen Körper.

„Ach du Scheiße! Ich muss los, meine Schicht im Diner beginnt gleich!", rufe ich aus und springe auf.

„Kannst du dir nach einem solchen Tag nicht eine Nacht freinehmen, Liebes?"

„Das ist der einzige Job, den ich noch habe. Den darf ich auf keinen Fall aufs Spiel setzen."

Sie nickt zögernd, dann legt sie mir eine Hand auf den Arm und sieht mich ernst an. „In Ordnung, aber bitte versprich mir, dass du auf dich aufpasst. Lass dich von diesem Miststück nicht fertigmachen."

Ich blinzle überrascht. Das ist das erste Mal, dass ich Granny so ein derbes Wort verwenden höre.

„Versprochen", erwidere ich und schenke ihr ein aufrichtiges Lächeln. Dann eile ich in meine Wohnung, um mich fertigzumachen. In einer Stunde werden auch meine Kinder und Granny rüberkommen, damit die Mädchen rechtzeitig ins Bett gehen. Granny legt sie immer schlafen, bleibt ein paar Stunden bei ihnen und geht dann wieder zurück in ihr Apartment. Ihre Aufopferung hat es mir überhaupt erst ermöglicht, mehr zu arbeiten. Sie ist der Grund, warum wir nicht auf der Straße gelandet sind.

Beim Verlassen meiner Wohnung nehme ich mir fest vor, in den nächsten Tagen etwas Besonderes für sie zu planen. Vielleicht einen selbst gebackenen Kuchen oder einen gemeinsamen Ausflug in den Park. Sie kommt viel zu selten raus und wir verbringen zu wenig Zeit zusammen.

Möglicherweise hat diese Kündigung nicht nur schlechte Seiten, wobei es mir noch äußerst schwerfällt, mich auf die guten zu konzentrieren.

Kapitel Fünfundzwanzig
VINCE

Mein Leben scheint mir zu entgleiten. Wie heißer Wüstensand rinnt es mir zwischen den Fingern davon, verstreut sich im Wind, fällt unaufhaltsam in die Unendlichkeit. Genau so fühle ich mich, als ich mitten in der Nacht schweißgebadet hochschrecke. An Schlaf ist nicht mehr zu denken.

Gerädert schleppe ich mich unter die Dusche, lasse das Wasser über mich hinwegrauschen, als könnte es den seltsamen Traum und die damit einhergehende Panik abwaschen. Dann trifft mich die Erkenntnis wie ein Schlag: Es war kein Traum. Der vergangene Samstagabend ist Realität und hat mein Leben ins Chaos gestürzt.

Nachdem Josefine die Babybombe hatte platzen lassen, nahm alles seinen Lauf. Ich saß wie betäubt da und starrte auf ihren Bauch, unfähig, einen klaren Gedanken zu fassen.

Meine Mutter war außer sich vor Glück. Sie sprang auf, zog uns beide in eine überschwängliche Umarmung, während Tränen der Glückseligkeit ihr Make-up verschmierten. Die Towers applaudierten, prosteten uns mit Champagner zu, als hätten wir gerade den schönsten Moment unseres Lebens mit ihnen geteilt.

Josefine badete in all der Aufmerksamkeit, streichelte immer wieder über den Stoff, der ihren Bauch bedeckte und ließ sich von den Glückwünschen der Anwesenden tragen.

Der Rest des Abends verging wie ein schlechter Film, der vor meinen Augen ablief, ohne dass ich fliehen konnte. Meine Gedanken waren ein einziges Chaos und das Downtown-Projekt kam nicht mehr zur Sprache.

Nach der Vorspeise wurde Josefine plötzlich übel und stürmte auf die Toilette. Sofort eilten meine Mutter und Irene ihr hinterher, während Lenard sich für eine Zigarrenpause in den Salon zurückzog. Als sie zurückkamen, bestand Mutter darauf, das Dinner zu verschieben. Ich sollte Josefine nach Hause bringen und mich um sie kümmern.

Wie in Trance begleitete ich sie zum Wagen, hielt ihr die Tür auf und ließ Harvey ihre Wohnung ansteuern. Sie grinste die gesamte Fahrt über wie eine Katze, die sich auf ihre nächste Mahlzeit freut.

„Freust du dich denn nicht?", fragte sie mit einer Stimme, die vor scheinbarer Unschuld triefte. Ich war unfähig zu antworten. Ohne Vorwarnung nahm sie meine Hand und legte sie auf ihren Bauch. „Schon bald wirst du hier dein Baby spüren, Vince."

Ich ließ meine Hand dort ruhen, versuchte, etwas zu fühlen – irgendetwas. Doch da war nichts außer Schock.

Langsam zog ich mich zurück und richtete den Blick aus dem Fenster. Die vorbeirauschenden Lichter der Straßenreklame schienen mich in einen tranceartigen Bann zu ziehen, während ich versuchte zu verdrängen, wer da gerade neben mir saß. Und aus welchem Grund ich sie nicht einfach hinauswerfen konnte.

Den Sonntag verbringe ich damit, meinen alten Freund Richard zu erreichen, der Gynäkologe ist, doch jedes Mal geht nur der Anrufbeantworter dran. Ich hinterlasse ihm mehrere Nachrichten und bitte ihn dringend, mich zurückzurufen. Erst am Abend, als ich gerade von einem Sieben-Meilen-Lauf in mein Apartment zurückkehre, erhalte ich eine Nachricht von ihm. Er schreibt, dass er sich mit seiner Geliebten im Urlaub befindet und derzeit nicht sprechen kann, mir aber versichert, sich zu melden, sobald er wieder im Land ist.

Unzufrieden über seine Ablehnung, stelle ich mich unter die eiskalte Dusche und gehe danach direkt ins Bett – nur um nach wenigen Stunden wieder aufzuwachen.

Josefine bombardiert mich mit Nachrichten. Sie will wissen, wo ich bin, was ich mache, ob ich vorbeikommen will. Ich lasse sie alle unbeantwortet.

Ja, sie ist schwanger mit meinem Kind und ich werde für das Baby da sein. Ich werde dafür sorgen und es lieben. Aber das bedeutet nicht, dass ich auch die Mutter lieben muss. Was ich zu ihr gesagt habe, gilt nach wie vor. Die Schwangerschaft ändert daran nichts.

Doch jetzt stehe ich vor der Frage, wie meine Zukunft aussehen soll. Und wo Holly in diesem ganzen Chaos ihren Platz finden könnte.

Mein ursprünglicher Plan war es, auf Holly zu warten und mit ihr gemeinsam zu frühstücken, doch das änderte sich, als ich spontan einen Termin bei einer Gynäkologin erhalte, der ich direkt nach dem Aufstehen geschrieben habe.

„Mister Thorne, was kann ich für Sie tun?", begrüßt mich Dr. Sahz in ihrem hell eingerichteten Büro.

„Ich habe einige Fragen zu Schwangerschaften", beginne ich, unsicher, wie ich mich richtig ausdrücken soll.

„Zu Ihrer Schwangerschaft?", fragt sie skeptisch mit hochgezogener Augenbraue.

Beinahe lache ich auf, als mir klar wird, was sie meint. „Gott, nein. Ich bin ein Mann, in jeder Hinsicht. Meine Fragen beziehen sich mehr auf das Zeugen von Babys."

Dr. Sahz lehnt sich grinsend in ihrem Stuhl zurück. „Mister Thorne, kommen Sie wirklich hierher und zahlen tausend Dollar, damit ich Ihnen erkläre, wie Kinder gezeugt werden?"

„Nein! Himmel, diese ganze Sache ist so lächerlich", stottere ich und laufe wie ein gefangenes Tier im Raum auf und ab. „Meine Ex hat mir am Samstag gesagt, dass sie schwanger ist. Sie behauptet, das Baby sei von mir."

Ihre Miene wird sofort ernst. „Hatten Sie in letzter Zeit ungeschützten Geschlechtsverkehr?"

„Ja. Vor einer Woche", gestehe ich seufzend.

„Und davor?"

„Davor ist es Monate her."

Dr. Sahz lehnt sich vor, ihre Stirn in Falten gelegt. „Nun, ich kann ohne eine Untersuchung der Frau nicht mit Sicherheit sagen, ob eine Schwangerschaft besteht. Aber es erscheint mir doch recht früh, das jetzt schon zu wissen. Eine befruchtete Eizelle braucht sieben bis zehn Tage, um sich in der Gebärmutter einzunisten. Jegliche Selbsttests unter zwei Wochen halte ich für unzuverlässig."

Ihre Worte treffen mich wie ein Schlag. Unsanft sinke ich auf einen der Stühle und lasse die Information sacken. Woher weiß Josefine dann, dass sie schwanger ist? Oder ist das hier der Beweis, dass sie mich, meine Mutter und die Towers angelogen hat?

„Bringen Sie die Frau her und ich untersuche sie. Dann kann ich Ihnen eine zuverlässige Aussage geben", schlägt die Ärztin vor. „In zwei Stunden habe ich noch einen Termin frei."

„Danke, Doktor", murmele ich, bevor ich wie betäubt aus dem Behandlungszimmer stolpere.

Auf dem Weg nach Hause spiele ich sämtliche Szenarien in meinem Kopf durch. Was mache ich, wenn Josefine tatsächlich schwanger ist? Werde ich auf einen Vaterschaftstest bestehen? Was für ein Vater werde ich überhaupt sein?

Die Gedanken reißen ab, als ich mein Apartment betrete – und direkt in Josefine hineinrenne. Der Frau, der ich unterwegs eine Nachricht geschrieben habe, mit der Bitte, mich anzurufen.

„Was machst du hier?", frage ich perplex.

„Was glaubst du denn? Ich habe auf dich gewartet", säuselt Josefine, schlingt ihre Arme um meinen Hals und zieht sich für einen Kuss zu mir heran. Im letzten Moment wehre ich ihn ab und löse mich aus ihrem Griff, die Angst im Nacken, dass Holly uns sehen könnte. Doch dann bemerke ich, dass außer Nadine und Josefine niemand hier ist. Ein Blick auf die Uhr bestätigt mir, dass Holly seit mindestens zwei Stunden hätte hier sein sollen.

„Wo ist sie?", richte ich die Frage an Nadine, doch sie zuckt nur entschuldigend mit den Schultern, dreht sich mit eingezogenem Kopf um und flüchtet in die Speisekammer. Ihr Verhalten macht mich stutzig. Wie in Zeitlupe drehe ich mich zu meiner Ex um und funkle sie an, die Wut brennt wie Lava in meinen Adern.

„Wo ist sie?" Meine Stimme ist nicht mehr als ein Zischen.

„Wen meinst du?", fragt sie unbekümmert, mustert ihre Nägel und vermeidet meinen Blick.

„Holly!"

„Ich kenne keine Holly, Darling", sagt sie schulterzuckend.

„Die junge Frau, mit der du mich letzte Woche erwischt hast." Meine Stimme ist scharf und ich bemerke meinen Fehler erst, als die Worte bereits heraus sind.

„Oh, du meinst deine Putzfrau?" Sie lässt von ihren

Nägeln ab, sieht mir direkt in die Augen und grinst süffisant. „Du gibst also zu, dass das alles ein Fehler war?"

„Das war kein Fehler!"

„Ach nein?" Ihre Stimme wird eisig, ihr Blick durchdringend. „Der große Vincent Thorne bumst eine billige Putzfrau. Und das soll kein Fehler gewesen sein?"

„Wo. Ist. Sie?", betone ich jedes Wort, meine Geduld am Rande des Zerreißens.

„Nun, du magst es vielleicht nicht als Fehler ansehen, ich und der Rest der Welt allerdings schon." Sie legt eine theatralische Pause ein, ihre Stimme trieft vor Verachtung. „Ich habe mich für dich darum gekümmert. Sie wird dich nie wieder in derartige Verlegenheit bringen. Stell dir nur einmal vor, jemand von der Presse hätte davon Wind bekommen. Was denkst du, wie die sich über dich hergemacht hätten?" Ihre Worte treffen wie Giftpfeile. Ich balle die Hände zu Fäusten, doch sie redet ungerührt weiter. „Hast du dabei auch nur eine Sekunde an deine Mutter gedacht? Oder an mich?" Sie spuckt die letzten Worte förmlich aus. „Natürlich nicht, denn du denkst immer nur an dich selbst. Was willst du nur für ein Vater sein? Das ist doch kein Vorbild."

„Du hast was angestellt?" Ich habe all ihre Worte gehört, sie alle verstanden, dennoch bin ich fassungslos von ihrer Boshaftigkeit.

„Ich habe dieses Miststück feuern lassen. Sie wird keinen Job mehr in dieser Stadt finden, nachdem was sie getan hat."

„Was hast du dir nur dabei gedacht?", explodiere ich. Am liebsten würde ich mir vor Wut alle Haare ausreißen, um den Sturm, der in mir tobt, ein wenig zu besänftigen.

Josefine hat das Leben einer unschuldigen Frau zerstört, nur weil ich sie geküsst habe. Weil ich sie wollte, hat meine Ex sie für immer ruiniert.

„Sie hat immerhin versucht, meinen Verlobungsring zu stehlen." Demonstrativ hält Josefine mir ihre linke Hand entgegen. Auf ihrem Ringfinger prangt ein riesiger Diamantring, der im Licht absurd funkelt. Fassungslos starre ich auf den lächerlich großen Stein, dann wieder in ihr Gesicht. Diese Frau ist geisteskrank. Absolut gestört. Sie gehört nicht vor eine Kamera, sondern in eine Anstalt.

„Du bist verrückt", murmle ich und weiche einen Schritt zurück. Ich muss hier weg, muss vor dieser Wahnsinnigen fliehen.

„Oh, du wirst noch sehen, wie verrückt ich sein kann, Darling." Wölfisch grinsend kommt sie auf mich zu und hebt ihre Arme, um sie mir erneut um den Hals zu schlingen.

„Fass mich nicht an!", brülle ich ungehalten und schlage ihre Hand weg. „Wir sind weder verlobt, noch sonst irgendetwas. Ist das klar?"

„Nein, Vince. Wir sind verlobt. Wir bekommen ein Baby. Und schon morgen wird es in allen Klatschblättern stehen." Ihre Stimme wird scharf und ihre Augen funkeln, ob vor Entschlossenheit oder Wahnsinn, ist unklar. „Und wenn du mich jetzt rausschmeißt, wirst du der Presse auch noch mein blaues Auge und meine lädierten Handgelenke erklären müssen."

Ihre Worte treffen, wie beabsichtigt, genau ins Schwarze. Ich sehe sie an und begreife, dass sie es ernst meint. Jedes einzelne Wort. Wenn es ihr danach ist, wird sie mich, meine Karriere und mein Leben genauso zerstören, wie sie es mit Holly getan hat. Das kann ich nicht zulassen. Sie wird die ganze Welt davon überzeugen, dass ich der Bösewicht in dieser Geschichte bin. Und vermutlich wird sie ihre Wut auch noch an meiner Mutter auslassen. Dieser Gedanke lässt mir das Blut in den Adern gefrieren. Mutter hat sich gerade erst von der Krebstherapie erholt. Ein erneuter Schlag wie dieser könnte sie zerstören. Nein, das darf nicht geschehen. Ich muss meine Strategie ändern. Nur so kann ich Holly vielleicht noch helfen – und den Schaden begrenzen, den Josefine anrichtet.

Ich atme tief durch, zwinge meine Wut hinunter und setze eine sanftere Miene auf. „Nun, wie ich sehe, hast du dir alles bereits gut überlegt", sage ich, meine Stimme weich und fast bewundernd. „Das respektiere ich. Deine Art, die Dinge anzupacken und dir zu nehmen, was dir gefällt, habe ich stets bewundert."

Ihre Augen verengen sich misstrauisch und sie verschränkt die Arme vor der Brust. „Ach, jetzt ruderst du zurück?"

„Ganz im Gegenteil, Josefine. Ich gehe auf dich zu", erkläre ich und trete einen Schritt näher. „Wir bekommen ein Baby. Ich will nicht, dass es in eine toxische Umgebung hineingeboren wird. Lass uns von vorne beginnen." Einladend breite ich meine Arme aus, mein Tonfall bleibt sanft und versöhnlich.

„Und was ist mit dieser Schlampe?", faucht sie.

„Es gibt niemanden außer dir", antworte ich und halte ihren Blick fest. „Du hast dich doch um sie gekümmert, richtig?"

„Ganz genau", schnurrt Josefine plötzlich, löst ihre ablehnende Haltung und tritt in meine ausgestreckte Umarmung. „Endlich kommst du zur Vernunft", flüstert sie und schmiegt sich an mich. Bei dieser Berührung hätte ich sie am liebsten von mir gestoßen und mir danach unter der Dusche all ihre Boshaftigkeit abgewaschen, doch ich muss clever vorgehen.

„Du hast recht. Keine Ahnung, was in mich gefahren ist, aber das ist vorbei", bestätige ich mit gespielter Wärme und streiche ihr über den Hinterkopf. „Und jetzt habe ich noch eine Überraschung für dich."

„Eine Überraschung?" Ihre Augen leuchten, während sie sich von mir löst. „Wenn es um den Heiratsantrag geht, da habe ich für uns bereits einen Tisch für heute Abend im *Plaza* reserviert. Dort können wir auch gleich alle Details für unsere Hochzeit besprechen", verkündet sie voller Begeisterung, was mir nur noch deutlicher macht, dass diese Frau einen kompletten Dachschaden hat. Mein Magen verkrampft sich und ich spüre, wie meine Mundwinkel nach unten sacken wollen, doch ich zwinge mich zu einem ebenso freudigen Ausdruck.

„Das ist perfekt, doch vorher müssen wir noch woanders hin. Na los, Harvey wartet bereits auf uns." Ich lege eine Hand an ihren Rücken und schiebe sie in Richtung Ausgang, doch bevor wir die Wohnung verlassen, brauche ich noch eine Augenbinde für sie. „Bleib hier, ich bin sofort wieder da." Auf der Suche nach einem Schal öffne ich die Abstellkammer – und erstarre. Hollys Handtasche liegt auf dem Boden. Ein Schwall heißer Wut schießt durch mich. Sie muss sie hier vergessen haben. Oder, was noch wahrscheinlicher ist: Josefine hat sie rausgeschmissen, bevor sie ihre Sachen mitnehmen konnte.

Ich schließe die Augen, atme tief durch und verlasse die Kammer wieder. Dafür wird meine Ex büßen. Wenn die Zeit reif ist.

Kapitel Sechsundzwanzig
VINCE

Noch immer schwirrt mir das Bild von Hollys Handtasche im Kopf herum, die achtlos auf dem Boden meiner Besenkammer liegt. Schnell habe ich einen Blick hineingeworfen und festgestellt, dass sowohl ihre Geldbörse als auch Hausschlüssel und ein älteres Smartphone darin sind. Der Gedanke, wie gedemütigt sie gewesen sein muss, schnürt mir die Kehle zu. Zähneknirschend lasse ich die Tasche liegen, greife stattdessen nach dem dünnen Schal, der aus Nadines Fach lugt, und verbinde Josefine damit die Augen. Wie ein aufgeregter Teenager quietscht sie auf und klatscht begeistert in die Hände. Ohne Widerstand lässt sie sich von mir nach unten zum Wagen führen. Kaum sitzt sie, beginnt sie, mich während der gesamten Fahrt auszufragen. Ich weiche ihren Fragen mit Schmeicheleien und falschen Versprechungen aus.

„Na los, sag mir endlich, wo wir sind", bettelt sie, als wir vor der Praxis halten.

Um das Schauspiel aufrechtzuerhalten, helfe ich ihr galant aus dem Wagen und führe sie zum Eingang. „Du wirst begeistert sein, das verspreche ich dir", raune ich ihr ins Ohr. Während der Fahrt hatte ich Tomas eine Nachricht geschickt und ihn gebeten, bei Dr. Sahz anzurufen, um uns anzukündigen. Dank ihm nimmt die Sprechstundenhilfe die Szene mit der Augenbinde zwar verwundert, aber schweigend hin und winkt uns direkt ins Behandlungszimmer durch. Erst dort binde ich den Schal los. Unbändige Freude durchströmt mich, als ihr strahlendes Gesicht innerhalb eines Augenblicks sämtliche Farbe verliert.

„Wo ... wo sind wir hier?", stottert sie, ihre Stimme bricht, während sie die Ärztin hinter dem Schreibtisch entsetzt anstarrt.

„Bei Dr. Sahz. Sie ist Gynäkologin", erkläre ich achselzuckend und wende mich mit einem herausfordernden Lächeln an die Ärztin. „Dr. Sahz, das ist Josefine Hall – die zukünftige Mutter meines Kindes", stelle ich sie vor, wobei ich die letzten Worte betont langsam und deutlich ausspreche.

„Willkommen in meiner Praxis, Miss Hall. Bitte nehmen Sie Platz", begrüßt Dr. Sahz Josefine mit ausgestreckter Hand, doch meine Ex denkt nicht einmal daran, sie zu ergreifen. Stattdessen wendet sie sich direkt an mich.

„Was soll der Scheiß, Vince?", zischt sie, während ihre Blicke mich förmlich erdolchen.

„Ich wollte dich überraschen", erwidere ich grinsend. „Jetzt können wir live das erste Mal unser Baby kennenlernen. Da hast du doch sicher nichts dagegen, oder?"

Mein Grinsen wird breiter, als ich sehe, wie ihre Augen panisch durch den Raum huschen, offenbar auf der Suche nach einem Ausweg. Das ist alles, was ich wissen muss.

„Das ist doch noch viel zu früh!", keift sie schließlich.

„Zu früh?", wiederhole ich gespielt überrascht. „Aber du warst es doch, die jedem stolz verkündet hat, dass sie schwanger ist. Woran hast du es denn festgestellt?"

„Du hast überhaupt keine Ahnung", zischt sie wütend.

„Wie gut, dass wir hier bei einer Expertin sind." Ich wende mich an die Gynäkologin, die sichtlich amüsiert die Szene beobachtet. „Dr. Sahz, was denken Sie? Kann man schon etwas sehen? Ein Ultraschall dürfte doch klären, ob alles in Ordnung ist, oder?"

„Selbstverständlich", antwortet die Ärztin mit einem Lächeln. „Ich würde eine Ultraschall-, Blut- und Urinuntersuchung vorschlagen. So können wir absolute Gewissheit schaffen."

Josefines panischer Gesichtsausdruck spricht Bände. Selbst Dr. Sahz kann sich ein Lächeln nicht verkneifen.

„Das ist lächerlich! Das lasse ich mir nicht bieten!", explodiert meine Ex. Rote Flecken breiten sich auf ihrem Gesicht und Hals aus, die Ader auf ihrer Stirn scheint kurz vor dem Platzen zu sein.

„Warum nicht?" Demonstrativ trete ich einen Schritt näher heran. „Was hast du zu verlieren? Es sei denn, du hast etwas zu verbergen?"

Ihre Augen glänzen feucht und ihr ganzer Körper zittert vor Wut. Sie funkelt mich an, pure Verzweiflung in ihrem Blick.

„Du elender Mistkerl", krächzt sie mit gebrochener Stimme.

„Ich verstehe wirklich nicht, wo das Problem ist", erwidere ich und verschränke die Arme vor der Brust. „Du hast mir, meiner Mutter und den Towers gesagt, dass du schwanger bist. Warum also weigerst du dich, eine Untersuchung machen zu lassen?"

„Weil es kein Baby gibt!", kreischt sie unvermittelt, ihre Stimme ist schrill, ihre Hände zu Fäusten geballt. „Das war der einzige Weg, dich zurückzubekommen. Doch du fickst lieber eine jämmerliche Putzfrau!"

„Pass auf, wie du über sie redest", presse ich hervor, bemüht um Selbstbeherrschung, um ihr nicht noch mehr Angriffsfläche zu bieten. Ihre Täuschung sollte mich nicht überraschen und doch sticht es für einen Moment schmerzhaft in meiner Brust. Zu wissen, dass sie eine Schwangerschaft vortäuscht, um mich und andere zu manipulieren, hinterlässt einen bitteren Geschmack. Was mich jedoch am meisten trifft, ist die Erkenntnis, dass ein kleiner, aber nicht unbedeutender Teil von mir sich tatsächlich über dieses Baby gefreut hat. Ein Baby, das nie existiert hat. Aus dem Augenwinkel sehe ich, wie Dr. Sahz sich in ihrem Stuhl zurücklehnt, ihre Hände locker gefaltet, während sie die Szenerie mit offenem Interesse beobachtet.

„Sonst was? Willst du mir drohen? Du wirst dein verdammtes blaues Wunder erleben! Ich werde aller Welt erzählen, wie du mich behandelt hast. Was du mir alles angetan hast!", wütet Josefine, ihre Stimme überschlägt sich, während sie kaum in der Lage ist, ihre Fassung zu bewahren.

„Und was genau soll das sein?", will ich wissen, mein Blick bleibt fest auf ihr. „Was soll ich dir angetan haben?"

„Oh, das wirst du morgen alles in der Times nachlesen können. Vielleicht schicke ich auch noch Bilder von meiner aufgeplatzten Lippe mit." Sie hebt drohend einen Finger, ihre Wut kaum noch zu bändigen.

„Danke, Josefine", erwidere ich und greife in meine Jackentasche. Mit einem Grinsen ziehe ich mein Smartphone hervor. „Wie gut, dass ich alles aufgenommen habe." Ich halte das Handy hoch, das die gesamte Unterhaltung mitgeschnitten hat. „Mein Anwalt versicherte mir, dass das vor Gericht standhalten wird." Dann wende ich mich an die Ärztin. „Dr. Sahz, darf ich auf Ihre Unterstützung zählen?"

Sie zwinkert mir zu und nickt. „Auf jeden Fall, Mister Thorne. So wie ich das sehe, ist Miss Hall völlig unversehrt."

Josefines Gesicht verfärbt puterrot. „Du ... du ... das wirst du bereuen!" Sie stürzt auf mich zu, doch ich weiche zur Seite aus. Ihr Schwung lässt sie gegen den Untersuchungsstuhl prallen und sie stößt einen schmerzerfüllten Laut aus.

„Miss Hall, ich sehe mich gezwungen, die Polizei zu verständigen, wenn Sie meine Praxiseinrichtung beschädigen", erklärt Dr. Sahz gelangweilt, den Telefonhörer bereits in der Hand.

„Sie werden das ebenfalls bereuen! Wie können Sie nur einer anderen Frau so in den Rücken fallen?", zischt Josefine und funkelt die Ärztin mit tränenverschmierten Augen an.

Dr. Sahz hebt eine Augenbraue. „Ich diskriminiere

keine Geschlechter, Miss Hall, doch derartiges Verhalten kann ich nicht dulden. Und jetzt sehen Sie zu, dass Sie gefälligst aus meiner Praxis verschwinden."

Josefine schnaubt entsetzt auf, ihre vor Wut glühenden Augen fliegen zwischen Dr. Sahz und mir hin und her. Einen Moment scheint sie mit einer Antwort zu ringen, doch schließlich kommen die Warnungen bei ihr an. Mit erhobenem Haupt stolziert sie aus dem Behandlungszimmer und knallt die Tür hinter sich zu.

Erleichtert atme ich auf und spüre, wie die Anspannung aus meinem Körper weicht.

„Nun, so habe ich mir meinen Montag nicht vorgestellt", lacht Dr. Sahz und lehnt sich entspannt zurück. „Doch ich muss zugeben, dass es durchaus amüsant war. Auch wenn mir nicht gefällt, dass Sie die arme Frau so vorgeführt haben", fügt sie mit gespieltem Tadel hinzu.

„Schuldig im Sinne der Anklage. Aber ich musste ihr ein für alle Mal klarmachen, dass es keine Zukunft für uns gibt."

„Das verstehe ich. Danke, dass Sie mich rechtzeitig vorgewarnt haben. Es war ... interessant." Sie zwinkert mir zu.

„Danke, dass Sie mitgespielt haben."

„Es war mir eine Freude. Allerdings hätte ich von einer Schauspielerin ehrlich gesagt mehr erwartet."

„Oh, glauben Sie mir, sie ist wirklich gut. Aber auch sie kann dieses Lügenkonstrukt nicht ewig aufrechterhalten."

„Verstehe", erwidert Dr. Sahz und erhebt sich. „Es war nett, Sie kennenzulernen, Mister Thorne, doch jetzt muss ich mich meinem nächsten Patienten widmen, auch wenn es sicher nicht so spannend wird wie mit Ihnen."

Dankbar nicke ich ihr zu und schüttle die mir dargebotene Hand. Diese kleine Showeinlage wird mich sicherlich ein halbes Vermögen kosten, doch das war es wert.

Das Wichtigste ist, dass ich meine verrückte Ex endlich losgeworden bin. Jetzt kann ich mich voll und ganz auf Holly konzentrieren. Denn der Gedanke an das, was Josefine ihr angetan hat, lässt mich nicht los. Sie hat das Leben einer jungen, unschuldigen Frau, die ohnehin schon genug zu kämpfen hat, auf den Kopf gestellt, ohne auch nur mit der Wimper zu zucken. Das werde ich wiedergutmachen, egal zu welchem Preis.

Auf dem Weg zu meinem Apartment rufe ich meine Mutter an und erkläre ihr alles. Ihre Reaktion trifft mich tief – sie ist schockiert und mitgenommen von den dreisten Lügen, die Josefine ihr aufgetischt hat, nur um sich wieder in mein Leben zu schleichen.

„Wie konnte sie nur so weit gehen?", murmelt sie, ihre Stimme zittert vor Enttäuschung.

Ich spüre den Kloß in meinem Hals, als sie hinzufügt, wie sehr es sie schmerzt, doch keine Großmutter zu werden. Sie hat diesen Traum schon seit Jahren und ich weiß, dass sie sich Enkelkinder wünscht. Es wurmt mich, dass ich ihr diesen Traum nicht erfüllen kann, doch ich bin mehr als erleichtert, dass Josefine nicht die Mutter meines Kindes wird. All das sage ich ihr und sie versteht mich.

Nachdem wir aufgelegt haben, wähle ich Lenard Towers' Nummer und schildere ihm die Situation. Am anderen Ende der Leitung höre ich ein verächtliches Schnauben, gefolgt von einem gehässigen Lachen.

„Ich gratuliere Ihnen, Vincent. Dass Sie so eine falsche Schlange wie Josefine losgeworden sind, ist ein Gewinn für uns alle." Sein Ton wird wärmer, als er hinzufügt: „Unserer geplanten Zusammenarbeit steht nichts im Wege. Ich schätze Ihre Ehrlichkeit und Integrität und ich freue mich darauf, mit Ihnen dieses Projekt zu verwirklichen."

Seine Worte nehmen mir eine Last von den Schultern. Endlich scheint sich die Situation zu klären und ich kann etwas freier atmen.

In meiner Wohnung angekommen, empfängt mich meine Haushälterin mit einem reumütigen Gesichtsausdruck.

„Was ist los, Nadine?", will ich wissen, während ich meine Jacke ablege.

„Es tut mir so leid, Sir", wimmert sie, ihre zitternden Hände ineinander verschränkt.

„Das muss Ihnen nicht leidtun", beruhige ich sie knapp und wende mich der Abstellkammer zu, um

Hollys Tasche zu holen. Kaum habe ich mich umgedreht, setzt sie zum Reden an.

„Natürlich. Ich hätte wissen müssen, dass dieses Mädchen eine Diebin ist. Sie kam mir vom ersten Moment nicht vertrauenswürdig vor. Aber dann haben Sie mich in den Urlaub geschickt und ich hatte keine Gelegenheit mehr, mich um Ersatz zu kümmern. Wie glücklich Sie sein können, eine Frau wie Josefine an Ihrer Seite zu haben."

Ihre Worte lassen mich innehalten. Von ihrer reumütigen Fassade ist nichts mehr übrig, stattdessen ziert Abscheu ihr Gesicht und legt damit ihren wahren Charakter offen. Auch Nadine hat es auf Holly abgesehen, sie hat sie von Anfang an nicht ausstehen können.

„Haben Sie gewusst, was Josefine vorhat?", presse ich hervor, meine Fäuste geballt, um mich zu zügeln.

„Nein, Sir, aber ich bin froh, dass sie es getan hat. Sie werden sicherlich ..."

„Schluss jetzt!", explodiere ich und Nadine zuckt erschrocken zusammen, verstummt jedoch sofort. „Sie wissen genauso gut wie ich, dass Holly hier niemals etwas gestohlen hat."

„Ich ... Ich ... Aber Miss Hall hat gesagt ...", stammelt sie, ihre Stimme kaum mehr als ein Flüstern.

„Was hat sie gesagt?", bohre ich nach und trete einen Schritt auf sie zu. „Sagen Sie, Nadine, stecken Sie mit ihr etwa unter einer Decke?"

Sie weicht zurück, bis die Küchentheke ihren Rückzug blockiert. Ihre Augen weiten sich vor Schreck und ihr Mund öffnet und schließt sich wie ein Fisch auf dem Trockenen.

„Beantworten Sie meine Frage", fordere ich mit schneidender Stimme. „Stecken Sie mit Josefine unter einer Decke?" Meine Worte sind rasiermesserscharf. Sie hat keine andere Wahl, als mir die Wahrheit zu sagen. Ihre Schultern sacken ein und sie lässt ergeben den Kopf hängen.

„Sie hat mir Geld geboten, wenn ich sie auf dem Laufenden halte, was Ihre Verabredungen anbelangt", gesteht Nadine schließlich. „Als Sie mich gebeten haben, das Frühstück vorzubereiten, wusste ich, dass es so weit ist. Ich habe sie vergangene Woche angerufen und ihr mitgeteilt, dass Sie Besuch erwarten. Ich konnte doch nicht wissen, dass es die Putzfrau ist. Aber ich wusste vom ersten Moment an, dass dieses Mädchen nichts als Ärger bedeutet." Ihre letzten Worte spuckt sie förmlich aus.

„Nach all den Jahren hätte ich diesen Verrat von Ihnen nicht erwartet", sage ich ruhig, obwohl die Enttäuschung schwer auf mir lastet. „Das kostet Sie Ihren Job."

„Mister Thorne, bitte", fleht sie und tritt einen Schritt auf mich zu, doch ich schüttle den Kopf. Ohne ein weiteres Wort öffne ich die Besenkammer, greife nach ihren Sachen und werfe sie ihr vor die Füße.

„Verschwinden Sie, Nadine. Ihre *Dienste* werden hier nicht länger benötigt."

Hastig sammelt sie ihre Habseligkeiten ein, während ihr die Tränen ungehalten übers Gesicht laufen. Mit einem letzten verachtenden Blick wirbelt sie herum und stürmt aus meiner Wohnung. Die Tür knallt hinter ihr zu und der Schall hallt durch den stillen Raum. Das ist schon das zweite Mal heute, dass eine Frau aus meinem

Leben mit tränenüberströmtem Gesicht die Tür zuschlägt.

Ein schweres Gefühl breitet sich in mir aus. All diese Intrigen und falschen Spielchen ermüden mich, bringen meine Gedanken zum Rasen, die sich unaufhaltsam in eine Endlosschleife bewegen. Seufzend reibe ich mir übers Gesicht und zwinge mich, einen klaren Kopf zu behalten. Ich muss Holly ihre Tasche zurückbringen. Und ich muss sie davon überzeugen, dass ich nichts von dem wusste, was Josefine ihr angetan hat. Doch bevor ich ihr gegenübertrete, muss ich mich zuerst sammeln, einen klaren Kopf bekommen. Mit diesem heillosen Durcheinander, das sich mein Leben nennt, werde ich mich nicht richtig erklären können. Die Wahrscheinlichkeit, dass sie mir die Tür vor der Nase zuschlägt, während ich mich um Kopf und Kragen rede, ist einfach zu hoch. Ich schnappe mir Hollys Tasche und verlasse die Wohnung. Im Wagen angekommen, weise ich Harvey an, mich zum Friedhof zu fahren. Er fragt nicht, welchen ich meine – er weiß genau, wohin ich jetzt muss.

Zu meiner Schande muss ich gestehen, dass ich seit Monaten nicht mehr hier war. Ganz im Gegensatz zu meiner Mutter, die nach wie vor jeden zweiten Tag hier erscheint. Als wir ankommen, sehe ich sofort, dass sie gestern da gewesen sein muss. Am Grab meines Vaters liegen frische Blumen. Pfingstrosen. Nicht weil er sie besonders mochte, sondern weil er sie Mutter bei jeder Gelegenheit geschenkt hat. Es waren ihre Lieblingsblumen. Er war ein aufmerksamer und gütiger Mann, hat seine Frau stets geachtet und auf Händen getragen. Die Menschen haben ihn respektiert und er sie ebenso. Mit mir war er geduldig und großzügig mit seiner Zeit. Er war ein guter Vater, ein liebevoller Ehemann und ein bemerkenswerter Mensch. Durch seinen Tod haben wir alle etwas verloren.

„Hallo, Vater", grüße ich ihn leise, auch wenn ich weiß, dass er mich nicht mehr hören kann. „Mein Leben ist ein heilloses Chaos, weißt du? Genau das Gegenteil von deinem. Du und Mutter habt mir vorgelebt, wie eine glückliche Beziehung aussehen sollte. Ich versuche jeden Tag, nach deinen Grundsätzen zu leben, deinem Ideal zu folgen – doch ich habe versagt." Meine Stimme wird leiser und ich sehe auf die Inschrift des Grabsteins. „Keine Ahnung, warum ich dir das erzähle. Ich will dich nicht beunruhigen, aber ich schätze, ich musste es mit jemandem teilen. Du fehlst mir. Uns allen."

Eine Weile stehe ich einfach da, starre auf den Stein und hoffe auf ein Zeichen. Irgendetwas. Doch außer meinem immer länger werdenden Schatten geschieht nichts. Seufzend lege ich eine Hand auf den kühlen Stein und verabschiede mich stumm. Es mag lächerlich erscheinen, doch der Besuch hier beruhigt mich. Meine Gedanken sortieren sich und ich fühle mich bereit, den nächsten Schritt zu gehen.

Zurück im Wagen nehme ich Hollys Geldbörse aus ihrer Tasche und finde ihren Ausweis mit einer Adresse.

In der Hoffnung, dass diese noch aktuell ist, weise ich Harvey an, mich dorthin zu fahren.

Je weiter wir uns vom Friedhof entfernen, desto deutlicher wird mir, in welcher Gegend Holly lebt. Die Gebäude wirken baufällig, die Straßen düster und heruntergekommen. Die Nachbarschaft schreit nach Kriminalität und Verzweiflung.

Ein kalter Schauer läuft mir über den Rücken, als Harvey schließlich vor einem alten Wohnhaus hält. Die Fassade bröckelt und das schwache Licht aus den wenigen Fenstern scheint kaum die Dunkelheit zu durchdringen. Ein Blick auf meine Uhr verrät mir, dass es bereits nach sieben ist. „Sie können Feierabend machen, Harvey", sage ich und steige aus. „Danke für heute."

„Sind Sie sich sicher, Sir? Das ist nicht gerade die beste Gegend für einen abendlichen Spaziergang."

„Das bin ich, danke für Ihre Sorge."

Er nickt kurz, wirft einen prüfenden Blick auf die Umgebung und fährt dann davon. Für den Rückweg werde ich ein Taxi nehmen.

Ein letztes Mal tief durchatmend, wende ich mich dem Klingelbrett zu. Meine Finger zittern leicht, als ich Hollys Namen suche, mein Herz überschlägt sich. Und ehe ich es mir anders überlegen kann, drücke ich auf die Klingel.

Kapitel Siebenundzwanzig
VINCE

Ein Surren signalisiert mir, dass jemand die Eingangstür öffnet. Hastig drücke ich sie auf und trete in den kalten Hausflur, der nach Abfall und feuchtem Putz müffelt. Da ich keine Ahnung habe, in welchem Apartment Holly wohnt, suche ich die Briefkästen ab. Ein erleichtertes Seufzen entweicht mir, als ich ihren Namen und die dazugehörige Apartmentnummer finde. Im Gebäude gibt es keinen Aufzug, daher nehme ich die Treppe und haste sie hinauf, immer zwei Stufen auf einmal. Mein Herz schlägt schneller, je höher ich komme, und als ich schließlich im vierten Stock ankomme, gehe ich direkt zu ihrer Tür. Mit hämmerndem Puls hebe ich die Hand und klopfe an. Die Tür öffnet sich einen Spalt und eine ältere Dame mit weißgrauem Haar und freundlicher Ausstrahlung tritt hervor. Sie sieht mich überrascht an.

„Hallo, bin ich hier richtig bei Holly Parker?", frage ich und zwinge mich zu einem höflichen Lächeln.

„Und wer sind Sie?", erkundigt sie sich mit deutlichem Akzent, den ich als russisch erkenne. Ihre wachsamen Augen mustern mich von Kopf bis Fuß.

„Vincent Thorne. Holly arbeitet für mich", erkläre ich, bemüht, ruhig zu klingen. „Leider gab es heute einen Zwischenfall, den ich sehr bedauere. Daher bin ich hier, um ihr ihre Tasche zu bringen, die sie bei mir liegen gelassen hat." Und um sie anzuflehen, mir zu verzeihen und wieder bei mir zu arbeiten. Aber diesen Gedanken spreche ich nicht laut aus.

Die Frau nickt langsam, scheint die Information zu verarbeiten. Da fällt mir ein, dass Holly erwähnt hat, dass sie sich gelegentlich um ihre Nachbarin kümmert. Ist sie es? Wohnen die beiden zusammen? Bevor ich nachfragen kann, wird die Tür weiter aufgerissen. Ein Mädchen mit dunklen Locken und leuchtend grünen Augen sieht mich neugierig an. Der Anblick lässt mich wie versteinert dastehen.

„Wer ist das, Granny?", will eine zweite Stimme wissen. Ein weiteres Mädchen, das ihrer Schwester wie aus dem Gesicht geschnitten ist, quetscht sich neben sie in den Türrahmen. Zwillinge. Die Erkenntnis trifft mich wie ein Schlag in die Magengrube. Mein Blick wandert zwischen den beiden Kindern hin und her, meine Gedanken rasen. Die dunklen Locken. Die grünen Augen. Mein Herz setzt für einen Moment aus.

„Das ist Mister Thorne, der Mann, für den eure Mommy arbeitet", erklärt Granny mit sanfter Stimme.

„Du bist Mommys Boss?", fragt mich das erste Mädchen, ihre großen grünen Augen sehen mich neugierig an.

„Ehm, ja, das stimmt", stottere ich, während mein Verstand immer noch versucht zu begreifen, was genau sich hier abspielt. „Ist eure Mommy zu Hause?"

„Nein", antworten beide gleichzeitig.

„Holly ist arbeiten im Diner, Mister Thorne. Ich kann ihr gerne etwas ausrichten, wenn Sie möchten", schlägt Granny vor.

„Nicht nötig", murmele ich. Eine Frage brennt mir jedoch auf der Seele und ich wende mich wieder an die Kinder. „Wie alt seid ihr?"

„Viereinhalb", erwidern sie synchron, als hätten sie die Antwort einstudiert. „Wir haben im November Geburtstag, weißt du?", fügt eines der Mädchen stolz hinzu, doch ihre Worte dringen nur halb zu mir durch. Benommen wanke ich einen Schritt zurück, dann noch einen, bis ich die kühle Wand in meinem Rücken spüre. Mein Blick wandert hilfesuchend von den Kindern zu der alten Dame. In diesem Moment scheint sie zu verstehen, was mein Verstand noch nicht begreifen kann oder will. Ihre Augen weiten sich und ihr Mund öffnet sich, doch kein Wort kommt heraus.

„Ich muss gehen", stammle ich, drehe mich abrupt um und strauchle in Richtung Treppe. Mein Atem wird flach, das Gefühl, keine Luft mehr zu bekommen, schnürt mir die Kehle zu. Auf dem Weg nach unten stolpere ich mehrmals, kann mich aber jedes Mal in letzter Sekunde abfangen. Als ich endlich den Ausgang erreiche, sauge ich gierig die kalte Nachtluft in meine Lungen. Ich presse mir die Handballen gegen die Augen, versuche, das Bild dieser beiden Mädchen aus meinem Kopf zu verbannen – doch es gelingt mir nicht.

Die dunklen, feinen Locken, die ihnen wild ins Gesicht fallen. Die grünen Augen, die mir so vertraut sind. Holly hat Kinder. Kleine Mädchen. Zwillinge, die sie vor mir geheim gehalten hat. Zwillinge, die mir wie aus dem Gesicht geschnitten sind.

Nach mehreren tiefen Atemzügen normalisiert sich mein Puls und der Nebel in meinem Kopf beginnt sich zu lichten, sodass ich die Dinge wieder klarer sehe. Die beiden Mädchen sind viereinhalb. Sie haben im November Geburtstag. Ich muss kein Mathegenie sein, um auszurechnen, dass sie im Februar gezeugt worden sind. In dem Monat, als Holly und ich unseren One-Night-Stand hatten. Einen verhängnisvollen, wie sich jetzt herausstellt. Ich erinnere mich noch genau an ihren schockierten Gesichtsausdruck, als sie das gerissene Kondom sah. Wie sie begriff, was die möglichen Konsequenzen sein könnten. Konsequenzen, über die ich nicht einmal nachgedacht habe. Wie ein absoluter Vollidiot habe ich ihr die *Pille danach* vorgeschlagen – und bin dann wie ein Feigling davongerannt. Fuck! *Wie konnte ich nur so verantwortungslos und dumm sein?* Schlimm genug, dass sie zu diesem Zeitpunkt nicht einmal volljährig war. Dazu habe ich sie auch noch unwissentlich geschwängert.

Die Scham darüber brennt in meiner Brust, aber sie wird überlagert von einer noch drängenderen Frage: Warum hat sie mir nichts gesagt? Warum hat Holly das alles auf sich genommen? Wie konnte sie all die Jahre schweigen und mir das vorenthalten? Es gibt nur eine Person, die mir all diese Fragen beantworten kann. Da Holly mir den Namen des Diners verraten hat, in dem sie nachts arbeitet, suche ich die Adresse mit meinem Smartphone heraus und mache mich auf den Weg. Das Diner ist nur ein paar Blocks von ihrer Wohnung entfernt.

Während ich durch die kalten, leeren Straßen gehe, nutze ich die Zeit, um meinen hämmernden Puls zu beruhigen und zu realisieren, was ich soeben herausgefunden habe. Aber ganz gleich, wie sehr ich versuche, meine Gedanken zu ordnen – nichts davon ändert, dass ich es von ihr hören will. Ich brauche Antworten. Jetzt.

Ein Bimmeln an der Tür kündigt mein Eintreffen an. Das Diner ist gut besucht, doch ich finde Holly in der Menge sofort. Sie schenkt einem Gast Wasser ein und nimmt dann seine Bestellung auf. Da sie mich nicht bemerkt hat, nehme ich am Tresen auf einem freien Barhocker Platz. Ihre Handtasche, die ich noch immer fest umklammert halte, lege ich auf der Theke ab.

„Was darfs sein?", fragt mich eine ältere Kellnerin mit knallrotem Haar und passendem Lippenstift.

„Nichts, danke. Ich warte hier nur", antworte ich höflich, kassiere dafür jedoch ein abwertendes Schnalzen mit der Zunge.

„Das ist hier nicht der Bahnhof, Schätzchen. Warten kann man auch draußen."

„Dann geben Sie mir ein Wasser, *Schätzchen*", erwidere ich genervt.

„Na geht doch. Ein Wasser. Kommt sofort. Hey Holly, bring mal die Karaffe rüber, hier möchte jemand Wasser", ruft sie quer durch den Laden, was die gesamte Aufmerksamkeit aller Gäste auf uns zieht. Holly dreht sich zu mir um und erstarrt. Da ich die Befürchtung habe, ihr fällt gleich die Glaskaraffe aus der Hand, erhebe ich mich und eile zu ihr herüber, um ihr das Gefäß abzunehmen. Wenig behutsam stelle ich es auf den Tresen.

„Was machst du denn hier?", wispert sie mir zu, packt mich am Arm und zerrt mich in den hinteren Bereich des Diners, weg von den neugierigen Blicken. Beim Vorbeigehen schnappe ich mir ihre Handtasche und halte ihr sie demonstrativ hin.

„Du hast deine Tasche bei mir vergessen."

Verwundert sieht sie mich an, nimmt sie jedoch entgegen. „Danke."

„Mehr nicht?" Keine Ahnung warum, doch ich habe mit einer anderen Reaktion von ihr gerechnet als ein bloßes *Danke*.

„Was hast du denn erwartet, Vince? Dass ich dir freudestrahlend um den Hals falle und abknutsche? Das wird nicht passieren, weder in diesem Leben noch in einem anderen. Ich bin dir wirklich dankbar dafür, dass du mir meine Sachen vorbeigebracht hast, aber hier trennen sich unsere Wege", zischt sie gereizt.

„Diese Reaktion habe ich gewiss nicht erwartet", knurre ich zurück. „Du lässt dein Zeug bei mir liegen, ich bringe es dir und du machst mich dumm an?"

„Ich wurde heute von deiner Verlobten aus der Wohnung gejagt!", faucht sie. „Sie hat mir mit der Polizei gedroht und mich bei der Agentur angeschwärzt – für etwas, das ich niemals begangen habe!" Ihre Stimme bricht bei den letzten Worten und ihre Augen füllen sich mit Tränen. „Noch nie in meinem Leben wurde ich so gedemütigt wie heute. Entschuldige also, wenn ich nicht die Reaktion zeige, die du gern hättest. Im Gegensatz zu dir habe ich alles zu verlieren!"

Die erste Träne löst sich aus ihrem Augenwinkel und rollt über ihre Wange. Alles in mir schreit danach, sie mit meinem Daumen wegzuwischen, sie zu beruhigen – doch eine Sache hält mich davon ab.

„Dass du alles zu verlieren hast, weiß ich jetzt auch."

„Was meinst du damit?"

„Ich war eben bei dir zu Hause. Rate mal, wie groß meine Überraschung war, als mir zwei kleine Mädchen die Tür öffneten."

Hollys Augen weiten sich schockiert. „Sie haben dir die Tür geöffnet? Allein?"

„Nein", erwidere ich und halte ihren Blick fest. „Granny hat aufgemacht, doch das ist nicht der Punkt, oder?"

Holly weicht einen Schritt zurück, ihre Arme schlingen sich schützend um ihre Handtasche. Die Anspannung in ihrem Gesicht lässt keinen Zweifel daran, dass sie versteht, was ich soeben gesagt habe.

„Warum?", frage ich, meine Stimme wird leiser, aber eindringlich. „Warum hast du sie mir verschwiegen?"

Ich mache einen Schritt auf sie zu, mein Blick bleibt auf ihren gerichtet. Die Luft zwischen uns ist aufgeladen, jede Sekunde wie ein Tropfen, der das Fass zum Überlaufen bringen könnte.

„Weil es dich nichts angeht", flüstert sie atemlos, ihre Stimme kaum mehr als ein Hauch.

„Ach nein?", schnaube ich zurück, meine Geduld längst am Ende. „Diese Mädchen haben dunkle Locken und grüne Augen. Von dir haben sie die sicher nicht. Also sag mir endlich, warum."

In diesem Moment flammt ihre Wut wieder auf. Ihre Augen funkeln vor Zorn und ihre Stimme wird scharf. „Wie hätte ich dir das sagen sollen? Du bist doch einfach abgehauen, wie ein verdammter Feigling, und hast mich mit dem zerrissenen Kondom allein gelassen!"

Ihre Worte treffen mich wie ein Schlag in den Magen, die Wucht ihrer Wahrheit lässt mir den Atem stocken.

„Du warst weg und ich war schwanger", fährt sie fort, ihre Stimme zittert vor Emotionen. „Ich wusste ja nicht einmal, wie du heißt. Das war eine verdammt harte Zeit. Ich war allein, aber ich habe nicht aufgegeben. Ich habe für mich und meine Kinder gekämpft. Ich kämpfe noch heute – jeden verfluchten Tag." Ihre Stimme trieft vor Zorn und Bitterkeit und ich spüre, dass sie jedes Wort ernst meint. „Und dann tauchst du plötzlich wieder in meinem Leben auf und alles geht den Bach runter!"

Links von mir öffnet sich eine Schwingtür und ein übergewichtiger Mann mit Halbglatze und vollgekleckertem Hemd tritt heraus. „Alles okay, Holly?", brummt er und mustert mich mit einem warnenden Blick.

„Alles bestens, Berry. Wir sind hier fertig", sagt sie kalt, ohne die Augen von mir abzuwenden.

„Gut. Da ist jemand für dich am Telefon, der dich sprechen will", schnaubt Berry und verschwindet wieder durch die Tür.

Hollys Augen bohren sich noch einen Moment in meine, dann wendet sie sich ab. „Wenn du mich jetzt entschuldigen würdest, ich muss zurück an die Arbeit, denn das ist der einzige Job, den ich noch habe. Tu uns allen einen Gefallen und lass uns in Ruhe. Ich bin mir sicher, das freut auch deine Verlobte."

Mit diesen Worten macht sie auf dem Absatz kehrt und verschwindet durch die Schwingtür, ohne mir eine Chance zu antworten.

Sprachlos starre ich auf die nachschwingende Tür. Die Worte, die Holly mir entgegengeschleudert hat, hallen in meinem Kopf wider, wie ein endloses Echo. Schließlich wende ich mich ab und stürme aus diesem Drecksladen, die kalte Luft der Nacht schlägt mir ins Gesicht.

Das Gespräch mit Holly ist überhaupt nicht so verlaufen, wie ich es mir erhofft habe. Jeder Satz, jedes Zischen ihrer Stimme hat sich wie ein Dolch in meine Brust gebohrt. Der ganze Tag war eine einzige Farce. In nicht einmal zwölf Stunden werde ich von drei Frauen, die ich in mein Leben gelassen habe, belogen und hintergangen. Josefine mit ihren dreisten Lügen. Nadine mit ihrem Verrat. Und jetzt Holly, die mich jahrelang im Dunkeln gelassen hat. Das lasse ich mir nicht länger bieten. Auch nicht von ihr.

Kapitel Achtundzwanzig

HOLLY

Was fällt diesem Mistkerl bloß ein, hier aufzutauchen und so eine Szene zu veranstalten? Heiße Wut brodelt in mir, während ich die Schwingtür hinter mir zuschwingen lasse. Hat er mich nicht schon genug gedemütigt?

„Wer ist dran?", frage ich Berry, der bereits mit dem Telefonhörer in der Hand auf mich wartet.

„Ein Kerl, der behauptet, er wäre von der Polizei", brummt er gelangweilt, doch bei seinen Worten schrillen meine Alarmglocken.

Mit zitternden Fingern reiße ich ihm den Hörer aus der Hand. „Hallo?"

„Miss Parker?", meldet sich eine mir unbekannte männliche Stimme am anderen Ende der Leitung.

„Ja."

„Mein Name ist Officer Brody. Ich muss Sie bitten, unverzüglich in Ihre Wohnung zu kommen."

Seine Worte lassen mein Blut gefrieren und mein

Herz setzt für einen Moment aus. „Geht es meinen Kindern gut?", stottere ich.

„Ja, Miss, die beiden sind unversehrt. Es geht um die Frau, die auf Ihre Kinder aufgepasst hat."

„Misses Pavlov? Was ist mit ihr?"

„Sie hatte einen Herzinfarkt."

Der Boden unter meinen Füßen schwankt so heftig, dass ich zur Seite taumle und das Telefon, das durch ein Kabel mit der Wand verbunden ist, mit mir reiße und auf den Fliesen aufschlage. Ich nehme kaum wahr, wie Berry mich am Arm packt, um mir wieder auf die Beine zu helfen. Sein Mund bewegt sich, seine Augen sind panisch aufgerissen, doch ich höre nicht, was er sagt. Alles um mich herum verschwimmt und mein einziger Gedanke kreist um Misses Pavlov. Bitte lass sie durchkommen. Sie muss das schaffen.

„Ich muss nach Hause, Berry. Ich muss jetzt nach Hause", stammle ich, als ich endlich wieder auf den Beinen stehe. Meine linke Hüfte pocht von dem Aufprall, doch ich ignoriere sie, wanke zur Schwingtür und dann zum Ausgang. Berry ruft mir etwas hinterher, aber seine Worte dringen nicht zu mir durch. In meinem Kopf tobt ein Sturm, laut und chaotisch wie Wellen, die gegen einen Felsen schlagen. Alles um mich herum verschwimmt, bis auf ein einziges klares Bild vor mir – der Weg nach Hause. Zu meinen Kindern. Zu Granny.

Mir ist nicht bewusst, wie lange ich zur Wohnung brauche oder wie ich überhaupt hingelangt bin, doch bei meinem Eintreffen steht die Wohnungstür offen. Claire und Sophie kauern eng umschlungen auf der Couch, zwei Polizisten in Uniform sitzen am Küchentisch.

„Wo ist sie?", hauche ich atemlos.

„Miss Parker", erwidert einer der Polizisten, erhebt sich und kommt auf mich zu. „Sie wurde von den Rettungskräften in das nächstgelegene Krankenhaus gebracht."

„In welches? Ich will sofort zu ihr." Sophie und Claire stürmen auf mich zu und ich schließe sie fest in meine Arme, während beide hemmungslos schluchzen. Ihre kleinen Körper zittern so heftig, dass ihre Zähne klappern.

„Ich befürchte, das ist nicht möglich", seufzt der Polizeibeamte, nimmt seine Mütze ab und senkt den Kopf. „Sie ist unterwegs dorthin verstorben. Die Rettungskräfte konnten nichts mehr für sie tun."

Die Worte treffen mich wie ein Faustschlag. Claire und Sophie schreien auf, ihre kleinen Hände klammern sich verzweifelt an meine Kleidung. Ich halte sie fest, so fest ich nur kann, während ihre Tränen meine Schultern durchnässen. Ich jedoch sitze wie versteinert da, starre den Polizisten an, unfähig zu begreifen, was er gerade gesagt hat. Die Worte ergeben keinen Sinn. Sie können nicht wahr sein. Sie kann nicht tot sein. Sie darf nicht tot sein! Granny ist die einzige Familie, die wir haben.

„Mein aufrichtiges Beileid, Miss. Ihre Kinder waren sehr tapfer, als sie den Notruf gewählt haben. Sind Sie mit Misses Pavlov verwandt?"

„Nein", krächze ich, während mir ungehindert die Tränen übers Gesicht laufen. „Nein, wir sind nicht verwandt."

„Wie gesagt, mein Beileid. Gibt es lebende Verwandte, die wir anrufen können?"

„Nein. Wir sind die einzige Familie, die sie noch hatte", flüstere ich, meine Stimme kaum hörbar.

Der Polizist nickt verstehend. „Okay, Miss, ich werde im Krankenhaus Bescheid geben. Die werden sich mit Ihnen in Verbindung setzen. Vorausgesetzt, Sie möchten das?"

Ich will antworten, will ihm beteuern, wie viel mir das bedeutet, aber kein Laut kommt über meine Lippen. Mein Hals ist wie zugeschnürt, meine Stimme versagt. Also nicke ich nur, halte meine Mädchen noch immer fest an mich gedrückt.

Niemals hätte ich mir erträumen lassen, dass dieser Tag noch schlimmer werden könnte. Aber das Schicksal hat einen anderen Plan für uns – einen, den ich weder verstehe noch verarbeiten kann. All diese Rückschläge haben mich völlig unvorbereitet getroffen und der letzte schickt mich gnadenlos ins Knock-out. Es ergibt keinen Sinn. In meinem Leben hat es schon viele Hürden gegeben, die ich alle mehr oder weniger überwunden habe. Aber noch nie war das Leben so grausam und ungerecht zu mir wie heute. In all der Zeit gab es stets einen Funken Hoffnung – mochte er auch noch so klein sein. Doch er war da. Ein schwaches Licht im Dunkeln, das mich leitete. Ich sah ihn vor mir, griff nach ihm mit all meiner Kraft und hielt mich daran fest. Egal, wie heftig der Sturm tobte oder wie unerbittlich die Wellen mich nach unten gezogen haben, dieser kleine Funken treibt mich immer wieder zurück an die Oberfläche. Jetzt ist er weg. Erloschen. Weit und breit sehe ich nichts, an das ich mich klammern kann. Und das erste Mal in meinem Leben bin ich hoffnungslos. Verloren.

Die Nacht verbringen Claire, Sophie und ich zusammengerollt und eng umschlungen auf meiner Schlafcouch. Die Mädchen weinen sich in den Schlaf, während ich krampfhaft versuche, die Fassung zu bewahren und sie zu trösten. Jede Träne, die sie vergießen, reißt mich weiter nach unten, doch ich lasse es mir nicht anmerken.

Am nächsten Morgen schlägt die Realität wie eine Bombe ein. Claire und Sophie rühren ihr Frühstück nicht an, stochern nur emotionslos darin herum. Ich selbst schaffe es ebenfalls nicht, etwas zu essen. Da ich keinen Tagesjob mehr habe, rufe ich in der Schule an und entschuldige meine Kinder für den Rest der Woche.

Die Stunden vergehen, doch immer wieder brechen Claire und Sophie zusammen.

„Sie hat euch sehr geliebt", flüstere ich, während ich ihre kleinen Körper an mich drücke. „Lasst uns das niemals vergessen, wie sehr sie uns alle geliebt hat."

„Wir lieben sie auch", wimmert Claire, ihre Stimme erstickt von Tränen.

„Ich will, dass sie wieder zurückkommt, Mommy", weint Sophie, ihre kleinen Hände klammern sich an meinen Arm.

„Das will ich auch, mein Schatz. So sehr", wispere ich und streiche ihr sanft über das Haar. „Ihr seid so tapfer. Ich bin mir sicher, dass Granny sehr stolz auf euch wäre." Es sind Worte des Trostes, oder zumindest sollen sie das sein. Doch tief in mir weiß ich, dass es nur Worte sind – leere Worte, die nichts verändern können. Sie machen den Schmerz nicht leichter. Sie machen nichts ungeschehen. Das Loch, das Granny hinterlassen hat, scheint bodenlos. Nichts auf der Welt kann es füllen. Nichts kann die Leere vertreiben, die ihr Tod mit sich gebracht hat.

Am Nachmittag meldet sich eine freundliche Dame aus dem Krankenhaus, in das man Granny gebracht hatte. Ihre Stimme ist sanft, fast entschuldigend, als sie mir die nächsten Schritte erklärt.

„Würden Sie sich dazu bereit erklären, die Bestattung und alle Kosten zu übernehmen?", fragt sie schließlich.

Ohne zu zögern, stimme ich zu. Es ist das Mindeste, was ich für Granny tun kann. Doch erst, nachdem ich den Hörer aufgelegt habe, realisiere ich, was ich soeben zugesagt habe. Ich habe keinen Job mehr. Keine Ersparnisse. Keine Möglichkeit, eine angemessene Beerdigung zu bezahlen. Die Wucht dieser Erkenntnis trifft mich mit voller Härte, doch ich schiebe sie zur Seite. Für Claire und Sophie muss ich stark bleiben. Ich werde einen Weg finden. Irgendwie.

Den Rest des Tages verbringen wir im Central Park. Wir spazieren, essen Eis und erinnern uns an Granny. Wir lachen über ihre Geschichten, über ihre Eigenheiten, doch jedes Lächeln fühlt sich wie ein Stich an, weil sie nicht mehr da ist.

Abends schlafen Claire und Sophie dicht aneinandergekuschelt in ihrem Zimmer ein. Ihr Anblick bricht mir erneut das Herz. Sie so leiden zu sehen, ist mehr, als ich ertragen kann.

Als die Stille im Apartment erdrückend wird, greife ich nach meinem Handy und rufe den einzigen Menschen an, den ich noch habe.

„Hey Rachel", flüstere ich, als sie abhebt, meine Stimme heiser vom unterdrückten Weinen.

„Himmel, Holly. Was ist los?"

„Es ist Granny", beginne ich, doch meine Stimme bricht. Die Worte kommen nur stockend heraus. „Sie ist vergangene Nacht gestorben."

Meine Gefühle kochen über und ich lasse es zu. Die Tränen fließen ungehalten, während ich schluchzend am Küchentisch zusammenbreche. Solange Claire und Sophie schlafen, kann ich den Emotionen freien Lauf lassen.

„Was? Oh nein, Holly, das tut mir so leid", sagt Rachel, ihre Stimme voller Mitgefühl. „Kann ich irgendetwas tun? Soll ich zu dir kommen?"

„Das würdest du für mich tun?", schluchze ich.

„Aber natürlich. Ich bin schon unterwegs. Gib mir zwanzig Minuten. Ich habe mir gerade ein Uber bestellt." Im Hintergrund raschelt es bereits.

„Danke, Rachel."

„Nicht dafür, Süße. Ich bin gleich bei dir. Halte durch."

Mit einem tiefen Atemzug lasse ich das Telefon sinken. Zum ersten Mal seit diesem endlosen Tag spüre ich einen Hauch von Erleichterung. Rachel wird hier sein. Ich bin nicht allein. Da ich niemanden mehr habe, der auf die Mädchen aufpasst, habe ich Barry im Diner für dieses Wochenende abgesagt, es jedoch nicht übers Herz gebracht, ihn um eine längere Auszeit zu bitten. Zu groß ist die Angst darüber, was mit uns passiert, wenn ich gar keinen Job mehr habe und die Miete nicht zahlen kann.

Wie versprochen steht sie nur zwanzig Minuten später vor meiner Tür. Ohne zu zögern, nimmt sie mich in den Arm, hält mich fest und streicht mir tröstend über den Rücken.

„Alles wird gut", flüstert sie, ihre Stimme warm und sicher. Ich will ihr glauben, will die Hoffnung spüren, die in ihren Worten mitschwingt – doch ich schaffe es nicht.

Wir reden die halbe Nacht und ich erzähle ihr alles. Wie ich damals, schwanger und pleite, Granny im Hausflur getroffen habe. Wie sie mich vom ersten Moment an in ihr Herz geschlossen hat und Claire und Sophie wie ihre eigenen Enkel geliebt hat. Wie sie mir in all den Jahren immer wieder geholfen hat, auf meine Kinder aufgepasst hat und uns mit köstlichen Gerichten versorgt hat. Sie hat nie zugelassen, dass ich aufgebe.

Ich erzähle ihr auch von gestern Abend. Wie Vince mich im Diner aufgesucht und zur Rede gestellt hat, weil er meine Kinder gesehen hatte – unsere Kinder. Wie ich meinen Job bei ihm verloren habe, dank seiner psychopathischen Exfreundin, die mir gedroht hat, mein Leben zu zerstören.

„Und sie hat recht behalten", flüstere ich schließlich, meine Stimme bricht. „Mein Leben liegt in tausend Scherben vor mir. Wild zerstreut. Ohne Hoffnung in Sicht."

Rachel hört mir zu, ihre Hand liegt beruhigend auf meinem Arm. Sie spricht mir Mut zu, versucht, mich aufzumuntern, mich zu trösten. Am Ende schlafen wir nebeneinander auf der Schlafcouch ein.

Der nächste Morgen bricht schneller herein, als erwartet. Das Piepsen von Rachels Smartphone reißt uns beide aus dem Schlaf.

„Was zum Teufel ist das?", murmele ich schläfrig und ziehe mir die Decke übers Gesicht.

„Mein scheiß Telefon", krächzt Rachel und beugt sich hinunter, um das nervige Gerät aufzuheben. Endlich stoppt sie den Lärm. „Sorry", murmelt sie, „das ist mein Agent, der mich mit Nachrichten bombardiert."

„So früh am Morgen? Was kann so wichtig sein?"

„Das hier", erwidert sie bloß und hält mir das Display hin. Auf den ersten Blick erkenne ich nicht direkt, um wen es sich auf dem Bild handelt, daher reibe ich mir den Schlaf aus den Augen, nur um fast vom Bett zu fallen.

„Was hast du getan?", hauche ich.

„Das, was diese Bitch verdient hat. Sie hat dich wie Abschaum behandelt. Wird Zeit, dass sie eine Dosis ihrer eigenen Medizin bekommt", grinst Rachel diabolisch wie eine selbstzufriedene Katze. „Ich habe nachts, nachdem du eingeschlafen bist, meinem Agenten geschrieben und ihm alles erzählt. Er fand es höchst interessant und hat es wohl an die Presse weitergeleitet. Immerhin ist Josefine Hall kein unbeschriebenes Blatt. Es ist allseits bekannt, dass sie ihr Personal schlecht behandelt."

„Aber ... aber du wirst dadurch Probleme bekommen", stottere ich.

„Ich? Warum denn? Das war ein anonymer Hinweis bei der Presse mit einer detaillierten Beschreibung des Vorfalls."

„Dann bekomme ich Probleme mit ihr!" Die Erkenntnis trifft mich unvorbereitet. Josefine wird eins und eins zusammenzählen und mich dafür verantwortlich machen. „Sie wird sich rächen, Rachel. Diese Frau ist skrupellos."

„Oh ja, das ist sie, daher nehme ich dich und die Mädels mit zu mir. Ich habe genug Platz für uns alle und einen Portier, der niemanden vorbeilässt. Dir wird nichts passieren und du musst dir keine Sorgen wegen des Geldes machen", versichert sie mir und nimmt meine Hände in ihre. Fassungslos starre ich auf unsere ineinander verschränkten Finger herab.

„Aber ich kann mir das nicht leisten. Ich kann dir nichts zur Miete dazugeben, Rachel."

„Und das ist auch nicht nötig. Nach allem, was passiert ist, ist das das Mindeste, was ich für euch tun kann", beharrt sie und sieht mich eindringlich an. „Bitte,

Holly, lass mich die vergangenen Jahre, in denen ich dich im Stich gelassen habe, wieder gutmachen. Ich will euch bei mir haben."

Ihre Worte und ihr Angebot rühren mich zu Tränen und ich falle ihr dankbar um den Hals. „Danke, Rachel. Ich weiß nicht, was ich sagen soll."

„Sag einfach ja. Ihr zieht bei mir ein. Raus aus dieser miesen Gegend. Ich möchte, dass ihr sicher seid und dass es euch gut geht. Ihr seid meine Familie, Holly, und es tut mir so unendlich leid, dass ich so verdammt lange gebraucht habe, um das zu erkennen."

Kapitel Neunundzwanzig

HOLLY

Die Mädchen sind von der Idee, bei Rachel einzuziehen, begeistert. Innerhalb weniger Tage packen wir all unser Hab und Gut in Kisten und laden sie in einen Umzugswagen, den meine Freundin organisiert hat.

Zwar werde ich die alte Wohngegend und das marode Haus nicht vermissen, doch der Abschied von meinem Apartment fällt mir schwerer als erwartet. In diesen vier Wänden steckt so viel von meinem Leben.

Hier habe ich meine Babys zum ersten Mal nach Hause gebracht. Hier habe ich sie versorgt, mit ihnen gespielt und unzählige Nächte mit ihnen durchgemacht, wenn sie nicht schlafen konnten. Hier habe ich geweint – vor Erschöpfung, vor Angst und vor Glück. Granny war immer an meiner Seite. Sie hat die Kleinen beruhigt, wenn sie nicht aufgehört haben zu schreien, hat mir Essen vorbeigebracht und regelmäßig Milchpulver gekauft, wenn ich es mir selbst nicht leisten konnte. Ich weiß wirklich nicht, wie ich das alles ohne sie geschafft hätte.

Zwei Tage nach Grannys Tod fahre ich ins Krankenhaus, um ihre persönlichen Sachen abzuholen. Darunter finde ich auch ihren Wohnungsschlüssel. Zwar habe ich die ganze Zeit über ihren Zweitschlüssel bei mir gehabt, mich aber nie getraut, ihn zu benutzen. Doch jetzt habe ich keine andere Wahl. Da die Miete wöchentlich fällig wird, drängt der Vermieter darauf, das Apartment zu räumen. Er hat sogar damit gedroht, ihre Sachen auf die Straße zu werfen. Das kann ich nicht zulassen. Gemeinsam mit Rachel, Claire und Sophie betrete ich die Wohnung, die sich wie ein zweites Zuhause anfühlt. Es riecht immer noch nach Granny – ein sanfter Hauch ihres Parfüms, gemischt mit dem Duft von Lavendel.

Wir räumen alles aus. Ich packe jeden Bilderrahmen, jedes Erinnerungsstück sorgfältig in Kartons, die ich mit in Rachels Wohnung nehmen werde. Mit jedem Bild, das ich in Zeitungspapier wickele, weine ich. Ich weine um die Frau, die uns bedingungslos geliebt hat. Ich weine um die Schicksalsschläge, die sie ertragen musste. Die Momente, die wir miteinander geteilt haben, und für die zukünftigen, die uns für immer genommen wurden. Die Mädchen helfen so gut sie können und Rachel gibt mir ein aufmunterndes Lächeln. Aber der Schmerz bleibt.

Granny war unser Fels in der Brandung. Ohne sie fühlt sich alles leer an.

Rachels Wohnung liegt in einem schönen Wohnviertel am Rande von Manhattan. Es ist wie eine andere Welt im Vergleich zu unserer alten Wohngegend. Sophie und Claire beziehen das Gästezimmer, das Rachel extra für sie in ein Kinderzimmer umgestaltet hat. Die zwei einzelnen Betten stehen nebeneinander, umgeben von Schreibtischen, Stühlen und Spielzeug – mehr, als meine Mädchen je besessen haben. Als sie ihr neues Zuhause zum ersten Mal betreten, flippen sie regelrecht aus. Ihre Augen strahlen vor Freude und ohne zu zögern, werfen sie sich Rachel um den Hals. Diese winkt das mit einer lässigen Handbewegung ab, doch ich sehe, wie sehr sie von der Geste meiner Töchter gerührt ist.

Auch ich bekomme nach über fünf Jahren mein eigenes Zimmer. Es ist das zweite Gästezimmer, das Rachel liebevoll eingerichtet hat. Alles ist so ordentlich und einladend, dass mir die Worte fehlen.

Als wäre das nicht genug, überreicht sie mir ein neues Smartphone mit einem kleinen Lächeln. „Damit du endlich dieses Ding aus der Steinzeit loswirst."

Überwältigt von ihrer Fürsorge und Großzügigkeit schließe ich sie in die Arme. Meine Dankbarkeit steht mir ins Gesicht geschrieben. Nach all den Schicksalsschlägen der letzten Tage ist dieses Zusammenleben mit Rachel ein unerwarteter Lichtblick.

Doch obwohl das Leben langsam wieder geordneter erscheint, bleibt eine Sache in meinem Kopf hängen. Von Vince höre ich in all der Zeit nichts mehr. Einerseits beruhigt es mich, da ich nicht die Kraft habe, mich mit ihm auseinanderzusetzen. Andererseits macht mich seine Abwesenheit stutzig – und enttäuscht mich mehr, als ich zugeben möchte.

Seiner Reaktion nach zu urteilen, wusste er genau, dass Sophie und Claire seine Kinder sind, doch offenbar kümmert ihn das nicht. Womöglich ist er sogar froh, dass ich ihn nicht auf Unterhaltszahlungen verklagt habe.

Ich sollte erleichtert sein, dass er die Angelegenheit auf sich beruhen lässt, doch ich bin es nicht. Seine Reaktion trifft mich tiefer als gedacht. Wieder einmal ergreift er die Flucht – so wie damals, vor fünf Jahren, in der Herrentoilette.

Fünf Tage nach Grannys Tod übergebe ich sowohl meinen eigenen als auch ihren Wohnungsschlüssel an den Vermieter und atme erleichtert aus. Ohne die Putzstelle und eine Betreuung für meine Kinder in der Nacht hätte ich das Apartment ohnehin nicht mehr lange halten können.

Rachel begleitet mich bei jedem Schritt. Sie hat all ihre Termine verschoben, nur um für uns da zu sein. Sie meinte es ernst, als sie sagte, sie wolle die verlorenen Jahre wiedergutmachen. Und das tut sie. Sie besorgt mir sogar einen neuen Job in der Modelagentur, bei der sie unter Vertrag ist. Die Agentur hat nach einer Aushilfe für Büroarbeiten und den Telefondienst gesucht und Rachel hat ihren Agenten darauf gedrängt, mich einzustellen.

Schon am darauffolgenden Montag trete ich die neue Stelle an.

„Bist du sicher, dass ich *das* an meinem ersten Arbeitstag tragen kann?", frage ich skeptisch und zupfe unaufhörlich am Saum des Rocks herum, den Rachel mir ausgeborgt hat. Kombiniert mit einer roséfarbenen Bluse und Stiefeln, die ich mir niemals leisten könnte, erkenne ich mich selbst kaum wieder.

„Na klar. Du wirst sehen, die laufen da alle so rum. Willkommen in der Modewelt, Holly. Da heißt es *sehen und gesehen werden*."

„Aber ist das nicht etwas zu viel?", murmele ich und mustere mein Spiegelbild unsicher.

„Du siehst fantastisch aus, glaub mir. Ich kenne den Laden schon eine ganze Weile. Du wirst kaum auffallen. Und jetzt sollten wir los, wenn du an deinem ersten Arbeitstag nicht zu spät kommen willst", grinst Rachel und wirft meinen Mädchen einen verschwörerischen Blick zu.

„Mommy, du siehst so hübsch aus", ruft Claire begeistert, ihre Augen groß und staunend. Sophie nickt zustimmend und klatscht freudig in die Hände.

„Na gut", gebe ich nach und schenke meinen Kindern ein Lächeln. „Dann wollen wir euch beide mal in die Vorschule bringen. Sonst kommen wir alle noch zu spät."

Rachel ruft für uns ein Uber und wir setzen zuerst

Claire und Sophie in der Schule ab. Es fühlt sich seltsam an, nicht zu Fuß oder mit der U-Bahn zur Arbeit zu fahren, doch ich gebe zu, dass ich es genieße. Nur wenige Minuten später hält das Uber vor einem Wolkenkratzer, in dem die Agentur ihren Sitz hat. Der glänzende Eingang spiegelt die Morgensonne wider und wirkt fast einschüchternd.

Nach einem letzten, tiefen Atemzug greift Rachel meine Hand. „Du schaffst das", sagt sie aufmunternd, bevor wir gemeinsam das Gebäude betreten.

Eine Frau, die etwa im selben Alter ist wie ich, erwartet mich bereits.

„Willkommen bei *Empire Faces*. Ich bin Zea und zeig dir alles", begrüßt sie mich mit einem strahlenden Lächeln, bevor sie mich durch das Büro führt. Ihr Name – Zea – ist genauso ausgefallen wie ihr Outfit. Sie trägt einen Rock, ein bauchfreies Shirt und Overknees, die ihre langen Beine betonen. Im Vergleich zu ihr fühle ich mich wie eine graue Maus.

Ich folge ihr durch die modernen, offenen Räume. Alles wirkt so schick und elegant. Schließlich zeigt sie mir meinen Schreibtisch – ordentlich, schlicht und mit einem neuen Computer ausgestattet.

Die Flut an Informationen und Aufgaben scheint zu Beginn unüberwindbar. Am Ende des Tages lasse ich mich erschöpft, aber erleichtert auf meinem Stuhl zurücksinken. Alles in allem habe ich mich gut geschlagen.

Das Beste an dem Job ist das Gehalt. Es erlaubt mir, meine Stelle in Berrys Diner an den Nagel zu hängen. Endlich habe ich die Möglichkeit, den Abend mit meinen

Kindern zu verbringen – ein Luxus, den wir alle drei mehr als zu schätzen wissen.

Eine weitere Woche vergeht, in der ich mich immer besser in meinen Job einarbeite und beginne, neue Routinen mit Rachel und den Mädchen zu schaffen. Die Tage fühlen sich endlich geordneter an, fast schon wie ein Neuanfang.

Eines Nachmittags erreicht uns Grannys Urne per Kurier. Ich wusste, dass dieser Tag kommen wird, dennoch trifft es mich unerwartet. Es war ihr letzter Wille, eingeäschert zu werden. Das hatte sie mir einmal erzählt, als sie über ihre eigene Familie sprach. Die Wunden über ihren Verlust sind noch frisch, doch sie beginnen, sich langsam zu schließen.

Gemeinsam mit Sophie, Claire und Rachel begraben wir die Urne neben Grannys Familie am anderen Ende der Stadt, wo sie früher zusammengelebt haben. Die Mädchen haben Bilder gemalt, die wir mit ins Grab legen, zusammen mit einem Foto von uns vieren. Wir stehen lange vor dem Grabstein, auf dem Grannys Name noch fehlt, halten uns an den Händen, während die Realität ihres Abschieds langsam zu uns durchdringt. Selbst Rachel fällt es sichtlich schwer, obwohl sie Granny kaum gekannt hat.

Als wir den Friedhof verlassen, bleibt eine Mischung aus Trauer und Frieden zurück. Granny hat ihren Platz gefunden – und langsam beginnen wir, auch unseren zu finden.

Die Wochen vergehen und wir finden uns immer mehr in eine gemeinsame Routine ein. Trotz der Tatsache, dass ich in meinem neuen Job genug verdiene, um uns eine eigene Wohnung zu mieten, überredet mich Rachel, zu bleiben.

„Was soll ich denn allein in diesem riesigen Apartment machen?", fragt sie jedes Mal, wenn ich das Thema anspreche. Auch sie genießt es sichtlich, in ein Zuhause zu kommen, das erfüllt ist von Leben und Kinderlachen.

Als ich darauf bestehe, mich an der Miete zu beteiligen, gibt sie widerwillig nach – aber nur mit dem Kompromiss, dass ich meinen Anteil halbiere und den Rest für meine Kinder auf ein Depot spare. Mit dreiundzwanzig Jahren habe ich es endlich geschafft, Collegefonds für Claire und Sophie einzurichten. Es mag ein kleiner Schritt sein, aber für mich fühlt es sich an wie ein großer Meilenstein. Zum ersten Mal habe ich das Gefühl, dass ich meinen Kindern eine Zukunft bieten kann. Das Leben meint es gut mit uns und dafür werde ich Rachel für immer dankbar sein.

Hin und wieder erlaube ich mir einen heimlichen Gedanken an Vince. An unseren Kuss in seiner Küche. An seinen überraschten Gesichtsausdruck, als er mich zum ersten Mal nach fünf Jahren in seinem Arbeitszimmer sah. Und an den Moment, als er mich im Diner zur Rede stellte, nachdem er Claire und Sophie gesehen und begriffen hatte, dass er ihr Vater ist.

Seit dem Abend im Diner habe ich nichts mehr von Vince gehört. Auch um Josefine Hall ist es überraschend ruhig geworden. Nachdem Rachel die Details zu meiner Kündigung bei ihrem Agenten geleakt hat, ist die Presse über sie hergefallen wie ein Rudel verhungernder Löwen. Die Klatschblätter haben sie regelrecht durch den Fleischwolf gedreht. Gerüchte besagen, dass sie sogar einen großen Filmdeal verloren hat. Offenbar haben immer mehr Menschen, die für sie gearbeitet haben, den Mut gefunden, sich an die Öffentlichkeit zu wenden und von ihren Erfahrungen zu berichten. Seitdem gibt es nur noch negative Schlagzeilen für Miss Hall. Das sollte mich eigentlich freuen. Sie hat mich gedemütigt, mein Leben auf den Kopf gestellt und mich in eine tiefe Krise gestürzt. In Wahrheit empfinde ich jedoch nichts weiter als Mitleid für sie. Vielleicht, weil ich weiß, wie es sich anfühlt, von allen verlassen zu werden. Die Welt hat über sie geurteilt und jetzt muss sie mit den Konsequenzen leben. Aber sie ist nicht die Einzige, die gelitten hat. Und trotzdem ist Vince derjenige, der in meinen Gedanken hängen bleibt. Sein Schweigen ist lauter als jede Schlagzeile über Josefine Hall.

Manchmal wünsche ich mir, der Tag wäre anders verlaufen. Ich stelle mir vor, dass ich nicht zur Arbeit ins Diner gegangen wäre und bei Grannys Herzanfall in der Nähe gewesen wäre. Dass Vince nie von Claire und Sophie erfahren hätte. Vielleicht würde die Enttäuschung darüber, dass er uns jetzt meidet und so tut, als wäre all das nie passiert, dann nicht so wehtun. Doch diese Gedanken führen nirgendwohin. Sie werfen immer dieselbe Frage auf: *Was wäre, wenn?*

Den Mut, ihn selbst aufzusuchen und zur Rede zu stellen, habe ich nicht. Zu groß ist die Angst, auf seine Ex-Freundin zu treffen – oder sie gar gemeinsam zu sehen. Das würde mein Herz nicht verkraften. Zu oft wurde es bereits gebrochen. Einen weiteren Riss kann ich nicht mehr ertragen.

Kapitel Dreißig
VINCE

Idiot. *Ich bin so ein verdammter Idiot.* Dieses Wort hämmert in meinem Kopf, während ich ziellos durch die Stadt fahre. Wie um alles in der Welt konnte ich nur so dumm sein und Holly im Diner stehen lassen? Wie konnte ich sie einfach ignorieren – eine ganze verdammte Woche lang?

Nachdem ich sie zur Rede gestellt habe, bin ich wütend abgerauscht. Wieder einmal habe ich ihr das Gefühl gegeben, nicht für sie da zu sein. Dabei habe ich mich selbst nur belogen, habe mich wie ein Irrer auf mein Downtown-Projekt gestürzt und mich mit Arbeit überhäuft, um sie aus meinen Gedanken zu verdrängen, doch es hat nichts genützt.

Eine Woche später ist der Deal mit Towers unter Dach und Fach. Der Vertrag ist unterschrieben, alles bereit, um in wenigen Monaten loszulegen. Ich sollte zufrieden sein, aber ich bin es nicht. Kaum hat Towers den Stift weggelegt, bin ich sofort zu Hollys Wohnung gestürmt, doch als ich ankomme, steht die Tür sperrangelweit offen. Der Geruch von Farbe schlägt mir entgegen. Überall sind Handwerker, die die Wände neu streichen und Eimer durch den Raum schleppen.

„Was ist mit der Mieterin passiert?", frage ich den nächstbesten Mann, der nur mit den Schultern zuckt.

„Keine Ahnung, die ist wohl ausgezogen."

Mein Herz rast, während ich in den Flur hinaustrete und bei einem der Nachbarn klingle. Ein Kerl in den Dreißigern mit gelangweiltem Blick öffnet mir.

„Was wollen Sie?"

„Die Frau mit den zwei kleinen Mädchen. Wissen Sie, wohin sie gezogen ist?"

Er mustert mich misstrauisch, bevor er achselzuckend antwortet: „Die sind nach dem Tod der alten Nachbarin von nebenan weggezogen. Hat wohl niemanden mehr gehabt, der auf die Kinder aufpasst."

Die Worte treffen mich wie ein Schlag. Die ältere Nachbarin ...

Sofort erinnere ich mich an die Frau, die mich damals so durchdringend angesehen hat, als ich unangekündigt an Hollys Wohnungstür aufgetaucht bin. Mein Magen zieht sich zusammen, während ein furchtbarer Gedanke in mir aufkeimt. Schuldgefühle überfluten mich, brennen in meiner Brust wie Feuer. Wenn ich nicht einfach hereingeplatzt wäre, wenn ich Holly nicht überrumpelt hätte ... hätte die Frau vielleicht überlebt?

Ich trete einen Schritt zurück, spüre, wie meine Knie weich werden. Die ganze Woche über habe ich Holly ignoriert, als könnte ich sie und die zwei Mädchen, die mir so ähnlich sehen, aus meinem Kopf verbannen. Und jetzt sind sie einfach verschwunden. Nur weil ich überfordert war mit der Erkenntnis, wie verheerend unser Quickie in der Herrentoilette war. Überfordert und feige. Und dank dieser Feigheit werde ich sie vielleicht nie wiederfinden.

Den Gedanken abschüttelnd eile ich zurück zum Wagen, in dem mein Fahrer auf mich wartet.

„Fahr mich ins Büro", weise ich ihn an und zücke mein Smartphone. „Tomas, ich brauche alles, was du über Holly Parker herausfinden kannst. Angefangen mit ihrer neuen Adresse."

„Geht klar, Boss", bestätigt mein Assistent am anderen Ende der Leitung. „Kann ich sonst noch etwas für Sie tun?"

„Das wäre erst mal alles." Seufzend beende ich das Gespräch und schließe für einen Moment die Augen.

„Harvey, Planänderung. Fahren Sie mich bitte zu meiner Mutter." Es kommt nicht oft vor, dass ich mir ihren Rat einhole. Meist beziehen sich meine Entscheidungen auf geschäftliche Angelegenheiten und darin bin ich gut. Doch dieses ganze Schlamassel bedarf mehr, als nur einer rationalen Lagebeurteilung. Und dafür ist meine Mutter genau die Richtige.

„Vincent, Darling, was verschafft mir die Ehre?", begrüßt mich meine Mutter überschwänglich und schließt mich in eine Umarmung, die für sie ungewöhnlich herzlich ausfällt. Vermutlich versucht sie, mich nach der Sache mit Josefine aufzuheitern, denn normalerweise ist sie weitaus reservierter.

„Ich brauche deinen Rat, Mutter."

Mit einer eleganten Handbewegung bedeutet sie mir, in ihrem Salon Platz zu nehmen. Der Sessel, auf dem ich mich niederlasse, gehörte einst meinem Vater. Seit seinem Tod sitze ich bei meinen seltenen Besuchen immer hier.

„Um was geht es?", fragt sie und lässt sich auf dem Sessel mir gegenüber sinken.

„Um eine Frau", setze ich an, spüre jedoch, wie mir die Worte im Hals stecken bleiben. Wo fange ich an? Wie erkläre ich ihr das Chaos, das ich angerichtet habe?

„Erinnerst du dich an die Spendengala vor fünf Jahren in Newport, zu der ich dich begleitet habe?"

„Natürlich. Was ist mit der Gala?"

„Erinnerst du dich auch an die Empfangsdame mit dem langen, blonden Pferdeschwanz?"

„Du meinst das junge Ding?"

Ich nicke bestätigend. „An dem Abend ... hatte ich eine kurze Begegnung mit ihr. Auf der Herrentoilette."

Meine Mutter zieht scharf die Luft ein. „Herrgott, Vincent!"

„Das ist nicht alles." Für einen Moment schließe ich die Augen, atme tief durch und suche nach den richtigen Worten. „Es war nur dieses eine Mal. Danach habe ich sie fünf Jahre lang nicht wiedergesehen – bis sie vor einigen Wochen bei mir als Reinigungskraft angefangen hat."

Meine Mutter legt die Stirn in Falten, was mir

verdeutlicht, wie sehr ihr diese ganze Situation missfällt. „Wo ist das Problem? Sicher erinnert sie sich nicht einmal mehr an dich."

„Sie erinnert sich", murmele ich. „Ich konnte sie all die Jahre ebenfalls nicht vergessen. Und sie mich offenbar auch nicht."

Ihre Augen weiten sich. „Hat sie dich etwa verklagt?"

„Gott, nein. Nichts dergleichen. Im Gegenteil. Sie hat etwas vor mir verheimlicht. Oder besser gesagt – jemanden."

Meine Mutter sitzt plötzlich kerzengerade, von ihrer anmutigen Körperhaltung ist nichts mehr zu erkennen. „Was soll das heißen?"

„Sie wurde damals schwanger. Von mir."

„Du hast ein Kind?", ruft sie ungläubig aus, ihre Stimme überschlägt sich fast.

„Ich habe zwei Kinder", korrigiere ich leise. „Mädchen. Zwillinge. Und all die Jahre hat Holly sie alleine großgezogen."

„Woher willst du wissen, dass es deine Kinder sind? Jemand, der mit einem wildfremden Mann in einer Herrentoilette verkehrt, ist sicherlich nicht vertrauenswürdig."

„Mutter, bitte. Rede nicht so von ihr. Holly ist eine anständige Frau und gibt alles für ihre Kinder. *Für unsere Kinder.*" Ich nehme einen tiefen, schweren Atemzug, um den Druck aus meinen Lungen zu lassen, der droht, mich zu zerreißen. „Sie sehen genauso aus wie ich, weißt du. Lockige, dunkle Haare und grüne Augen. Im ersten Moment war es erschreckend, die beiden zu sehen. Aber dann war es ein überwältigendes Gefühl." Ich schenke meiner Mutter einen aufrichtigen Blick, in der Hoffnung, sie versteht mich. Bei der Erinnerung an die beiden wird mir ganz warm ums Herz. Meine Töchter. Sie sehen so bezaubernd aus, so unschuldig, so wunderschön. „Wenn du sie siehst, wirst du es wissen."

Meine Mutter schüttelt kaum merklich den Kopf, ihre Augen verengen sich. „Nun, wo sind deine Kinder jetzt?", fragt sie etwas sanfter.

„Das ist das Problem. Ich habe mich ihr gegenüber wie ein kompletter Vollidiot verhalten. Jetzt ist sie weg und ich habe keine Ahnung, wo sie oder die Mädchen in diesem Moment stecken." Am liebsten würde ich mir sämtliche Haare ausreißen, nur um mich für meine eigene Dummheit bluten zu lassen.

„Was hast du angestellt?" Ihre Stimme ist leiser, doch der Vorwurf darin ist unmissverständlich.

Schwer seufzend reibe ich mir die Schläfen. „Josefine hat sie bedroht und sie dann feuern lassen, während ich nicht zu Hause war. Das war noch, bevor ich herausgefunden habe, dass Josefine gar nicht schwanger gewesen ist. Als ich die Wahrheit erfahren habe, bin ich zu Holly gefahren, doch sie war bereits bei ihrem Zweitjob zur Nachtschicht. Eine Nachbarin hat die Tür geöffnet und dann kamen die Mädchen dazu. Da wusste ich es. Sie sind meine Kinder und Holly hat es mir nicht erzählt." Ich spüre, wie Reue und Bedauern meinen Körper überfluten, vermischt mit der Schuld, die seit Tagen an mir nagt. „Also bin ich ins Diner gestürmt und habe sie zur Rede gestellt. Ich war so verdammt durcheinander und verletzt, dass ich Dinge gesagt habe, die ich zutiefst bereue. Aber am schlimmsten ist die Tatsache, dass ich davongelaufen bin. Ich habe mich nicht mehr bei ihr gemeldet."

Meine Mutter runzelt erneut die Stirn, doch ihre Stimme wird sanfter. „Und jetzt?"

„Jetzt ist sie weg. Ich habe ihre Nachbarn gefragt, aber niemand weiß, wohin sie gezogen ist. Ich habe alles falsch gemacht, Mutter. Sie hat mir gleich am ersten Arbeitstag gesagt, dass sie den Job dringend braucht. Ich dachte, es ginge um einen teuren Lifestyle oder eine luxuriöse Wohnung. Aber die ganze Zeit hat sie für ihre Kinder alles gegeben und ich habe sie so erbärmlich behandelt." Ich schließe die Augen und atme tief durch, aber das schlechte Gewissen, das in meinem Brustkorb wütet, lässt nicht nach. „Ich muss sie finden. Ich muss es wiedergutmachen. Für Holly. Für meine Kinder."
Für uns.

Ein langer Moment vergeht, bevor meine Mutter leise sagt: „Dann such sie, Vincent. Zeig ihr, dass du es ernst meinst."

Ihre Worte treffen mich tief, wie ein Funke, der den Nebel in meinem Kopf lichtet. Vielleicht gibt es doch noch Hoffnung und ich kann das wieder in Ordnung bringen. Dennoch sitze ich schweigend da und starre auf den makellosen Perserteppich, auf dem meine Schuhe so deplatziert wirken wie ein Fleck auf poliertem Marmor. Still verweilen wir einen Moment, ehe meine Mutter sich tief seufzend die Schläfe massiert und mich eindringlich ansieht.

„Oh, mein Junge, das hast du wirklich vermasselt. Gibt es denn keine Möglichkeit, sie aufzuspüren?"

„Ich habe Tomas darauf angesetzt, aber ich habe

keinen blassen Schimmer, wo ich mit der Suche anfangen soll. Sie könnte inzwischen überall sein. Ich weiß ja nicht einmal, wie meine Töchter heißen."

Die Erkenntnis bohrt sich wie ein Messer in meine Brust. Vor all der Wut und Enttäuschung über Hollys Lüge habe ich nicht einmal gefragt, wie sie die Mädchen genannt hat oder wann sie geboren sind. Ich weiß absolut gar nichts über meine eigenen Kinder.

Mutter sieht mich schweigend an, ihr Ausdruck ist schwer zu deuten. Wortlos steht sie auf und verschwindet in der Küche. Als sie zurückkommt, hält sie mir eine kleine, weiße Karte entgegen.

„Das ist die Nummer eines Privatdetektivs", erklärt sie knapp. „Ruf ihn an. Er kann dir sicherlich helfen."

Verdutzt nehme ich die Visitenkarte. *Victor Stein*. Der Name klingt nach einem dieser Klischee-Detektive aus alten Filmen.

„Wieso hast du die Kontaktdaten eines Privatermittlers?", frage ich, während ich die Karte skeptisch betrachte.

„Das lass mal meine Sorge sein", erwidert sie und sieht mir mit einer Entschlossenheit in die Augen, die ich schon lange nicht mehr von ihr gesehen habe. „Und jetzt finde meine Enkelkinder. Ich will sie um jeden Preis kennenlernen."

Ihre Worte hallen in mir nach, während ich die Karte in meine Jeanstasche schiebe und mich von Mutter verabschiede. Auf dem Weg hinaus bin ich fest entschlossen, alles in meiner Macht Stehende zu unternehmen, um Holly wiederzufinden.

Zwei weitere Tage vergehen, in denen ich vergeblich auf eine Nachricht von Victor warte. Auch Tomas konnte nichts zu Hollys Aufenthaltsort ausfindig machen. Die Zeit zieht sich quälend in die Länge, während ich verzweifelt versuche, auch auf eigene Faust irgendetwas Konkretes zu finden. Daher rufe ich bei der Reinigungsagentur an und erkläre der Inhaberin, was genau vorgefallen ist – von Josefine bis zu meinen Töchtern. Sarah hört mir stillschweigend zu, im Hintergrund höre ich ein rhythmisches Klackern von einem Kugelschreiber. Als ich meinen Monolog beendet habe, schnaubt sie lediglich und gibt mir dann Hollys Telefonnummer. Natürlich erreiche ich niemanden.

Enttäuscht rufe ich den Privatermittler an.

„Victor, wie sieht es aus?"

„Mister Thorne, gerade wollte ich Sie anrufen. Leider konnte ich nichts Aktuelles über eine Holly Parker finden. Ich habe nur die alte Adresse, die Sie mir bereits gegeben haben. Laut Unterlagen hat sie vor viereinhalb Jahren im Community Hospital Zwillinge zur Welt gebracht. Allerdings sind in den Dokumenten keine Namen für die Kinder hinterlegt – vermutlich hatte sie zum Zeitpunkt der Entlassung noch keine eingetragen." Seine Stimme bleibt ruhig und neutral, als wäre das alles für ihn nur Routine. „Sie hat keinen Telefonvertrag und keinen Führerschein. Nach ihrem Auszug hat sie sich nirgends offiziell gemeldet. Ihr alter Arbeitgeber, die Reinigungsagentur, hat keine weiteren Informationen über sie. Und im Diner, in dem sie gearbeitet hat, hat sie vor einigen Tagen gekündigt. Angeblich, weil sie niemanden für die Kinderbetreuung hat. Leider kann ich Ihnen nichts liefern, womit Sie sie ausfindig machen können."

„Fuck! Das darf doch nicht wahr sein", brülle ich und lege ohne ein weiteres Wort auf.

Sie ist untergetaucht. Einfach verschwunden. Verzweifelt fahre ich mir durch die Haare und spüre, wie mir die Kontrolle entgleitet. Ich muss einen Weg finden, um sie ausfindig zu machen. Es muss einen Weg geben.

Ein Klopfen an der Tür reißt mich aus meinen Gedanken. Tomas tritt ein, seine Miene besorgt. „Leider habe ich auch nichts über Miss Parker herausfinden können", gibt er zu.

„Genau wie dieser beschissene Privatdetektiv", schnaube ich. „Bitte entschuldige."

Tomas hebt eine Augenbraue, sein Blick wird nachdenklich. Dann erscheint ein Grinsen auf seinen Lippen, das ich bei ihm noch nie zuvor gesehen habe.

„Wie wäre es mit etwas Unkonventionellem?", schlägt er vor.

Ich starre ihn an, während meine Geduld am seidenen Faden hängt. „Ich bin verzweifelt genug, um alles auszuprobieren." Jede weitere Minute, in der ich in Ungewissheit lebe, ist pure Folter.

Kapitel Einunddreißig

HOLLY

"Bereit für den Feierabend?", fragt Rachel mit einem breiten Grinsen.

"Aber sowas von bereit", lache ich, packe meine Tasche und klappe das Notebook zu. In nicht einmal zwei Wochen habe ich den Dreh im Büro raus. Anrufe entgegennehmen, Termine vereinbaren, E-Mails weiterleiten – all das gehört jetzt zu meinen täglichen Aufgaben. Kein Vergleich zu meinen vorherigen Jobs, bei denen es darauf ankam, wie schnell ich den Boden wische oder Kaffee serviere. Hier ist alles anders. Geordneter. Professioneller. Die Kunden, die anrufen, sind meist freundlich und mein Chef ist unglaublich zuvorkommend und geduldig. Es ist der beste Job, den ich je hatte – und ich liebe es, hier zu arbeiten.

Noch besser sind die flexiblen Arbeitszeiten. Sie erlauben mir, Claire und Sophie pünktlich von der Vorschule abzuholen. Hin und wieder übernimmt Rachel das für mich. Sie und meine Mädchen sind mittlerweile ein eingespieltes Team. In so kurzer Zeit hat sie meine Kinder in ihr Herz geschlossen, genau wie Claire und Sophie sie. Die drei zusammen zu sehen, ist das schönste Gefühl überhaupt. Ich war nie glücklicher. Auch wenn die Trauer um Granny noch allgegenwärtig ist. Dass sie so plötzlich aus unserem Leben gerissen wurde, ist nach wie vor schwer zu ertragen, doch es muss weitergehen.

Ich muss weitermachen. Für meine Kinder.

„Was hältst du davon, wenn wir die Mädels abholen und dann zusammen essen gehen?" Rachel reißt mich aus meinen Gedanken. „Es gibt ein fantastisches Restaurant direkt am Times Square. Ich lade euch ein."

„Gibt es etwas zu feiern?", frage ich und ziehe eine Augenbraue hoch.

„Ach, nichts Wildes", erwähnt sie gespielt beiläufig, doch das Funkeln in ihren Augen verrät sie. „Nur, dass ich heute für ein Shooting für die *Vogue* gebucht worden bin."

„Oh mein Gott, Rachel! Das ist großartig!", rufe ich begeistert und ziehe sie in eine feste Umarmung.

„Ich weiß. Ist das zu fassen?" Sie strahlt über das ganze Gesicht.

„Das müssen wir unbedingt feiern."

„Das dachte ich mir auch."

Gemeinsam mit Sophie und Claire machen wir uns in einem Taxi auf den Weg zum Times Square. Obwohl ich bereits seit fünf Jahren in dieser Stadt lebe, war ich bisher nur zweimal hier. Nicht nur meine Kinder machen große Augen, als wir aus dem Auto aussteigen und von einem bunten Meer aus Leuchtreklamen empfangen werden.

„Wow, Mommy, schau mal", ruft Sophie und zeigt mit leuchtenden Augen auf eine Reklametafel, über die die Eiskönigin tanzt.

„Das ist so cool!", fügt Claire begeistert hinzu.

Rachel führt uns durch die Menge und deutet auf ein Gebäude in der Nähe. „Na los, da vorne ist das Restaurant. Hier geht's ..." Doch mitten im Satz verstummt sie und bleibt abrupt stehen.

„Was ist denn?", frage ich und folge ihrem Blick. Ihr ausgestreckter Finger zeigt auf eine riesige Leuchtreklame links von uns. Die Worte darauf lassen mir den Atem stocken: *Wo ist Holly Parker?*

Darunter steht ein kurzer Text: Bitte helft mir, sie zu finden. Holly, wenn du das siehst, bitte melde dich bei mir. #woisthollyparker

„Ach du scheiße", murmelt Rachel, bevor sie sich schnell räuspert. „Sorry, Mädels."

„Das darf doch nicht wahr sein", murmele ich kaum hörbar, doch Rachel hört es.

„Das ist Vince. Er sucht dich."

„Quatsch", winke ich ab und versuche, die Bedeutung der Worte zu verdrängen. „Das könnte jeder sein. Es gibt sicher ein Dutzend Frauen mit dem gleichen Namen wie ich." Doch ein nervöses Kribbeln hat sich längst in meinem Magen festgesetzt und ich kann den Gedanken nicht abschütteln. Rachel sieht mich mit hochgezogener Augenbraue an.

„Das glaubst du doch wohl selbst nicht. Das bist du, Holly. Ganz sicher."

„Warum sollte er das tun? Er ist abgehauen und hat sich nicht mehr bei mir gemeldet."

„Mommy, wer ist Vince?", fragt Claire unschuldig und sieht mich mit ihren großen grünen Augen an.

Rachel versteht meinen warnenden Blick sofort und setzt ein breites Lächeln auf. „Niemand, Süße. Ich hab mich geirrt." Sie greift nach Claires Hand und fügt in einem aufmunternden Ton hinzu: „Kommt, wir müssen weiter, sonst vergeben sie noch unseren Tisch!"

Dankend nicke ich ihr zu. Obwohl wir uns allmählich von der Reklametafel entfernen, kreisen meine Gedanken noch immer über den Aufruf. *Wo ist Holly Parker?*

Als wir uns dem Restaurant nähern, bleibe ich abrupt vor einem Zeitungsständer stehen. Mein Herz setzt einen Schlag aus.

„Vermisst: Wo ist Holly Parker?"

In riesigen Lettern prangt die Schlagzeile auf mehreren Titelseiten. Direkt darunter sein Foto. Vincent Thorne. Der Mann, den ich seit Wochen aus meinen Gedanken zu verbannen versuche. Und er ist auf der Suche nach mir. Mein Atem geht flacher, während ich die Worte daneben lese: „Bitte helft mir, sie zu finden. Holly, wenn du das siehst, bitte melde dich bei mir."

Rachel bemerkt mein Zögern und legt mir eine Hand auf die Schulter. „Holly ... ich denke, er meint es ernst."

Doch ich bin wie erstarrt, unfähig, meinen Blick von der Zeitung zu lösen. „Wo ist Holly Parker?", wiederhole ich leise die Überschrift der New York Times.

„Sieh dir das an!", ruft Rachel aus und deutet auf weitere Zeitschriften, die alle dieselbe Frage stellen. *Wo ist Holly Parker?*

Meine Freundin zückt blitzschnell ihr Smartphone und scannt den QR-Code, der neben Vince' Foto abgebildet ist. Ich stehe wie gelähmt daneben – Sophie an der einen, Claire an der anderen Hand – und sehe auf das Display. Ein Video öffnet sich und Vince' Gesicht erscheint. Er sieht müde aus, rastlos, doch er zwingt sich zu einem Lächeln.

„Wo bist du, Holly Parker?" Seine Stimme ist rau, fast brüchig. „Ich habe überall nach dir gesucht, doch du scheinst wie vom Erdboden verschluckt zu sein. Wenn du das hier siehst, bitte melde dich bei mir. Lass mich dir alles erklären. Bitte." Ein letztes, gequältes Lächeln, dann endet das Video.

Rachel saugt scharf die Luft ein. Meine Kinder zerren ungeduldig an meinen Armen, doch ich kann mich nicht rühren. Ich kann nicht atmen.

„Holly", flüstert Rachel, ihre Stimme dringt kaum zu mir durch. „Er sucht dich."

Benommen schüttle ich den Kopf. „Ich ... ich weiß nicht, was ich tun soll."

„Du musst zu ihm, Holly. Klär das mit ihm. Er hat Gott und die Welt in Bewegung gesetzt, um dich zu finden. Sieh ihn dir an – er ist verzweifelt."

Mein Herz hämmert gegen meine Rippen, sodass ich das Gefühl habe, zu ersticken. Vincent Thorne sucht mich. Öffentlich.

„Du weißt, wo er wohnt", sagt Rachel sanft. „Geh zu ihm. In der Zeit gehen wir drei essen."

„Mommy, ist Vince der Mann, der bei uns war?" Claire sieht mich mit großen, erwartungsvollen Augen an.

Es wird Zeit, dass ich ehrlich zu meinen Kindern bin. Langsam knie ich mich vor die beiden und schenke ihnen ein Lächeln.

„Ja, mein Schatz. Du hast recht, das ist Vince. Ich habe für ihn gearbeitet, aber ich kenne ihn schon länger. Und sobald ich alles mit ihm besprochen habe, dürft auch ihr ihn kennenlernen, okay?"

„Aber warum?", will Sophie wissen.

Mein Herz zieht sich zusammen. Ich möchte ihnen die Wahrheit sagen, doch nicht jetzt. Nicht mitten auf dem Times Square und nicht bevor ich alles mit Vince geklärt habe.

„Das erkläre ich euch, wenn es soweit ist. Jetzt muss ich los. Geht mit Rachel und macht euch einen schönen Abend. Wir sehen uns nachher zu Hause." Tränen brennen hinter meinen Lidern, als ich die erstaunten Gesichter meiner Töchter sehe.

„Na los, ihr zwei, lasst uns gehen. Viel Glück, Holly", sagt Rachel sanft, haucht mir einen Kuss auf die Wange, schnappt sich die Mädels und zieht sie mit sich in Richtung des Restaurants.

Ich atme tief durch, zwinge meine zitternden Glieder zur Ruhe und rufe mir mit einer Handbewegung ein

Taxi. Das hier könnte das wichtigste Gespräch meines Lebens werden.

Es ist kurz vor acht, als die Wohnungstür sich öffnet und Rachel mit meinen Kindern lachend das Apartment betritt.

„Mommy!", ruft Sophie aus und stürmt auf mich zu. „Du hast die beste Pizza der Stadt verpasst! Die war sooo lecker."

Auch Claire strahlt bis über beide Ohren, an ihrem Mundwinkel klebt noch Tomatensoße. Nur Rachel bleibt stehen und mustert mich verwundert.

„Warum bist du schon zurück?"

Beschämt senke ich den Kopf und weiche ihrem durchdringenden Blick aus.

„Ich war nicht dort", gebe ich leise zu.

Rachel zieht die Augenbrauen zusammen.

„Sophie, Claire, geht euch bitte schon mal umziehen. Und vergesst nicht, eure Zähne zu putzen", sage ich sanft. Grinsend laufen die beiden in ihr Zimmer. Rachel setzt sich neben mich auf die Couch.

„Was ist passiert, Holly? Du warst doch fest entschlossen."

Ich schüttle den Kopf, ein bitteres Lächeln auf den Lippen. „Das war ich auch. Aber dann hielt das Taxi vor seiner Tür und ich sah das große Gebäude vor mir. Und da ... konnte ich nicht." Mein Hals schnürt sich zu, während ich die Erinnerungen durchlebe. „Ich konnte nicht aussteigen, nicht zum Fahrstuhl gehen, nicht an seiner Tür klingeln." Meine Stimme bricht und ich vergrabe mein Gesicht in den Händen. Rachel legt einen Arm um mich und zieht mich sanft an sich.

„Hey, schhh ... beruhige dich. Du hast kalte Füße bekommen, Holly. Das ist doch kein Wunder, nach allem, was passiert ist. Eine ganz normale Reaktion. Aber du darfst die Angst nicht gewinnen lassen."

„Ich weiß aber nicht wie", gestehe ich. „Immer wenn ich an ihn denke, dann denke ich auch an den Schmerz, den er mir zufügen kann. Den er auch meinen Kindern zufügen kann." Ich senke die Stimme, damit Sophie und Claire es nicht hören.

Rachel seufzt und sieht mich eindringlich an. „Liebe birgt immer ein gewisses Risiko. Aber du wirst nie erfahren, was hätte sein können, wenn du dich nicht bei ihm meldest."

Mit zitternden Fingern wische ich mir die Tränen aus den Augenwinkeln und schüttle den Kopf. „Hier geht es aber nicht nur um mich, Rachel. Es steht einfach so viel auf dem Spiel. Was ist, wenn das mit uns beiden nichts wird? Was sage ich dann Sophie und Claire?"

„Na, was wohl? Die Wahrheit. Hör mal, Holly. Du hast da zwei ganz fantastische Mädchen, die dich über alles lieben. Aber findest du nicht auch, dass sie es verdient hätten zu erfahren, wer ihr Vater ist? Vielleicht sogar die Chance auf euch beide als Familie?"

Ihre Worte treffen mich mitten ins Herz. Mein Atem stockt, meine Kehle schnürt sich zu. Ich will ihr widersprechen, ihr sagen, dass ich es all die Jahre allein geschafft habe. Aber die Wahrheit ist ... Sie hat recht. Ich habe noch nie so viel Angst empfunden wie in diesem Moment. Die Angst davor, das Risiko einzugehen und enttäuscht zu werden, ist genauso groß wie die Angst davor, es nicht zu wagen. Aber wie kann mein verletztes Herz vom Gegenteil überzeugen?

Kapitel Zweiunddreißig

VINCE

„Die Idee, sich an die Öffentlichkeit zu wenden, war ein kluger Schachzug, Sir. Sie wird sich ganz sicher bald bei Ihnen melden", versucht Tomas mich zu beruhigen.

„Danke. Ich schätze, das wird die Zeit zeigen. Machen Sie für heute Feierabend. Wir sehen uns morgen früh im Büro", verabschiede ich mich von meinem Assistenten und beende das Telefonat.

Tomas meint es nur gut, das weiß ich. Aber seine Worte schaffen es nicht, mich runterzubringen. Wie ein hungriger Tiger im Käfig streife ich rastlos durch meine Wohnung, lausche auf jedes noch so leise Geräusch, in der Hoffnung, endlich die Türklingel zu hören. Doch nichts geschieht. Stattdessen legt sich die Stille der Nacht über meine Gedanken, drückt mich nieder wie eine bleierne Decke.

Kurz nach Mitternacht gebe ich auf und gehe ins Bett. Holly ist nicht gekommen. Die Erkenntnis sickert wie zäher Teer in mein Bewusstsein und färbt alles schwarz. Entweder hat sie meinen Aufruf nicht gesehen – oder sie hat sich bewusst dafür entschieden, ihn zu ignorieren. Beide Möglichkeiten fühlen sich gleichermaßen grausam an.

Seit der Veröffentlichung sind unzählige Anrufe in meinem Büro eingegangen – von Frauen, die behaupten, sie hätten Holly gesehen oder wüssten, wo sie lebt und arbeitet. Natürlich nur im Austausch gegen eine großzügige Belohnung. Manche behaupteten sogar, sie seien Holly, doch Tomas entlarvte sie alle.

Aasgeier. Gierige Opportunistinnen, die nichts anderes im Sinn haben, als sich ihre Taschen mit meinem Geld vollzustopfen.

Tomas hatte die klare Anweisung, niemandem auch nur einen Penny zu zahlen. Jemand, der Holly wirklich kennt, der weiß, wo sie lebt, würde kein Geld für diese Information verlangen.

Und jemand, der sie wirklich liebt ... hätte sie niemals gehen lassen.

Am nächsten Morgen werde ich – im wahrsten Sinne des Wortes – aus dem Bett geklingelt. Dummerweise liege ich so nah am Rand, dass ich vor Schreck die Balance verliere und mit einem dumpfen Aufprall auf dem Boden lande. Fluchend rapple ich mich auf, streife mir hastig eine Jogginghose über und sprinte zur Tür. Mein Herz hämmert gegen meine Brust, Adrenalin schießt durch meine Adern.

Holly. Bitte lass es Holly sein.

Ich reiße die Tür auf und mein erwartungsvolles Lächeln bricht in sich zusammen. Vor mir steht eine junge, wunderschöne Frau. Aber nicht die, auf die ich gehofft habe.

„Sind Sie Vince?", fragt die Fremde mit ruhiger Stimme.

Mein Blick verengt sich. „Kommt drauf an, wer das wissen will", brumme ich unzufrieden, während ich versucht bin, ihr die Tür vor der Nase zuzuschlagen.

„Ich bin Rachel Simmons", erwidert sie und streckt mir die Hand entgegen.

Zögernd ergreife ich sie. „Vincent Thorne. Sind Sie von der Presse? Falls ja, können Sie gleich wieder gehen." Mein Tonfall ist alles andere als freundlich, aber ich bin nicht in der Stimmung für Höflichkeiten.

„Nichts dergleichen." Sie schüttelt den Kopf. „Ich bin Hollys Freundin."

Sofort bin ich hellwach. „Ihre Freundin? Wissen Sie, wo sie ist? Wo sie wohnt?"

„Sie wohnt bei mir und ist gerade auf der Arbeit."

„Wo? Ich möchte zu ihr."

„Nicht so schnell." Sie hebt eine Hand, bremst mich mit einem durchdringenden Blick aus. „Zuerst müssen wir beide uns unterhalten."

Überrascht von ihrer Direktheit, ziehe ich eine Augenbraue hoch. „Dann kommen Sie mal rein."

Sie tritt ein, sieht sich in meiner Wohnung um, lässt den Blick prüfend über die edlen Möbel und den großzügigen Wohnbereich schweifen. Dann richtet sie ihre Augen wieder auf mich. „Nettes Apartment. Kaum zu glauben, dass Holly hier geputzt hat."

„Ich bin froh, dass sie es getan hat." Mein Blick trifft ihren. „Sonst hätte ich sie nie wieder gesehen."

Rachel sieht mich misstrauisch an. „Warum sind Sie damals von der Veranstaltung verschwunden? Warum haben Sie nicht schon früher nach ihr gesucht?" Ihre Arme sind fest vor der Brust verschränkt, ihre Haltung konfrontativ.

Ich seufze schwer. „Weil ich ein Idiot war. Und weil es meiner Mutter an dem Abend nicht gut ging. Sie befand sich mitten in einer Chemotherapie. Plötzlich wurde ihr übel und ich musste sie nach Hause bringen."

„Wissen Sie, was nach diesem Abend mit Holly passiert ist?"

„Sie meinen die Schwangerschaft?"

Wieder nickt sie.

„Nein. Ich habe es erst vor wenigen Wochen erfahren."

Ihre Lippen werden zu einer dünnen Linie. „Wissen Sie, von wem die Kinder sind?"

„Es sind meine Kinder." Diese Worte laut auszusprechen, löst in mir einen Knoten, von dem ich nicht wusste, dass er existiert. *Ich bin der Vater.* Zum ersten Mal dringt diese Wahrheit vollständig in mein Bewusstsein – nicht nur als bloße Information, sondern als unumstößliche Gewissheit. Und mit ihr kommt ein Gefühl, das sich nicht in Worte fassen lässt. Es breitet sich in meiner Brust aus, warm und tief, als hätte sich endlich ein lange fehlendes Puzzlestück eingefügt. Es ist mehr als bloßer Stolz oder Überraschung. Es ist eine Zufriedenheit, die mich von innen heraus erfüllt, ein stilles, kraftvolles Glücksgefühl, das mich atmen lässt, als hätte ich jahrelang die Luft angehalten.

Rachel presst die Lippen aufeinander. Einen Moment lang sagt sie nichts, als würde sie mich auf Glaubwürdigkeit prüfen. „Und was werden Sie diesbezüglich unternehmen?"

Ihre Worte lassen mich innehalten. Das hier ist ein verdammtes Verhör.

„Was soll das, Rachel?"

„Ich will wissen, was Sie unternehmen werden, wenn ich Ihnen sage, wo Holly ist." Sie macht einen Schritt auf mich zu, ihr Blick hart, herausfordernd. „Werden Sie ihr die Kinder wegnehmen?"

Verdammte Scheiße. Darum geht es hier also.

„Himmel, natürlich nicht! Daran habe ich nicht einen Moment lang gedacht. Ist das der Grund, warum Holly sich von mir fernhält?"

Rachel atmet tief durch. „Sie hält sich nicht von Ihnen fern. Sie hat Angst."

„Angst? Wovor? Ich würde ihr nie etwas antun."

„Wissen Sie, Vince, Holly wurde in ihrem Leben schon unzählige Male enttäuscht. Unter anderem auch von mir. Sie hat ein großes Herz, aber es wurde viel zu oft gebrochen."

Bei ihren Worten zieht sich mein Magen schmerzhaft zusammen.

„Sie ist gerade auf dem Weg der Besserung", fährt Rachel fort. „Aber Ihr Aufruf in den sozialen Medien hat alles wieder aufgewühlt. Also versprechen Sie mir eins:

Respektieren Sie sie. Nehmen Sie ihre Ängste und Sorgen ernst. Und drohen Sie ihr niemals, ihr die Kinder wegzunehmen."

Ich atme tief ein. Das würde ich nie tun, doch Rachel weiß das nicht, genauso wenig wie Holly. Daher zwinge ich mich zur Ruhe. „Ich will ihr nichts und niemanden wegnehmen. Ich will Teil ihres Lebens sein. Ich will, dass sie mir eine Chance gibt, damit ich ihr alles erklären kann. Ich will alles wieder in Ordnung bringen. Und ich will endlich meine Kinder kennenlernen."

Rachel sieht mich lange an, dann legt sich ein spitzbübisches Lächeln auf ihre Lippen. „Das ist genau die Antwort, auf die ich gehofft habe."

Kapitel Dreiunddreißig
HOLLY

Der Tag im Büro vergeht wie im Fluge. Dank der Arbeit bleibt mir kaum Zeit, über gestern Abend nachzudenken. Darüber, was Vince alles auf sich genommen hat, um mich zu finden. Und wie feige ich war. Heute könnte ich mich selbst ohrfeigen, dass ich nicht den Mut aufgebracht habe, bei ihm zu klingeln. Wie schlimm wäre es gewesen? Doch allein der Gedanke, nicht zu wissen, was genau er von mir will, ließ mich umdrehen und flüchten. Vielleicht sucht er mich nur wegen Sophie und Claire. Die bloße Vorstellung daran, dass er meine Kinder zu sich nehmen und sie dort auf Josefine Hall treffen können, sorgt dafür, dass sich mein Magen auf unangenehme Art und Weise zusammenzieht. Diese Frau ist das pure Böse. Ich kann mir keinen schlechteren Umgang für meine Kinder vorstellen.

Ich weiß, dass meine Mädchen sich tief im Inneren einen Vater wünschen. Sie hatten nie eine Vaterfigur in ihrem Leben, doch ich sehe es. Ich sehe die verstohlenen, sehnsüchtigen Blicke, wenn wir im Central Park an glücklichen Familien vorbeigehen. Ich höre es in ihren Stimmen, wenn sie in der Vorschule von den „Elterntagen" erzählen, an denen alle Kinder ihre Väter mitbringen.

Granny war immer für uns da. Sie hat mir nie das Gefühl gegeben, dass etwas fehlt. Aber für meine Mädchen war es sicher nicht leicht. Ich wünsche es mir so sehr für sie, doch das Risiko ist einfach so verdammt hoch.

Mein Boss verabschiedet mich heute pünktlich mit einem Lob für meine gute Arbeit, sodass ich die Gelegenheit habe, nach Grannys Grab zu sehen. Noch immer steigen mir Tränen in die Augen, sobald ich an sie denke, die ich vor meinen Kindern jedoch zu verbergen versuche.

Es war nicht leicht, den Bestattungsplatz neben Grannys Familie zu bekommen, doch dank Rachels Hilfe und Einfluss hat die Friedhofsleitung eine Ausnahme gemacht. Grannys Urne wurde direkt in das Grab ihrer Tochter beigesetzt. Ich bin froh darüber, dass sie nicht allein ist.

Die Fahrt hierher kostet mich jedes Mal Überwindung und ich frage mich, ob das für immer so sein wird oder ob ich mich irgendwann an diesen düsteren und trostlosen Ort gewöhnen werde. Gedanken an meinen eigenen Tod erlaube ich mir hingegen nicht. Das darf ich meinen Kindern nicht antun, solange sie mich noch brauchen.

Unterwegs habe ich weiße Narzissen besorgt, die ich

nun vor dem Grabstein platziere. Ihre Blüten wirken wie kleine Lichtpunkte in dieser trostlosen Umgebung. Warum nur musste sie sterben? Diese Frage schwirrt mir seit ihrem Tod unentwegt im Kopf herum. Warum sie? Warum an diesem Abend? Warum bin ich nicht bei ihr geblieben? Ein Kloß bildet sich in meiner Kehle, als ich mit den Fingern sanft über die kalte Steinplatte fahre.

„Mein aufrichtiges Beileid, Holly."

Erschrocken zucke ich zusammen und stoße einen schrillen Schrei aus. „Himmel! Wie kannst du mich nur so erschrecken?", keuche ich, während ich mir die Hand auf die Brust presse, um mein hämmerndes Herz zu beruhigen.

„Das war nicht meine Absicht", rechtfertigt sich Vince mit erhobenen Händen.

„Wie um alles in der Welt hast du mich hier gefunden?"

„Rachel hat mir gesagt, du würdest hier sein", erklärt er. „Allerdings ist das kein passender Ort für die Unterhaltung, die ich mit dir führen möchte."

„Unterhaltung oder Streitgespräch?" Mein Tonfall ist kühl, meine Arme vor der Brust verschränkt. Ein Teil in mir schwillt vor Freude und Hoffnung an. Ein anderer, kleiner, aber nicht unwichtiger Teil, erinnert sich noch allzu gut an seinen Wutausbruch im Diner.

„Bitte, Holly, ich will nur mit dir reden. In Ruhe, ohne zu streiten", erwidert er mit versöhnlicher Stimme. Stumm seufzend lasse ich meine Deckung fallen und signalisiere ihm mit einer Handbewegung, vorzugehen. Während ich ihm folge, verabschiede ich mich in Gedanken von Granny.

Wir gehen schweigend nebeneinander her, bis wir ein kleines Café erreichen. Vince hält mir die Tür auf, doch ich zögere, bevor ich eintrete.

„Ich habe nicht viel Zeit, da ich die Mädchen von der Vorschule abholen muss."

„Ich glaube, dafür ist bereits gesorgt", erwidert er lächelnd.

„Wie meinst du das?"

„Rachel hat mich heute früh besucht. Sie wird sich um die beiden kümmern. Sie hat auch gesagt, dass sie weiß, wo du dich aufhältst, es mir aber nur verrät, wenn ich ihr vorher meine Absichten verrate."

„Und was sind deine Absichten?" Meine Stimme ist nur noch ein Flüstern, weil mir ein dicker Kloß im Hals steckt. Sein reumütiger Blick und die Art, wie er mich ansieht, lösen etwas in mir aus, das ich nicht benennen kann. Anstatt mir sofort zu antworten, legt Vince sanft eine Hand auf meinen unteren Rücken und führt mich wortlos zu einem Tisch in der abgelegensten Ecke des Cafés. Dort zieht er einen Stuhl für mich zurück. Steif lasse ich mich nieder, mein Körper angespannt, meine Gedanken ein einziges Durcheinander. Er setzt sich mir gegenüber, seine Hände ruhen auf der Tischplatte.

„Rachel hat mir auch verraten, dass du meinen Aufruf gestern gesehen hast, dich aber nicht getraut hast, zu mir zu kommen. Zuerst war ich enttäuscht, aber dann erklärte sie mir, warum." Er atmete einmal tief durch, als würde er den Moment nutzen, um seine Gedanken zu sortieren. „Ich weiß jetzt, dass du Angst hast und deshalb nicht gekommen bist. Und ich verstehe das. Aber sei dir gewiss, ich will dir niemanden wegnehmen. Aber zu wissen, dass ich Kinder habe, aber nicht an ihrem Leben teilhaben zu können, ist unerträglich. Gott, ich weiß noch nicht einmal, wie die beiden heißen."

Die letzten Worte klingen so verzweifelt, dass sich mein Magen schmerzhaft zusammenzieht.

„Claire und Sophie."

Verdutzt starrt Vince mich an, als würde er jeden einzelnen Buchstaben in sich aufnehmen. „Claire und Sophie", wiederholt er leise, mehr zu sich selbst. Ein sanftes Lächeln spielt um seine Lippen, während er den Namen nachklingen lässt. „Wunderschön."

„Danke", hauche ich, überwältigt von seiner Reaktion. „Was erwartest du jetzt von mir, Vince? Ich weiß nicht, wie du dir das alles vorgestellt hast, aber ich lasse meine Kinder auf keinen Fall in die Nähe deiner Verlobten", stelle ich klar und bei dem letzten Wort wird der Kloß in meinem Hals wieder größer.

„Meiner Verlobten? Du meinst Josefine? Sie ist alles, nur nicht meine Verlobte", gibt er genervt zu und fährt sich mit einer Hand durchs Haar. „Sie hat uns beiden ganz schön zugesetzt, was? An dem Wochenende, als wir gemeinsam Mittagessen waren, hat sie mir vor meiner Mutter und einem Geschäftspartner offenbart, dass sie schwanger sei. Danach ging alles den Bach runter. Dass sie dich bei der Agentur angeschwärzt hat und für deinen Rausschmiss gesorgt hat, tut mir unendlich leid. Aber diese Frau ist Geschichte."

„Sie ist schwanger von dir?", platzt es aus mir heraus.

„Gott, nein! Sie hat mich angelogen. Ich habe es an dem Tag erfahren, als sie dich aus meiner Wohnung gejagt hat. Dann bin ich mit deinen Sachen zu dir gefahren und habe Sophie und Claire getroffen. Da sind mir die Sicherungen durchgebrannt, weißt du?", rechtfertigt er sich, während seine Augen gehetzt in meine blicken. „Ich war so wütend darüber, dass mich alle in meinem Leben belogen haben, dass ich es an dir ausgelassen habe. Und als ich mich wieder gefasst hatte, bin ich zu dir gefahren, aber du warst nicht mehr da. Ich habe nach dir gesucht. Selbst ein Privatdetektiv konnte nichts über dich herausfinden. Du warst wie vom Erdboden verschluckt. Da blieb mir nur noch die Öffentlichkeit."

„Dass ich dir nichts von den Kindern erzählt habe, tut mir wirklich leid." Meine Stimme ist kaum mehr als ein Flüstern, während ich ihm in die Augen sehe. „Ich wusste einfach nicht, wie. Und du hast recht – ich habe Angst. Angst vor deiner Ablehnung. Angst davor, dass du in unser Leben kommst und dann mit einem Mal wieder verschwindest. Ich wüsste nicht, wie ich das den Mädchen hätte erklären sollen, dass sie zwar jetzt einen Vater haben, dieser aber nicht mehr da ist. Aber vor allem habe ich Angst davor, dass du mir meine Kinder wegnimmst."

Langsam streckt Vince seine Hand aus, die Handfläche nach oben, eine stumme Bitte. Mein Herz hämmert in meiner Brust, als ich zögerlich meine eigene hineinlege. Sofort schließen sich seine Finger darum, warm und fest, als wollte er mich nie wieder loslassen.

„Das würde mir nicht einmal im Traum einfallen. Holly, als ich dich in meiner Wohnung gesehen habe, war es um mich geschehen. Ich wusste schon damals, dass es ein Fehler war, wegzulaufen. Diesen Fehler werde ich nicht noch einmal begehen. Das Schicksal hat dich wieder zu mir gebracht und ich werde alles daran setzen, dich und die Mädchen in meinem Leben zu behalten. Egal, was passiert, ich werde nie wieder davonlaufen."

Tränen brennen heiß in meinen Augen. Ich erwidere den Druck seiner Hand, lasse seine Worte in mir nachhallen.

„Ich will dich in meinem Leben haben, Holly. Dasselbe gilt für Claire und Sophie. Euch alle." Seine Stimme bebt leicht. „Ihr seid meine Familie und ich wünschte, ich könnte die Zeit zurückdrehen, um von Anfang an dabei zu sein. Aber jetzt bin ich hier und ihr werdet mich nicht mehr los."

Etwas in mir bricht auf, löst sich aus dem Kokon der Angst, der mich so lange gefangen gehalten hat. Langsam ziehe ich meine Hand aus seiner und sehe, wie Vince ungläubig die Augen aufreißt, als ich mich wortlos erhebe.

„Holly ...", haucht er, doch ich lasse ihn nicht aussprechen. Stattdessen umrunde ich den Tisch, packe sein Hemd und ziehe ihn auf die Füße.

„Dann, Mister Thorne, soll es so sein", raune ich, schließe den Abstand zwischen uns und küsse ihn.

Kapitel Vierunddreißig
HOLLY

EIN JAHR SPÄTER...

„Weißt du eigentlich, wie sehr ich diesen Anblick liebe?" Vince' Stimme ist dunkel und samtig, während er mit seinen Lippen sanft über die Innenseite meines Oberschenkels streicht. Ehe ich darauf antworten kann, spüre ich, wie er spielerisch daran knabbert. Ein kehliges Stöhnen entweicht mir. Mein Kopf fällt ins Kissen zurück, mein Körper gibt sich ihm völlig hin, während ich meine Beine noch ein wenig weiter spreize.

„Ach ja?" Ich kann kaum sprechen, meine Stimme belegt von Lust und Verlangen. „Dann genießen Sie es, Mister Thorne, denn das ist bald vorbei."

Vince lacht leise, sein heißer Atem streift meine Haut, als er sich langsam seinen Weg nach oben bahnt. „Ich brenne mir soeben jeden Millimeter davon in mein Gedächtnis ein, Misses Thorne."

Himmel. Dieser Mann würde mich um den Verstand bringen, wenn es nicht bereits schon jemand anderes tun würde. Denn genau in diesem Moment spüre ich einen kräftigen Tritt, direkt gegen meine Rippen. Ein überraschtes Quietschen entweicht mir und Vince fährt alarmiert hoch.

„Was ist los? Habe ich dir wehgetan?" Seine Stimme ist voller Besorgnis, sein Blick wachsam.

Ich schüttle atemlos den Kopf, während meine Hand über meinen prallen Bauch gleitet. „Nein, nicht du. Aber die kleine Miss Thorne hier drin hat beschlossen, Fußball mit meinen Eingeweiden zu spielen."

Erleichterung blitzt in seinen moosgrünen Augen auf, bevor ein liebevolles Lächeln seine Lippen umspielt. Behutsam senkt er sich ab, streicht über meinen Bauch und haucht mir zarte Küsse darauf, als könne er seine Tochter so beruhigen.

„Sei lieb, kleine Teresa, und ärgere deine Mommy nicht zu sehr", flüstert er mit tiefer Zärtlichkeit, bevor er sich wieder mir widmet.

„Sie scheint wirklich auf dich zu hören", witzle ich, stöhne dann laut auf, als er endlich mit seiner Zunge an der Stelle ankommt, die bereits sehnsüchtig pocht.

So verwöhnt er mich beinahe täglich, seit dem Tag unserer Aussprache vor einem Jahr. Nicht mal drei Monate später haben wir geheiratet. Sophie und Claire waren die süßesten Blumenmädchen, die man sich nur vorstellen kann. Gemeinsam mit Rachel und Vince' Mutter haben wir uns das Versprechen gegeben, immer füreinander da zu sein. Wir waren endlich eine Familie. Die Mädchen haben Vince gleich in ihr Herz geschlossen. Seitdem sind sie unzertrennlich und werden nicht müde zu beteuern, dass sie den besten Daddy der ganzen Welt haben. Jedes Mal, wenn ich die drei zusammen auf der Couch liegen sehe oder ihnen beim Spielen zuschaue, läuft mein Herz über vor Liebe. Mein langersehnter Traum, den ich niemals für möglich gehalten hätte, hat sich erfüllt. Und um das Glück perfekt zu machen, erfuhren wir kurz nach der Trauung, dass wir ein weiteres Mädchen bekommen. Da Vince bei Sophie und Claire kein Mitspracherecht hatte, was die Namen anging, habe ich ihm den Vortritt überlassen. Teresa war der Name seiner Großmutter und ich habe mich sofort in ihn verliebt.

„Ich weiß doch, wie ich mit meinen Mädels umzugehen habe", haucht er zwischen zwei Küssen. Und ob er das wusste. Seine Entschlossenheit, seine bedingungslose Liebe und Hingabe lassen mich jeden Tag mehr in ihn verlieben. Niemals hätte ich gedacht, dass mein Herz wieder heilen würde. Dass alle Risse, selbst die tiefsten, gekittet werden. Vince hat mir gezeigt, dass Liebe nicht wehtun muss, dass sie sich warm und sicher anfühlen kann, wie ein Zuhause, in das ich gerne zurückkehre. Und ich werde alles dafür tun, um diese Liebe zu erwidern.

ENDE

Danksagung

Habe ich schon Mal erwähnt, wie sehr ich Danksagungen hasse? Also natürlich nicht der Dank an sich, nur das Ausformulieren.

Denn es gibt so viele wundervolle Menschen, denen mein tiefster Dank gilt.

Angefangen bei meinen Mann, der nach wie vor mein größter Fan und Supporter ist. Danke mein Schatz, dass du immer für mich da bist, mich bei all meinen Ideen und Vorhaben unterstützt und mir immer den Rücken frei hältst.

Auch möchte ich mich von Herzen bei meiner Mama bedanken. Ohne dich hätte ich nicht die Motivation und die Zeit gefunden, meine Projekte in die Tat umzusetzen.

Ein riesiges Dankeschön geht an Astrid, die in Rekordzeit meine Geschichte lektoriert und besser gemacht hat. Danke für deine Hingabe und Liebe für Holly und Vince.

Außerdem möchte ich mich bei meinen DreamWriter Mädels bedanken. Ihr seid die Besten! Der gegenseitige Support gibt mir den nötigen Halt, weiter zu machen und nicht aufzugeben. Dank euch habe ich so viel dazu gelernt, sodass ich beim Selfpublishing nicht völlig untergehe.

Und zu guter Letzt geht ein besonderes Dankeschön

an euch Leser und Blogger raus. Ihr seid es, die es mir ermöglichen, meinen Traum als Autorin zu leben. Danke von Herzen!

Eure Jane

Jane Door

„Schreiben ist für mich eine Ausdrucksform von Kunst, die keine Grenzen kennt. Eine Geschichte lebendig werden zu lassen, ihr eine Stimme, ein Gesicht und packende Emotionen zu geben, vollkommen in sie einzutauchen, fasziniert mich."

Hallo, ich heiße Jane Door! Mittlerweile bin ich 35 Jahre alt und tobe mich seit über drei Jahren kreativ auf dem Papier aus. Nach vielen Ideen, neuen Versuchen, einigen Gedichten, Kurzgeschichten und der Geburt meiner Tochter haben sich Geschichten entwickelt, die ich nun mit der Welt teilen möchte.

Verpasse keine Neuigkeiten!

www.jane-door.de

Instagram: @jane_door_books

TikTok: @jane_door_books